寻找证明

庆祝中国共产党成立100周年
微型小说作品精选

微型小说选刊杂志社　主编

百花洲文艺出版社
BAIHUAZHOU LITERATURE AND ART PRESS

图书在版编目（CIP）数据

寻找证明：庆祝中国共产党成立100周年微型小说作品精选 / 微型小说选刊杂志社主编. -- 南昌：百花洲文艺出版社, 2021.7
ISBN 978-7-5500-4251-3

Ⅰ.①寻… Ⅱ.①微… Ⅲ.①小小说 – 小说集 – 中国 – 当代 Ⅳ.①I247.8

中国版本图书馆CIP数据核字（2021）第093328号

寻找证明 ——庆祝中国共产党成立100周年微型小说作品精选

XUNZHAO ZHENGMING

QINGZHU ZHONGGUOGONGCHANDANG CHENGLI 100 ZHOUNIAN WEIXINGXIAOSHUO ZUOPIN JINGXUAN

微型小说选刊杂志社　主编

出 版 人	章华荣
责任编辑	李梦琦
书籍设计	张诗思
制　　作	何 丹
出版发行	百花洲文艺出版社
社　　址	南昌市红谷滩区世贸路898号博能中心一期A座20楼
邮　　编	330038
经　　销	全国新华书店
印　　刷	江西千叶彩印有限公司
开　　本	720mm×1000mm　1 / 16　　印张　18.5
版　　次	2021年7月第1版
印　　次	2021年7月第1次印刷
字　　数	300千字
书　　号	ISBN 978-7-5500-4251-3
定　　价	42.80元

赣版权登字　05-2021-182

邮购联系　0791-86895108
网　　址　http://www.bhzwy.com
图书若有印装错误，影响阅读，可向承印厂联系调换。

目　录

寻找证明　　◎凌鼎年

白主任还有几个月就要退休了。

老妻对他说："你不是说当年十五六岁时就是北山游击队的秘密交通员吗？！咋不去向组织争呢。这可是大事！争一争，就是离休；不争，就是退休。这里的政治账、经济账，你自己去算吧。"

白主任想想也是。记得自己解放填表时曾填过这段历史。应该说是有账可查的——可查来查去，就缺了证明人。这真要命，当初是单线联系的，联系人一个解放那年牺牲了，另一个叫石叔的失踪了。如今找谁来证明？没人证明，谁相信你是当年的秘密交通员。毕竟是四十多年前的事了，谁还记得那些历史往事？

在老妻的鼓动下，他决心趁自己还在位，还有些权时，到老家跑一趟，找找当年那些老乡亲，说不定能找到一两个证明人也未可知。

功夫不负有心人，他终于经曲曲拐拐找到了一个尚健在的当年北山游击队的队员湖娃。湖娃在一次战斗中失去了一条腿，是一级残废。湖娃蓦然见到白主任，那高兴劲儿就没话说，两人痛痛快快喝开了。湖娃三杯酒一下肚，话头就稠了。他告知：石叔是被还乡团秘密处死的，剜眼割舌，好惨！……可这事一直到1986年写地方志时才查清。早先还以为石叔是逃兵，他一家老少为此遭了多大的罪啊。湖娃说罢，长长叹一口气，唏嘘不已。

第二天，湖娃坚持要带白主任去湖畔烈士陵园看一看，祭一祭老战友。

在这儿，白主任找到一个又一个熟悉的名字。只是，他们都永远长眠于地下了，唯一享受的是每年清明节的祭扫。

湖娃坐在助动车上，凝望着那一个个曾朝夕相处过的战友的墓碑，久久、久久不肯离去。

　　白主任也陷入了深深的沉思，要找的线索不都在这儿了吗，还有必要再找下去吗？他只觉得自己的脸颊似乎在发热发烫。

　　白主任默默地读着那一个个熟悉不熟悉的名字，一次又一次恭恭敬敬地三鞠躬。他悄悄给湖娃留下了一沓钱，恋恋不舍地告别了这块曾生他养他的热土。

一串墨点　◎高海涛

生产资料公司吴经理正在家写他的回忆文章：

"1945年3月的一天，我们驻在魏民村，我在一个老乡家里起草与鬼子的作战计划。突然，钢笔不漏水了，我很急，一甩钢笔，墙上留下一串墨点。我继续起草计划。

"警卫员来报：'鬼子离村子还有2里远。'

"'全体集合，迅速转移。'我说完，马上收拾起文件和纸张。队伍迅速撤离了村子。我忽然想到鬼子是很狡猾的，那一串墨点可能会给村民带来灭顶之灾……"

刚写到这里，响起低低的敲门声。他急忙去开门。门口站了个土里土气的魏民村村主任，经理的脸上立时阴云密布。

"吴经理，我们的化肥按计划不够。"村主任看着经理的脸色，敬上一支烟，点上，瑟缩进沙发的一个角里。

经理龇出一口浓烟，那烟缭缭绕绕围着回忆录旋转。

"我也没有什么办法嘛，化肥就这些，紧张呀。"吴经理皱皱眉头。

打发出村主任，吴经理继续写自己的回忆录：

"……我单独来到那个老乡家。

"老乡问：'政委你不是出去了吗？鬼子已把村子包围了。'

"我什么也没说，径直走到桌旁，拿出匕首，刮去那一串墨点。

"老乡站在政委的身后，眼睛流出了眼泪：'队伍真好！'……"

又是一阵急促的敲门声，山响。"怎么又回来了。"吴经理嘟噜着，慢慢开了门，眼前顿时一亮："小王呀！快，快进来！抽，抽支孬烟！"吴经理抽出一支"良友"。

小王一手夹着烟，一手平放在沙发的后背上，跷着二郎腿，吞云吐雾，好不潇洒自在："大经理，那事办得怎样啦？回扣这个数。"平放在沙发上的手抬了抬。

"我这就写条子。"吴经理习惯地写道：请给化肥……突然，钢笔不漏水了，来不及吸，只好把笔一甩，一串墨点正好印在"队伍真好！"下面，像是加了一串着重号。吴经理看着这些墨点，内心深处响起了一声声呼唤："队伍真好！……"手竟不觉颤抖起来了……

延安旧事　　◎尹全生

那是一支挥洒着磅礴气势、辉煌哲思的笔，忽如瑞鹤乘风，忽如游龙入海，写完了《沁园春·雪》，写完了《实践论》《矛盾论》。然而同是那么一支笔，1937年10月9日夜，却变得艰涩了，如同沉重的犁铧，走走停停，艰难地在油灯下苦耕——那支笔是在苦耕一块板结了几千年的刑不上大夫的疆土，更是在辗压一片连触及都不忍的感情。

当笔杆颤落了一天星斗，当油灯舔着了东方云霞，406个字的一封短信总算写完。末尾是一个苍劲有力的签名，和一个不能忘记的沉重日子：1937年10月10日。

短信在当天上午转到了陕甘宁边区高等法院；法院正在陕北公学操场公审黄克功。

黄克功当时任延安抗日军政大学第六队队长，因失恋开枪打死了陕北公学女生刘茜。

黄克功可以算是红军最早的"红小鬼"了。他没枪高就参加红军，跟随毛泽东，饮弹井冈诸峰，浴血中央苏区，九死一生走过雪山草地。是身经百战的毛泽东的爱将。

参加公审大会的有一万多延安军民。法官、起诉人、辩护人、观审人……在会场上展开了激烈的争辩——

杀人者偿命！功勋不能抵消罪恶。地位不是赦免死罪的理由！法律面前人人平等，必须判处黄克功死刑！这是法官、起诉人的意见。

一个黄毛丫头的命怎能与一个革命功臣、将领的命一般分量呢？他伤害了一条生命，可他曾经拯救过多少民众的生命？日寇侵我中华，大敌当前，对一员战将的需要难道不足以超越"杀人偿命"的原则吗？这是辩护人和大多数观审人的意见。

公审争执不休，相持不下。

面对法官，面对民众，昂首挺胸的黄克功眼睛湿润了。他请求法庭对自己执行死刑，但，希望给他一挺机枪，由执法队督押上战场，在对日作战中战死！

黄克功的请求，使法官和起诉人哑口无言。

天高云淡，寒风送雁。万人公审会场一片静穆。

就在这时候，毛泽东的亲笔信送到了法庭——

黄克功过去的革命经历是光荣的，功勋卓著。但若法外施恩，便无以教育党，无以教育红军，无以教育革命者，并无以教育一个普通的人……

念完这封信，法庭当众宣布：判处黄克功死刑。立即执行！

听完宣判的黄克功向法官立正、敬礼——但抬起胳膊时意识到没戴军帽，便就势振臂高呼。高呼他的党，万岁！他的领袖，万岁！然后迈开大步走向刑场，如同满怀信心地去执行一项任务……

延安的老百姓不懂什么"法律"，什么叫"明镜高悬"，但他们会唱歌，他们唱"解放区的天是明朗的天"，唱得最动情、最起劲，唱得热泪盈眶。

据说毛泽东一生只流过两次泪，一次是为他牺牲在朝鲜的儿子流的，另一次是在处决黄克功的枪声响起的时候流的。他反复嘱咐：一定要为黄克功买口上好的棺材！

延安呐！

黄克功被埋在延安，埋在延安宝塔山的南面。

真的被埋了吗？

重　逢　　　◎孙方友

　　老县委书记李是梦极热爱书法，一生写了不少自认为满意的作品，其中有不少篇幅还获过金奖或银奖。人一上了年纪，就有某种怀旧感，辉煌的政治生涯如梦般消失，剩下的只有这岁岁"鸿爪"。每有闲暇，老书记就将自己各个年代写的佳作挂在墙上欣赏，很是陶醉。这一天，闲来无事，他又打开樟木箱取出一轴轴书法作品，挂满了整个屋子。有中堂有条幅，有斗方有扇面，股股书香在屋内飘移，让人心旷神怡。赶巧就在这时候，新书记来了。新书记是老书记一手栽培的，扶上马后还送了一程。用官场语言是"自己的人"。新书记自然不会忘记老书记的恩德，不但逢年过节来慰问，就是不逢年过节也时常来坐一坐。李是梦有抽烟喝酒的嗜好，新书记每次来总会带一些。新书记只知道老书记热爱书法，还是省书协会员、地区书协副主席什么的，但他平常所见的多是书记题词或单幅作品，从没见到过这种"集展"。新书记看到满屋子全是老书记的书法大作，颇感惊讶。他总觉得这一生也难还清老书记对自己的恩德，于是又一个感恩的念头油然而生，他提议要为老书记出一本精装书法作品集。

　　新书记的这句话就像一道闪电使老书记为之一振，脑际间立刻就闪现出书法大家的作品集摆在书店里的辉煌。那是一种奢侈，是一种不敢想的艺术奢侈，现在由自己的"接班人"提了出来，他很有些激动。但老书记毕竟不是一般人，激动过后另一个可怕的问题就摆在了面前，因为出一本作品集至少要花20万，去哪儿弄这笔钱？老书记望了新书记一眼，摇了摇头说："我可出不起这笔钱！"新书记说："从县财政上批款。"老书记一听说新书记要从县财政上批款为自己出书，顿时变了脸色，因为他深知县财政的紧张，可以说他将重任交给面前的这位新书记时，几乎是个烂摊子。县财政早已出现可怕的赤字，干部教师每个月只能领百分之七十的工资。作为一个老干部、老党员，他怎能如此釜底抽薪去为自己出一本什么书呢？老书记当即就批评了新书记几句，并一再强调用公款出书他决不答应。新书记虽说挨了批评，但他与老书记的关系几乎已到了父与子的地步，批评再狠他也不会记恨。新书记不灰心，就找了一家企业赞助。企业头头儿自然是个明白人，当下答应出20万给老书记出书。李是梦听说是企业出钱，一想这企业赞助与财政拨款的性质已发生变化，一是自己心理上能承受，二是没辜负新书记的一片好意，便答应了。

因为有钱，一切事情都好办。李是梦先整理出一批精品，拍照制版，又请省书协主席写了个序言，前面是一张彩色大照，纸是铜版纸，最后又嫌本地印刷厂技术不过关，专程到深圳去印封面。不想即将出书之时，那家企业的厂长突然因挪用公款罪被捕。老书记一听到这个消息很是慌张，他做梦也没想到自己出书用的竟是一个贪污犯的钱。如果那个企业头头一着急，说不准还将赞助说成是送礼呢！那样不就使自己晚节不保，毁了一世清名吗？为还自己一个清白，唯一的办法就是赶快将此20万退还。可是，去哪儿弄20万呢？新书记更是着急，原以为是帮了老领导一个忙，岂料是帮倒忙。他知道老领导的性格，生怕他急出病来，便专程又找到了一家私人企业，好说歹说，人家终于同意拿出一笔钱为老书记顶账。新书记向老书记一说，老书记紧锁多日的眉头才舒展开来，长长叹了一口气，问："老板叫什么？"新书记说叫赵洪亮。李是梦一听说私人老板叫赵洪亮顿时又变了脸色，很生气地说："我怎么能用他的钱出书？"原来这赵洪亮当初也是个国家干部，曾在县委办公室工作，有一年因男女关系问题被双开。不想这些年他在西北倒腾俄罗斯化肥发了横财，每次回来都有县委四大班子陪酒。李是梦为此还批评过新书记，不要与赵洪亮这种人打交道，不想这回竟是让他拿钱为自己出书。李是梦的头摇得像个拨浪鼓，然后就一口拒绝了。新书记这一回显得很无奈，对李是梦说："我这也是无奈之计，县里国有企业没一家景气的，听说原来赞助的那个厂长已开始胡咬了！我担心——"李是梦这才意识到问题的严重性已出乎了他的预料。他很艰难地坐在椅子上，颓丧地说："真是没想到，20年后，我竟有求于赵洪亮！"新书记说："其实，他对你并不记恨，说是你让他绝路逢生，所以他极想见你一面，不知您老答应不答应？"老书记苦笑了笑说："人家一口气出20万，救了咱的急，我还拿什么架子？"

宴会安排在县城内最豪华的翠湖大酒店，赵洪亮开着奥迪车亲自来接老书记，并请老书记坐在上首。一桌酒席非常丰盛。赵洪亮一个响指，一下从里面走出来好几个妖艳女子。几个女子依偎在赵洪亮怀中，嗲声嗲气，让李是梦看得很不舒服。李是梦望着这位当年因男女关系被开除的败类如今美女成群环绕，而且在光天化日之下丑态百出引以为荣，只觉得浑身如火般燃烧。他仿佛看到了即将出版的画册中夹杂着最肮脏的一页，毁了他一世清白，丢尽了他的人格和党格——他的眼睛越瞪越大，终于拍案而起，怒吼一声："畜生！"然后拂袖而去……

"小心，你头上有把刀"　　◎蔡　楠

神经病——，我哥这样说我。

脑子有问题——，我嫂也这样说我。

我哥我嫂是在我说了一句真话后才这样说我的。那一天，他们开着一辆奥迪回乡下来看我爹我娘。车停在家门口，喇叭声抻直了一村人的耳朵。村人们都说，你看人家韩家那大小子，局长当着，小车坐着，大兜小包的东西拎着，水葱儿一样的媳妇挎着，多风光，啧啧。我爹我娘就慈眉善目地把来看我哥的人们让进屋，拿出哥哥带来的香烟撒放到人们手中。人们就围上我哥，问他职务的有，同他叙旧的有，求他办事的也有。我哥一副首长派头，挺着鼓起的将军肚，哼啊哈啊地应付着。

那时，我被挤在墙旮旯里，一眨不眨地望着我哥。望着望着，我就眯起了眼睛。这时，我就发现我哥头上悬着一把刀，很锋利很锋利的一把刀，那刀晃悠着，晃悠着，随时都有可能落下来。发现这一问题后，我就挤到我哥面前，焦急地说，哥，哥，我发现你头上有把刀。

众人的目光就唰地一下子向局长的头上望去，他们没有看见那把刀，他们只看见我哥头顶上有一根竹竿在晃悠着，那是我爹夏天用来挂蚊帐的。

于是，我哥我嫂就说出了开头那两句话。

那天，我哥临回城里的时候，对我爹我娘说，老二的病该去医院看看了，晚了怕连个对象也说不上呢。

我爹我娘听了我哥的话，他们真的把我带到城里来看病了。在医院里，医生们给我做了脑电图，拍了X光，甚至还做了CT。然后在我的病历本上签了意见，我认得那两个字念"正常"。

晚上我们就住在我哥家。我哥在一个很不错的局里当局长，所以我哥能住170平方米四室两厅的房子，能享受到一切现代化的生活。当我们坐在家庭影院时，我想起了小时候在农村大场里看露天电影的情景。

快吃晚饭的时候，我哥的小车司机来接我们。他把我们送到一个大酒店，对我嫂子说，韩局长在208房间等着，吃完饭我再来接你们！说完，他就又把小车无声无息地开走了。嫂子把我们领上楼，我哥和一个块头很大的人正在房间里交谈着。见我们进来，那个块头挺大的人慌忙站起来，把我们全让到正座上，然后把眼神递给了我哥，韩局长，可以上菜了吧？我哥就很矜持地点一下头，侧过身子对我爹我娘说，宋经理是咱县里的大款儿，他听说您二老来了，非安排一顿便饭不行，老宋这人哪样儿都好，就是这热情劲儿太烦人了！老宋一边给我们斟水，一边把笑脸送到了老人的面前，小意思小意思，能请老爷子老太太吃顿便饭是我的造化呢！

那顿便饭上了一些很"方便"的菜肴，清炖甲鱼，清蒸河蟹，盐水基围虾，还有一盘鹿肉；也上了一瓶很"方便"的酒，名字很好记，是鬼酒，不，酒鬼。那些很"方便"的菜我在乡下都吃着不方便，所以我就吃得多了一些。

我吃饱了，我哥和宋老板的酒才进行了一半。不知什么时候他们叫进来一个服务员，那服务员斟一杯他们就喝一杯，真他娘的会享受。我就望着宋老板和我哥，望着望着，又发现了我哥头上那把刀。它晃晃悠悠的，快挨着我哥的头皮了。我想告诉我哥，又怕他们骂我，吃了人家的嘴短，算了算了！

但最后我还是说了出来。那是吃完晚饭离开饭店的时候，朱经理把两瓶人参酒和两条红塔山香烟塞给了我哥，韩局长，酒，给老爷子喝，这烟嘛，你就亲自抽吧。说着，他还在烟上重重地拍了两下。我哥轻轻地推托了一下，就让我嫂子收了。就在我哥坐进小轿车的时候，我又看到了车门上悬挂着一把刀。这时，我再也忍不住了，我大声地说，哥，小心，你头上有把刀！

我又一次挨了骂。第二天，我爹我娘就把我带回了乡下。我再也吃不上那样"方便"的饭菜了。

那个深夜的电话铃声响得急促而突然。我迷迷糊糊地起来接电话，是我嫂的声音。老二，你哥犯事了，他……他进去了，那该死的老宋在烟盒里装的不是烟卷，是钱呐！你……你和咱爹咱娘明天快来吧！说完，我嫂已经哭得走了调儿。

　　我拿着听筒一句话也说不出来。我爹我娘都醒了，他们问我发生了什么事，我幸灾乐祸地说，我哥头上那把刀落下来了。

蜕 变　　◎刘国芳

　　夏平一直是个好人，他在我们街上住了20多年，这20多年里，我几乎没有听过谁说他不好，倒是不时地听人说他好。比如一个老太婆，总跟我说她家没装自来水前，夏平天天帮她挑水。老太婆说夏平那时还小，我真怕那么重的一副担子会将他压垮。还有一个女人，说她怀孕的时候是个冷天，经常落雪，住在她隔壁的夏平总是在雪后把她门前的雪扫干净。我信这话是真的，因为我也亲眼看见夏平从抚河里救起一个孩子。那也是个冷天，一个走在河边的孩子滑进河里，夏平连衣服也没脱就跳下了水。我们街靠抚河边上，很多年里，经常有孩子到河边去玩而落水，夏平救起过很多人，光是我记住的并叫得出姓名的就有四五个。夏平家门口有一棵柚子树，每年秋天，都有些孩子爬到树上摘柚子，一次一个孩子从树上跌了下来，夏平那时候还小，但他还是一下一下把柚子树砍了。

　　夏平读高中那年，我写了很多微型小说，夏平有空，会来找我，借些小说去看。一次我写了一篇名为《背后》的小说，说一个当官的专在背后害人。夏平看了，跑来找我，夏平说这样的人恐怕没有吧，哪有那么坏的人，专在背后害人。夏平还说我看了你写的很多小说，发现你多半写些讽刺作品，你的眼睛怎么总往丑陋的方面看嘛，其实只要你有一颗善良的心，你眼里会处处美好。我在夏平说这话时看着他，难怪他会那么好，原来他有一颗善良的心。

　　夏平后来考取了我们那座城市的一所师专，他去读大学了，但我还能经常看见他，他每个星期会回来一次。有一次，夏平还带了很多同学来，为街上几个孤寡老人做事。一次一个老人病重，老人估计自己去日无多，竟让人喊夏平来，要见他最后一面。这事很让人感动，夏平是真正赢得了大家的好感。

几年后，夏平毕业分进了机关。开头两年，夏平还住在家里，这期间我去找过几回夏平，看见夏平屋里贴满了奖状，有小学的，中学的，大学的，也有参加工作后的。这些奖状向人昭示，夏平从小到大，都是一个极优秀的人。

夏平在工作两年后，住进了机关宿舍。他只有一个老母，也一起去了。以后，我们几乎就见不着夏平了，但他的情况，我还是了解一些。不久，他就当了科长，后来，又调到一个局当局长。夏平在这个局待了很多年，我偶尔去这个局办事，还能看见他，他已发福了，一副官相。

让人没想到的是，夏平后来犯了错误，据说他贪污受贿50多万元。这事传出，我们街上的人谁也不信，都说那么好的一个人，会贪污受贿？但不信也得信，夏平不久后被判了刑，布告就贴在我们街上，上面不仅写着夏平犯了贪污受贿罪，还嫖娼、诬告。一街的人看了，半天瞪着眼睛，然后叹一声，都说："夏平当官才5年，怎么就变成这样一个人了呢？"

也有人说："妈的，这个官真当不得。"

这以后不久，我隔壁两个邻居吵架，两人骂来骂去越骂越凶，还差点动起手来。我们左右邻居，当然不会袖手旁观，我们分别把他们拉开。被我拉开的那个，一路上还恨恨地骂对方，那人说："妈的，这样的人就该让他去当官。"

我不解。一般吵架，恨不得咒对方死，哪有骂让他去当官的。我于是开口问他，我说："你这样恨他，怎么还要让他去当官呢？"

对方说："哼，你以为当官好呀，要毁掉一个人最好就是让他去当官。"

对方还说："夏平那样好，还不是毁在当官上。"

我默默不语。

父亲的白条 ◎侯德云

1946年11月，国民党新六军攻占老镇皮子窝不久，我的父亲就迎来了他生命中最严重的一次惊慌失措。

东北民主联军的郭连长，带着几个战士来到一个名叫红嘴堡的小村子里，从我父亲家里借走了几百斤玉米。郭连长在一张白纸上写下了一些字，然后把它交给我的父亲。

郭连长说："侯振田同志，革命胜利以后，我们借的粮食会还给你的。"

郭连长还说："你要好好保存这张纸条。革命胜利以后，凭着这张纸条，我们一定会还你粮食的。"

我的父亲用手指头捏着那张纸条，翻来覆去看个没完。他整整一夜没有合眼。他在心里一次次问自己，这究竟是怎么一回事呢？

很久以后我父亲才知道，那张纸条的名字叫"白条"。

此后郭连长经常到我父亲家里来。他已经不是郭连长了，他变成了武工队的郭队长。他是到敌占区去打游击的。我父亲的家，处于敌占区和根据地交界的地方，郭队长和他的武工队经常路过这里。

每次见到郭队长，我的父亲都要问上一句："革命胜利了吗？"

郭队长每次都说："革命一定会胜利的。"

我父亲是一个热情好客的人，郭队长和武工队到家里来，无论白天还是晚上，他都要请他们吃饭。也没啥好吃的，烀大饼子熬白菜，外加一碟小咸鱼儿。这样隔三岔五吃下去，家里的粮食越来越少了，临近开春，除了一点点玉米种子，就再也没有正经粮食了，全靠萝卜白菜打发日子。

我的父亲也许知道也许不知道，那时候，整个根据地军民的日子都很困难。由于困难，郭队长和他的武工队才有了到敌占区大规模借粮的举动。我的父亲曾经跟随郭队长到敌占区借过一次粮食。那天晚上，他看见郭队长写下了几十张白条，把它们分发到地主富农手里，对他们说："借不借粮，是对共产党、对东北民主联军的态度问题，你们要好好想一想……"

跟随郭队长到敌占区借粮的故事在我父亲嘴里津津乐道了几十年。然而他更加津津乐道的，却是另外一个故事。那也是一个借粮的故事，不过故事的主角不是郭队长，而是我的父亲侯振田同志。

1947年6月，辽南我军向国民党军队发动了强大的夏季攻势，很快就解放了皮子窝。我的父亲好不容易找到了郭队长，对他说："这一回，革命算是胜利了吧？"

郭队长说："还没有，我们马上就要出发。我们要把东北的国民党反动派全部消灭了。"

我父亲的本意是想问问郭队长能不能还他一点点玉米，家里眼瞅着又要断粮了，孩子哭老婆闹的，他总该想出个什么办法才行啊。

郭队长的一番话，把我父亲心里的小算盘砸了个粉碎。他垂头丧气回到家里，冲着老婆孩子发了一通无名之火。

我那救世主一样的父亲最后终于想出了一个好主意。他把村里几个跟他关系密切的年轻人叫到家里，对他们说："今天晚上，跟我出去一趟，咱们去搞点粮食。"

村里边几乎家家户户都缺粮食。几个年轻人听了这话，眼睛里都发出了太阳般的光芒。

夜幕降临以后，我的父亲出发了。他们一伙人，坐在一辆马车上，朝着早些时候还是敌占区的方向走，马不停蹄地走！咬牙切齿地走！走到天亮，他们来到一个名叫鲁家屯的小村子。

在鲁家屯，我父亲模仿着郭队长的口气，唾沫飞溅地把自己的舌头嚼了整整一个上午。

我的父亲说："借不借粮，是对共产党、对东北民主联军的态度问题，你们要好好想一想……"

我的父亲说："我们马上就要出发。我们要把东北的国民党反动派全部消灭！"

我父亲喷了一个上午的唾沫，才借到几麻袋玉米。想想也是，青黄不接的当口，谁家会有很多的存粮呢？

我父亲非常想念鲁家屯的地主。他问鲁家屯："你们村的地主到哪里去了？"

鲁家屯说："一个跑掉了，另一个让武工队枪毙了。"

对我父亲来说，1949年10月10日，才是真正的"革命胜利"的日子。那一天，新金县人民政府贴出的告示上说，整个解放战争时期，人民军队从群众手中借的粮食，现在以两倍的数量返还。

我父亲乐颠颠地赶着马车，向皮子窝走去。皮子窝是当时的县城，属于我父亲的玉米，暂时就储存在那个地方。

接近皮子窝的时候，我的父亲突然把马车停住了。他坐在车上犹豫了很长时间，默默地掉转车头折了回来。临近家门的时候，他又犹豫了很长时间，又掉转车头折了回去。就这么折来折去，不到两公里的距离。他走了整整一个下午仍然没有到达目的地。

黄昏降临了。我父亲掏出怀里的白条，用力地撕了个粉碎。然后把那些细小的纸片撒向了天空。

那一瞬间，秋风浩荡。

永不掉队　　◎谢志强

1947年冬，秦山第一次听见方歌唱歌。

团长命令：我们的两条腿要跑过敌人的汽车轮子。秦山穿草鞋，脚磨破了，渐渐地落在急行军的队伍后边。于是，他听见了那支歌：向前向前向前，我们的队伍向太阳……

方歌站在路边的一个小土坡上，齐耳短发，她旁边还站着两个女兵，是师文工团的团员。

秦山踏着歌声，赶上了队伍。

部队准时到达了指定的地点，堵住了敌人的退路，激战三天。秦山身负重伤，被送到野战医院。

方歌所在的文工团来医院慰问伤病员。

秦山在昏迷之中，仿佛又掉队了。他听见方歌的歌声，苏醒过来。歌声飞进了他的心里，他像在舔嘴唇，默默地跟着哼。

医生对方歌说：你把这个英雄唱醒了。

秦山的家庭很贫困，爹娘却供他上学，念到初中，日本鬼子来扫荡，他就参了军。他受过五次伤，这一次伤得最重。他说：一颗炮弹把我炸飞了。

方歌说：我见过你，看不出，你还是个英雄！

秦山说：你唱歌唱得真好听，要是我真的牺牲了，你就给我唱首歌。

方歌崇敬英雄，说：不许这么说。

秦山笑了，说：这有什么？听你唱歌，我就活过来了。

方歌也笑，说：我唱歌有这么厉害，我就唱。

秦山说：那我们可就说好了。

1948年，秦山调进了王震所在的部队，当了独立旅某连的连长。挺进西北，开赴新疆——新疆和平解放。

翻过祁连山，秦山第三次听见了方歌唱歌。

方歌所在的文工团跟秦山的连队在一起宿营。她们已经唱不出声了。女兵很惹眼。秦山看见了方歌，风撩着她的齐耳短发，像水边的垂柳。

秦山的心里奏起旋律。茫茫戈壁荒漠，一眼望不到尽头。

方歌突然唱起了歌：向前向前向前……

秦山站起来，走过去，说：你咋知道我在唱……我一点儿也没唱出声音呀。

方歌说：我似乎听见了一个旋律，有谁起了个头，你唱出来呀。

秦山说：我这破嗓子，一唱会吓坏你的。

部队来到了南疆重镇阿克苏——驻守塔克拉玛干沙漠的边缘，开始垦荒。

秦山第四次遇见方歌，是在团部。他乐了，说：是要来慰问一下我们了，戈壁荒滩听了你们的歌声就会开花呢。

方歌说：这一回，是调到你们这儿了。

过后秦山才知道，方歌请求调离师部文工团，来到了秦山所在的团，当了宣传干事。

团长是秦山的老上级，背后向他透露：你这个英雄，有福气，别人是英雄救美人，你却是美女救英雄。方歌追你追到沙漠来了，就看你能不能接住了。

秦山一见方歌，脸就发烫。

方歌也几次到秦山这个营收集垦荒的先进事迹。她还组织了一个宣传队，把垦荒的故事编成歌曲、快板。

1952年春，秦山独自骑马，向着太阳升起的方向，进入了沙漠。他打算建立一个新的连队，开垦一个新的荒原。按他的说法是，大口啃一块沙漠。

起了大沙暴。沙漠似乎要捉弄一下英雄。两天里，风沙铺天盖地，仿佛真的要叫他"进去出不来"。风一停，沙一落，像是什么事都没发生，沙漠异常美丽，移动过的沙丘，那纹路，如同水的波纹。沙漠总是将进入它上边的物体含而不露地收藏起来。

　　幸亏有一棵枯死的胡杨树。找到秦山的时候，他搂着树干，沙子已埋到他的腰。胡杨树仿佛缩短了一截。秦山的嘴里灌满了沙粒，几乎没了脉搏。

　　打电话给团部。方歌带了团部的两个女兵赶来，其中一位是女医生。

　　秦山像胡杨树一样，一动不动。

　　方歌和女兵含泪唱歌，唱沂蒙山小调。

　　秦山是山东籍。但他对家乡的歌也没反应。

　　女医生听不见秦山的心脏跳动了，就用一块白布裹住秦山。

　　教导员拿来了军旗，盖到秦山的身上。

　　方歌揭掉军旗，打开白布。

　　教导员说：你再看他一眼吧。

　　方歌说：我们早就讲好了，现在，我给你唱歌。

　　地窝子里一片宁静。

　　歌声响起：向前，向前，向前，我们的队伍向太阳……

　　教导员说：秦山，你别掉队，起来吧。

　　渐渐地，所有的人都跟着方歌唱了起来。阳光从地窝子上边的天窗照进来，沙尘像音符，在阳光中飞舞。

　　秦山的嘴唇居然动了。

　　教导员说：你这家伙，我就知道你不会掉队。

　　过后，秦山说他像是做了一个梦。他睁开眼，看见很多张脸，随即，他的目光停留在方歌的脸上。方歌的脸如同一轮圆月，明净净地悬在空中，像水洗过一般，还沾着水珠。

　　秦山说：水，渴死我了，咋回事？

　　教导员说：方歌把你唱活了。

　　秋天，收获了玉米。团长主持了婚礼。秦山和方歌入了洞房——一个地窝子。方歌说起大沙暴，她说，当时，我就想最后一次给你唱歌。

　　秦山说：战争年代我都死不了，我命大，能这么轻易掉队？我就等你来唱歌呢。

方歌说：你别耍嘴皮子了。掉队是父辈对死亡的另一种说法。

多年后，我了解到了各种版本的秦山和方歌的爱情故事。父辈不愿说过去的故事，但是，都有一首自己喜欢的歌曲，一不留神，会哼出来。秦山已是农场的副团长，他的步子总像是踏着歌曲的节奏。他的儿子秦平沙是我的同学，我们都是军垦第二代。

有一次，秦平沙突然说：人生有许多关卡，哪一个关卡过不去，后来的一切都不存在了，多危险，我爹几次险些没了命，是我娘把我爹唱活了。

我说：是，没你娘的歌，你爹一旦"掉队"，谁知道你在哪里呢？可能根本没有你，我就没有你这个朋友了，真悬乎。

无名烈士　　◎刘永飞

刘昌林去世前给刘广盛留下两句话：一是继续寻找刘广济，活要见人，死要见坟；二是照料好无名烈士，逢节烧纸，清明添土。

刘广盛曾不止一次听父亲说起中华人民共和国成立前的那个午夜，那时候刘昌林正"打摆子"，身体忽冷忽热，上吐下泻，且久治不愈，他觉得自己撑不过这场病了。

就在那时，村前的运粮河畔突然响起噼里啪啦的枪声，刘昌林的后背像被人踹了一脚，腾地坐起身来，他想下床，却一头栽了下来。

敲门声是老伴帮刘昌林包好头，扶到床上不久响起的。声音两快两慢，再两慢两快，这是自己人。

刘昌林示意老伴开门，进来的是气喘如牛的老五，以及后背上那个血肉模糊的战士。老五放下悄无声息的战士，当看到刘昌林一副要不久于人世的样子，眼泪哗地就下来了，他几步来到刘昌林床前，紧紧握住他的手不放。他带着哭腔说："昌林，你不要紧吧？"刘昌林用尽了最后一丝力气说："没事，说，需要我，做些什么？"

这时的老五噌地直起腰，抹了一把眼泪说："昌林，我有万分火急的情报要送出去，这孩子的后事就交给你了！"老五说完，转身来到战士跟前，当看到战士被打烂的头部还在流血，他忽地脱掉外衣，把战友的头轻轻地裹上，然后朝他敬了一个礼，就消失在浓浓夜幕之中。

在处理战士的后事时，他们请来了铁匠马老六，老马建议给战士擦擦身子。可是，当要打开战士头上的衣服时，他们发现衣服已和战士的血肉粘在一起，老马稍一用劲，哧啦一声，揭开一层。"哎呀——"几乎同时，刘昌林和妻子一声痛苦的哀鸣，仿佛血衣是从他们身上撕下来的。刘昌林说："老马，别、别让孩子受罪啦，就这样吧。"于是，刘昌林指示抽出身下的一张苇席，裹紧，扎牢，由马老六把战士葬在了村后的空地上。

中华人民共和国成立后，刘昌林就在埋葬战士的地方起了个坟，节日烧纸，清明添土，从不间断。同时，他一直在等待老五的出现，他期待老五能带着战士的家人来，或把坟迁走，或问清姓名就地给孩子立块碑。然而，自那晚以后，老五再也没有出现过。

1990年，一个老板打算给村里捐建一所希望小学，老板请来风水先生选址，结果看中了村后的一块土地，只是在迁坟时，出了乱子。只见年过八旬的刘昌林手握菜刀，立在战士坟前，他说："谁要动这坟，我就要谁的命。"

从村里到镇上，甚至县上的领导，都来做思想工作，他们表达的都是一层意思，那就是："娃儿们的教育远比一座无名的坟重要！"但是无论谁来做工作，刘昌林始终还是那句话："没有人家的流血牺牲，咱们的孩子哪会有什么书念！"

此时，有人建议派出所把刘昌林弄进去关几天，等坟迁走了再说。问题反映到所长那里，所长瞪着眼睛说："老头子当年的地下交通站救过多少人，立过多大功，你们知道吗？我看谁他妈的有这个胆子！"

后来，笃信风水的老板把希望小学的选址改在了邻村，村里一下子闹开了锅，大家都说刘昌林的不是，说他倚老卖老，不为孩子们着想，这下好了，孩子们上学要跑上三里路。村里也有支持刘昌林的，马老六就是其中之一，老马说："昌林，好人嘞！年年岁岁为一个不沾亲不带故的人守坟，你们谁能做得到？昌林心里苦嘞！这广济十几岁就跟队伍走了，到现在都杳无音信，他把这战士当自己的孩子看待哩！"

说这番话时，老马又想起他怀抱战士往村后走的那个午夜，战士少说也有二十多岁吧，可是身子那样轻，甚至隔着席子都能感觉到他的瘦骨嶙峋，想来，他的父母也该像昌林这样在等待和寻找自己的孩子吧！

1995年，已过九十高龄的刘昌林溘然长逝。去世的前夜，他叫醒了熟睡的刘广盛，他叮嘱儿子要继续寻找广济，活要见人，死要见坟，他还叮嘱儿子一定要照料好无名烈士，逢节烧纸，清明添土。他说："如果广济真的像这位战士这样牺牲了，在某个地方也一定会有一些像我们这样的人为他守坟！"1999年，村里来了个陌生人，要找刘昌林，村人这才知道，他是老五的后人。来人告诉刘广盛，老五只是个代号，他父亲原名吴庆春，这些年来他一直在寻找刘昌林的下落。后来，村子里拆除一间旧祠堂时，在一堵墙里发现了父亲老五的遗物，几经周折，他拿到了它。

　　原来，他父亲老五一直有记日记的习惯，只是他记完最后一篇就牺牲了，至于牺牲在哪里没人知道！

　　说到此，陌生人把一个发黄的本子翻到一页，神情凝重地交给刘广盛，本子上潦草地写了一句话："我被敌人追赶，凶多吉少，若有人见到此书，请告知刘塔司的刘昌林，当年，我背进来的战士就是他的大儿子刘广济！"

去找战马墓 ◎申　平

父亲退休的第二天，就开始收拾行囊，准备进山去寻找战马墓。妈妈拦不住，就打电话把我叫回来，希望我能帮她阻止父亲的行动。

我对父亲说："爸您疯了，这么大岁数还要冒险进山去找一堆马骨头。如果您觉得闲极无聊，可以去周游世界，钱我来出。"我还把父亲的行囊藏了起来。父亲被我缠得没办法，说："那好吧，我现在把情况给你讲一讲，如果说服不了你，那我就不去了。"

我坐下来，以嬉笑的神情面对父亲，看他能说得如何天花乱坠。

父亲沉默了一会，以忧伤的语调开了头："孩子，当年你奶奶，还有我和你的叔叔、姑姑们也是这样阻止你爷爷的。你爷爷一生最大的憾事，就是没能进山去寻找战马墓。他临死的时候，还拉着我的手，断断续续地说着两个词：大榕树、战马墓……

"后来，我在你爷爷的回忆录中，才真正了解了事情的真相，我一直都在后悔，当初不应该千方百计地阻拦他。

"你爷爷原是第四野战军一个骑兵连的连长。咱家里不是有一张他骑在马上的照片吗，那真是威风凛凛，而且他也是战功赫赫的人啊！后来，骑兵连随军南下，那些驰骋中原的战马，到了南方就有点不适应了。它们吃草拉稀，身上早已好了的伤口又开始溃烂。越往南走天气越热，许多战马都病了。为了不影响行军速度，战士们只好忍痛把病马一匹匹放开，让它们去自寻生路。你们知道吗，骑兵和战马的关系那就是生死与共的战友关系啊，一旦要分开，而且又是永别，那种心情是何等地难受啊！但再难受也没办法，最后就连你爷爷那匹最好的战马黑旋风，也不得不放掉了。你爷爷抱着马头哭啊，真是肝肠寸断。最后骑兵连几乎成了步兵连，战士们硬是凭着两只脚板，每天以100多公里的速度往前走。就在他们走进广东地界，每天在深山老林里穿行的时候，有一天，他们遇上了一桩奇事。

"这天他们正在一棵大榕树下休息，前面再次响起了继续行军的号声，这时他们突然听见，后面传来了一阵雷鸣似的脚步声。当时他们是殿后部队，后面来的是什么人呢。你爷爷一声令下，战士们立刻做好了战斗准备。随着脚步声越来越近，战士们的眼睛全都瞪大了。你们知道他们看到了什么吗？是一群战马！就是骑兵连陆续放掉的部分战马。它们在黑旋风的带领下，循着军号声追赶部队来了。

"当时的场面你可以想象一下，肯定是感天动地的。你爷爷在回忆录中曾经这样写道：我一眼看见，黑旋风就跑在马群的前面，就像我过去骑着它带骑兵连冲锋陷阵一样。我和战士们一起呼喊着战马的名字，迎着马群飞跑过去，抱着马脖子哭啊喊啊。黑旋风打着响鼻，眼中泪光闪闪，它还伸出舌头来舔我的手，看样子真想跟我说说话啊！可是忽然间，黑旋风却慢慢地倒了下去，所有的战马一匹接一匹都倒了下去。这时我们才看到，天啊，战马全都骨瘦如柴，身上几乎都烂得露出了骨头，它们就是凭着最后一口气，翻山越岭来追赶部队的啊！它们瞪着的眼睛好像在诉说：就是死，也要死在部队上，死在主人面前！我们的战马，它们是多么勇敢，多么忠诚啊！战士们呼喊着，痛哭着，最后在大榕树下挖了一个大坑，把所有的战马埋在了一起。我对战士们说：这棵大榕树就是记号，等到全国解放了，我们活下来的人一定要找到这里，为它们重新修墓……

"后来你就知道了，你爷爷作为南下干部，就留在了南方工作。作为一个地地道道的北方人，他克服了重重困难，硬是把根扎在了南方的土地上。开始是忙，接着又被打倒，等他重新出来工作，身体就不行了。这时他就开始张罗进山去找战马墓，但是每一次都被我们给拦住了。我们打着关心他的旗号，却使一个老战士的毕生愿望一直无法实现。真是罪过啊！"

父亲讲完了，我久久陷在一种神圣庄严的氛围中。最后我激动地对父亲说：

"老爸，我现在决定，要陪着您一块进山去，去找战马墓。如果我们俩找不到，还有您的孙子，咱们可以一代代地找下去，直到找到为止。"

爸爸听完，竟然跟我热烈握起手来，他眼含泪花说："好孩子，咱说走就走。其实，我们不仅是要去完成你爷爷的心愿，也是为了找回更多的东西。这个你懂的。"

将军赞　　◎刘建超

将军脾气倔，做事说一不二。

将军得知学习成绩优秀的孙子晓龙要报考外交学院，他手中的拐杖捣得地面咚咚作响。

将军用拐杖点着晓龙的鼻子，好铁要打钉，好男要当兵。我家的男儿世代都要当兵，报效国家。

晓龙说，爷爷，国家需要您和父亲这样的卫国将士，同样也需要像您和父亲一样优秀的外交官，我要当外交官。

将军说，别扯淡。你小子只能给我报考军校，军校！我家的后代只能报考军校，否则不要再登我的家门。

将军用拐杖将房门猛地关上，屋外寒风料峭。

晓龙也是个倔脾气，还就是报了外交学院。

将军气病了，晓龙几次去探望都被将军用拐杖给轰出来了。

晓龙上大学期间，将军从不接晓龙的电话，都是夫人转告说晓龙问候你个老顽固呐。

晓龙大学毕业派驻到非洲工作，将军都没有理睬。

晓龙打过来的越洋电话，将军也是毫不理会。

夫人告诉晓龙，你爷爷的房间里挂了一幅世界地图，我看到过好几次，他拿着放大镜找你工作的国家。

将军扔下放大镜，就你话多。

将军十四岁当兵，人长得瘦，个头又小，肥大的军服穿在身上，人就像套在麻袋中。

团里派他去卫生队，学护理。他去了，一看都是女兵娃娃救治伤员扭头就走。他找到团长说，我要跟你打鬼子。

团里又安排他去炊事班，他还是不去，端锅做饭谁都能干，他找到团长说我就是要跟你打鬼子。

任凭你讲道理骂娘关禁闭，他一根筋就是要跟着团长打鬼子。

团长只好把他留在身边当通信员，打鬼子我让你第一个冲锋，到时候你小子可别尿了。

鹿鸣山伏击战，鬼子走进了包围圈，我部另一支包抄的部队还没有就位。

将军急了，催促着团长赶快冲锋啊！

团长严厉地瞪他一眼，你懂个屁。

再不冲锋鬼子就跑了。他居然忽地站起身高喊着，同志们冲啊！带着头就冲了下去，战士们也不明情况，跟着就发起了冲锋。

团长骂了一声，吹响了冲锋号。

伏击战取得了胜利，将军举着缴获的歪把子机枪又蹦又跳，团长一脚把他从山坡上踹了下去。

团长揪着他耳朵，来到一片草坡前，这里埋着刚刚在战场上牺牲的战士。

团长一脚把他踹跪在坟前，你好好看看，如果不是你的鲁莽，他们可能还活着。

他哭得稀里哗啦，头磕得砰砰响。我要替你们报仇，我替你们多杀鬼子。

他就是不认错，俺爹俺娘都被小鬼子杀害了，我杀鬼子有啥错？

团长气得掉泪，小鬼子该杀，杀十个鬼子也抵不上我一个战士的生命。他们活着就可以多杀鬼子，多打胜仗。

将军跪在战友的坟前，直至东方发白。

将军带兵打仗了，他更加爱惜自己的将士。每次布置完任务，他都要强调，完成任务是必须的，能活着回来才是真英雄，活着回来才是真胜利，活着回来才是你有真本事。

将军带兵严厉，很少见到他笑，更听不到他的赞扬话。

有一次，将军视察战士训练。

一名神枪手士兵，射击十发十中。

将军拍拍他的肩膀，嗯，合格。

听惯了赞扬的战士对将军只给个合格的评价，显然不满意。他不屑地小声嘟囔，才合格，有本事你来个合格。

将军听到了，也不多说话，压上子弹，站立射击，乒乒乒乒，十发十中。

将军说，枪枪命中是对一名士兵最起码的要求，否则就有可能被敌人撂倒，我也只是个合格的兵。

将军带过的兵个个都成了神枪手。

将军曾经可以指挥千军万马，如今却连自己的孙子晓龙都管不了，晓龙远在万里之外，已经是驻T国大使。将军觉得有劲使不上，这让将军十分气恼。将军常常站在地图前，用拐杖捣着一片疆域，你小子有种，有种就别回来！

晓龙所在的T国发生了骚乱，武装冲突升级。上百家华人华侨的店铺被焚，一伙不明身份的暴徒还绑架了五名中国商人。

晓龙大使出现在镜头前，他介绍了当前的局势，并将前去同绑架商人的暴徒谈判，解救人质。电视里的晓龙从容自信，眼里却掩不住疲惫。

将军家人聚集电视机前，将军站立在地图前塑像般一动不动。

桌子上的饭菜早已放凉，杯中的茶水亦然。

新闻播报说，在我国驻T国大使馆人员的积极斡旋下，我国遭到不明身份者绑架的五名人员已经成功获释。

同时，中国政府派出近百次中国民航包机，军用机，军舰、中远、中海货轮，历时十二天成功撤离中国驻T国人员三万余人。

家人欢呼起来。

将军兴奋地在屋子里来回踱步，拐杖捣得地面咚咚响，将军指着地图说，弱国无外交，是国家强大了，军队强大了，在国外的中国人才有底气。

将军对家人说，告诉晓龙，就说他干得好，要他好好干！

将军又用拐杖点着电脑，说，点个赞，给晓龙点个大大的赞。

将军推开了房门，清风扑面而来。

无名红军　◎蒋育亮

崇山峻岭。

小径蜿蜒盘旋，时隐时现，悬挂于崇山峻岭间，如随风乱舞的绸缎。

他气喘吁吁，艰难前行。

几天的长途跋涉，早已是饥肠辘辘。

他停下脚步，举目远望，原本无神的眼睛，却突然一亮。

在前面不远的地方，有一间孤零零的木屋。

他将斜拖着的枪支拎好，整整行装，抖起精神，警惕地朝木屋走去。

门虚掩着。他拍拍门，连续叫了几声"老乡"。无人应答。

他迟疑着推门而进。满屋的饭菜香味扑鼻，饥饿的感觉顿时汹涌而来，他强咽唾液，发现满满一桌的饭菜摆在木屋的中间。他明白，木屋的人，也发现了他这个带枪的兵，刚烧好饭菜，还没来得及吃，便躲了起来。

他哑然一笑，磨蹭着走向饭桌。他拿起筷子，手颤巍巍地伸向菜盘。

突然，仿佛中了定身法。就在筷子触碰菜盘之时，他的手瞬间停住了。

连长说：我们所经过的地方，是少数民族居住地。国民党在这里大肆造谣，说我们"共产共妻"，这里的民众对我们误解很深，大家要注意严守纪律……

他想起了连长，那个高高大大的东北汉子，那个三天前在那场残酷的掩护战中被敌人机枪扫射了二十多个枪眼的硬汉子！两滴眼泪"吧嗒"掉下。他扔下手中的筷子，摸出一颗闪闪发亮的五角星，端正地放在饭桌上，而后恋恋不舍地走出了木屋。

夕阳西下。迷雾飘来，群山朦朦胧胧，一望无际。

他顺手摘下几片树叶，塞进嘴里，便传出"叽咕叽咕"的咀嚼声。他挎好枪，整整行装，抖起精神，沿着曲折的小径，艰难前行。

约莫二十分钟，他途经一处悬崖峭壁，眼前一黑，便如树叶般轻飘飘地跌落谷底。

他是一名失散的红军战士。名字，自然无人知晓。

三天后，一队红军打这经过。那间孤零零的木屋前，早已站了几位穿着瑶族服饰的男女老少。从木屋里飘出的缕缕炊烟，袅袅娜娜地在群山间徘徊……

清 淡　　◎邵宝健

在我们这个普通的居民点，38号的户主老钱是名望最高的。这与他的地位和才智似乎无关，与他的长相和风度也无关。换个角度说，老钱是个非常清正的人，邻居们都喜欢他，平日里亲昵地直呼他为"38号"，而不呼他的官衔，就是一个佐证。

我们注意到，38号的口味清淡，长年所食食物含油脂少。一些个手拎甲鱼、黄鳝、鳗、虾、蟹的人向他家走去，每每被他拒之门外。久而久之，人们便了解了他，便停止了这种粗俗的以"小利换大利"的勾当。而他在将近40年的税务生涯中，却满足于清淡恬静的生活，直到临将退休，最高职务只是一个税务分所的副所长。

在准备办理退休手续的日子里，38号家的门被两位衣冠楚楚、神色庄重的中年男子叩开了。

清茶。寒暄。在客人对主人作了一番敬意油生的表白后，其中一位中年客说："钱同志，此来别无他事。知道您就要退休了，心依恋。这一带的纳税单位，深为您的秉公办事和清正廉洁所感动，受大伙儿的委托，给您准备了一件小小纪念品——不是什么行贿哟，只是表达大家的敬意而已。所以请您一定不要客气。"

38号不吭声，静察。

客人把随身带来的一卷画纸展开——是一幅尚未裱糊过的中国画。画面是几棵青菜和数个萝卜，青青白白，煞是逼真。画作题款是硕大非常的两个行书：清淡。

38号瞄了一下，接着眉毛抬了一下："还是请拿回去，这不好——当然不是说这幅画画得不好，画是很不错、很有意境的。你们的心意我心领了，请收回吧。"

两位客人危坐不动，大有不收受就不走的架势。

空气有点沉闷。一直没有开口的另一位中年客说："38号，您是个热心人，热心了近40年了。人心是秤，家喻户晓。我们也希望您对我们两人热心一点。您这样，我们很难'交差'，您已经上不了几天班了，这只是表达我们的……怕您不接受，也没有再破费去裱糊……"

38号终于被客人的诚恳所打动，叹了一口长气："好吧，就留下吧，谢谢，谢谢。"

客人如释重负地告辞了。

墙也透风。赠画一事，不知怎么，传到所里。于是很自然地惹起一番议论。其中较新颖的议论是：此画乃出于一位丹青大家之手，是花了5000元的代价定购的，云云。

这天，在沸沸扬扬的议论中，38号默默地走进他的办公室。他是来向同事们"告别"的，即日起，他就可以赋闲在家了。

只见他望了一眼他的办公桌，又把目光一一移到所长、新任副所长和几名科员身上，语气低沉："今天，我要走了，谢谢大家的合作。我也没带来什么礼物，这里有一幅画，就留在办公室。欣赏权属于所里的每个人；画的所有权归公家。"

就是那幅"青菜萝卜"图，他已经花了一些钱给裱糊了一下，添了轴，更挺括了。

办公室的后墙上钉了一枚钉，立轴即刻被挂在墙上了。画上的题款"清淡"二字旁边，新添一行正楷——"与同志们共勉"。不难看出，这些新字为38号所书。

38号退几步，朝"青菜萝卜"凝视片刻，说："很好！"

鱼 儿　　◎陆颖墨

　　鱼儿还是胚胎的时候，娘做梦见着一条大鱼。第二天部队就来了人，说是一艘潜艇在海下让什么卡住了，鱼儿爹就潜了下去。后来潜艇上来了，鱼儿爹再也没有上来，娘听罢吐血后没几天，鱼儿就提前一个月来到人世。

　　娘非要起了这个名。

　　那时他的亲爹本在休假，该下海的是战友小杨子，那几天他刚让女友蹬了，领导不放心，鱼儿爹替他穿上了潜水服。半年后，小杨就成了鱼儿的后爹。

　　鱼儿的弱智是他学语时被发现的。娘让他喊小杨爸爸，他就喊，可看见其他穿海军服的，他也叫爸爸。娘和小杨的心里都不是滋味，耐心地教他该叫别人叔叔。可他看见小杨也叫叔叔。娘眼泪汪汪地同小杨商量，小杨说：就这样叫吧。从此，家里只有"叔叔"的叫声。

　　两年后待鱼儿的弟弟出世，就出现了麻烦，随着弟弟学会叫人，他脑中早已无影的"爸爸"二字，再一次出现。他又见人乱叫了。一回，娘和小杨刚出门，见一帮孩子在草坪上围着逗他：鱼儿，叫我爸爸。娘气得发抖，冲过去举着胳膊犹豫半天，终于打了鱼儿一个响亮的耳光，拎着他的耳朵将他拖到家。小杨夺过鱼儿抚着他的脸，第一次冲鱼儿娘发了火："你打他他懂什么？要打打我！"鱼儿娘一愣，顺手扇了小杨一嘴巴。小杨倒让她打蒙了，也愣了愣，说："你要是好受些你就再打吧，要不是我，他爸也不会死，他也不会这样……"鱼儿娘忽然像从大梦中醒来，扑到小杨怀里，捉着小杨的手捶自己，尔后，夫妻俩抱着鱼儿默默流泪。

　　自此，不许弟弟当鱼儿面叫爸爸，偶有不慎弟弟漏出一两声，鱼儿竟不再学舌，反而害怕地颤着身子。

念了四年一年级后，鱼儿就不再学舌。先由弟弟领着玩，后来也能单独行动，虽说时有淘气的孩子欺负他，但"爸爸"二字他再也没有叫过。如此下来十多年，鱼儿也有了一个高大的个子。

这天，和往日一样，鱼儿穿一套后爸的旧冬装在基地院里背着手闲逛。不同的是，后爸老杨到南方执行任务，棉帽没带走，他戴上了，上边还有一颗帽徽，走着走着和基地司令正好碰面。将军看见一士兵没有领花肩章还背着手，居然还对自己熟视无睹，很有些恼火，喝令："你站住。"

鱼儿吓一跳，继而看见一张不大友好的面孔，马上撒腿就跑。将军带兵几十年哪见过这么刺毛又胆大的兵，偏要较这个真，放弃了练就多年的首长步伐，拿出早晨练长跑的劲头追了上去。这一跑一追，马上引得路上不少人驻足。不远处巡逻的几个卫兵闻风包抄过来，把鱼儿截住。

将军喘着气大怒："哪个单位的？！姓名？！"

鱼儿惊悸未定，呆呆地看着将军，见这么多人围着他，竟觉得有些好玩，傻笑起来。

将军愈加气愤，要把鱼儿带走。这时，围观的人多了，自然有人认识鱼儿，忙说："这是个呆子。"将军一怔，看鱼儿的目光，果然有些独特。也就有些尴尬，命令卫兵："去把他家大人找来，怎么让他穿着军服出来瞎逛，太不像话了。"

鱼儿娘正好出来寻他，让哨兵领了过来。

将军见是个女的，又不是军人，忍了忍没有发作，但声音依旧严厉："他爸爸呢？！"

娘说："他爸爸早就沉在海底了。"

将军一愣，问："什么时候？"

娘指指鱼儿："这孩子还没出生……"

将军不再说话，似在想什么。

鱼儿看看母亲，再看看将军，冷不丁冲他叫了一声"爸爸——"也许是多少年不叫，幼儿学语那样音不太准。

娘又气又恼，一把拉过鱼儿。

有个积极的卫兵吼道："瞎叫什么！"鱼儿赶紧躲到娘的身后。

将军喝住了卫兵，而后慢慢地走向娘儿俩，伸过手来，在鱼儿头上轻轻抚摸着，抚摸着。

娘说："首长，实在对不起，他不懂事。"

将军轻叹一声，声音有些沙哑。他咽了几口唾沫，红着眼圈对鱼儿娘说："我就是那个潜艇的艇长。"又抬起头，像是对自己又像是对众人说："有时候，军人献出的。不仅仅是自己的生命……"

他没有期待别人说什么，对鱼儿说："孩子，我送你回家。"

娘没有作声，慢慢地跟在他俩的后边，有一点她弄不明白：那潜艇艇长她认识，在后来一次海战中已经牺牲了。

莫非还活着？

营 救　　　◎凌鼎年

娄城地下党的江书记在一次大搜捕中被伪军作为嫌疑犯抓了起来，幸好身份尚未正式暴露。

据传来的内部消息：这批嫌疑犯不久将要移交给娄城的日本宪兵队。

事情是明摆着的，倘若落到了日本人手里，凶多吉少。这不但关系到娄城地下党的安危，还涉及一批待运的药品——这可是苏北抗日根据地急需的东西啊。

要尽快派人去营救，只能成功，不能失败！只是派谁去最合适呢？

政委为此煞费脑筋。

这可不是一般的战斗任务，不是光凭勇敢、忠诚、不怕死就行的。

时间一分一秒过去，人选迟迟定不下来，真是急死人。

游击队孟队长闯进政委屋里说："政委，我去，我带上几个兄弟，豁出命来，不信救不回江书记来。"

"不行，这事你不行！这不是去端炮楼，打埋伏，你这火暴性子干这个不合适。你看你，这会儿就沉不住气了，咋到敌人圈里去转，你有你的任务。"

到底派谁深入虎穴呢？

机要员红娣前来请战，她说："我曾在娄城生活过几年，还有几个熟人，冒险去试试吧。"

应该说红娣是个比较合适的人选，论智论勇论对娄城的熟悉程度，没几个人能与她比。再说女同志又有女同志的方便，也不引人注目。

总之，不少人倾向于派红娣去。

只是，政委依然不表态，还在一个劲儿抽烟。大伙知道，政委正在绞尽脑汁。

最后，政委提出派乔秘书去。

这个建议一提出，立即遭到一片反对声。孟队长最激烈，他说派谁去都行，乔秘书无论如何不行！

孟队长的意见代表了不少人的看法。因为不久前曾派乔秘书去娄城执行任务，结果他摸到了相好的家，一夜温柔，误了接头时间，弄得虚惊一场，还差点误了大事。为此，检查到现在还没通过呢。

就他这号人，能独闯虎穴，完成如此重大任务？大伙儿不能不打上个问号。

政委说，我考虑来考虑去，乔秘书最合适，至少比红娣合适……

乔秘书立下军令状后，带上一大包银圆去了娄城。

一星期后，乔秘书风尘仆仆回来了。他进门，紧紧地握住政委的手说："感谢组织上对我的信任！"

由于乔秘书的周旋、活动，买通了伪军队长，江书记终于被释放了回来，避免了娄城地下党的重大损失。

事后，孟队长不能不服政委，他问政委："凭什么认为乔秘书比红娣合适？"

政委意味深长地说："红娣是穷人家的孩子，从小苦惯了，要她去买通伪军队长，她能舍得那些银圆？再说那种交际场所她能自由自在地活动吗？她不属于那个阶层，要露破绽的。乔秘书则不同。他父亲是民族资本家，大把大把的钱他见过，手面比我们阔多了。而那种交际场合，对他来说小菜一碟。更重要的是，在这种时候，对他来说信任比什么都有作用……"孟队长佩服得五体投地。红娣也说："政委真是知人善用。"

穷乡岁末　　◎王海椿

"夏庄村吗？高书记呀，我是翟东升，房管局有人到你村去弄些栗子，望准备好。"

"西河村吗？请找陈书记。我是翟东升，水利局有人去你村买鱼，请从塘里起些鲜鱼。"

人一旦当上官，就变得忙起来了。来到阿坝乡政府大院好半天了，我的朋友——党委书记翟东升还没顾上和我说几句话，这辆车刚出院子，那辆车又进来了，都是找他的。他接连不断地往各有关村打手摇电话。

院子里传来一阵猪嚎声，党委办小汪对我说："走，反正闲着没事，我带你看杀猪去。"乡政府大院杀什么猪？小汪告诉我，乡政府食堂每天有一些剩饭残渣，倒了可惜，食堂便养了两头猪，年终宰杀，起先被食堂几个人私分了，引起一些人不满。说猪本是大家吃剩的饭菜喂大的，肉也应该人人有份。司务长一气不养猪了。负责管理后勤的马副乡长便决定，猪照养，年终宰杀分给在食堂就餐者，食堂工作人员外加下货。小汪和我走到那里，两头猪已躺在大木桶中了。

不一会儿，毛脱尽，开始剖腹分肉。小汪领了两份共四公斤肉。他说一份是翟书记的，翟书记平常也在食堂就餐。"给我砍肥膘！"说话的是个穿着中山装的矮老头。小汪告诉我，这个人是乡民政助理老颜，平常不见他吃肥肉，可每年分肉，他总要肥膘。

我和小汪从食堂走到前面，院里又停了好几辆面包车、吉普车、轿车。

好不容易挨到天将黑，翟书记才得以脱身。他对我说："让你久等了，唉，乡镇工作，烦啦。年根岁底，上面来人多。检查工作的，弄土特产的，都是上级，不好得罪呀。其实，这里也没什么好东西。无非是地里长的，水里养的。承蒙人家这时候看得起咱穷乡。"

老翟到街上要点五香花生米、盐水蚕豆、咸鸭蛋外加一个猪耳朵，他说："到我宿舍，将就喝两杯吧。"摸出酒瓶，他好像又想起什么，头伸到门外，大叫："老颜——老颜——"随着"哎、哎"声，一个矮老头已进门来，我一看，是那个民政助理。翟东升对老颜说："来了个朋友，你就不要去食堂吃了，一起弄两杯吧。"老颜也不客气，坐了下来。

三个人喝了一瓶酒，吃了点面条。老颜放下筷子不久，就站起身，对我说："王作家，你在这和程书记聊，我还有点事，先走了。"

老颜走后，我刚想拉开话匣子和老翟长聊，老翟对我说："晚上我也要出去一下，你先休息会儿，看书或写点东西，等我回来再聊怎样？"见我有点失望的样子，他愣了愣："要不，你跟我一起去吧，也算是体验生活嘛。"他把小汪领来的肉挂到自行车把上，推车出门，我说："你这是……"他说："先走吧，我当你的'驾驶员'。"出了大院，他告诉我："李村有一特困户，前几天又遭火灾，是乡里帮他盖起了房子，要过年了，说不定他家连买肉的钱都没有呢，我把这点肉送去。我们当干部的，日子总比老百姓好过些。"

自行车在窄窄的土路上颠了个把小时才到李村，车子在一户门前停下来，虚掩的门露出昏黄的灯光。我随老翟推门进去，不承想民政助理老颜也在这里。我发现，桌子上放着一块肉，正是他下午从食堂领回的肥膘。

"翟书记，你们怎么也来啦？"老颜问。

"访贫问苦也不只是你民政助理的事啊。"老翟说，两个人都笑了。

我觉得他俩的笑很苦涩。

德叔落选　　◎何百源

　　人民公社化那一年，德叔18岁。从那时起他担任塘溪管理区（那时叫大队）支部书记，至今一直没有变动过。

　　50多岁的德叔，寡言少语，一副饱经风霜的基层干部形象：板刷头上斑白的短发冲天而立，脸上几道深深的"沟壑"刻画出几分刚强、几分纯朴。不分春夏秋冬，都光脚穿一双塑料凉鞋。有一次市里一位画家下乡，以德叔为模特画了一张人物素描，题为《本色》，在省里获了个二等奖。

　　只要一提德叔，管区里没有人不竖起太拇指说："他真是个好人！"好在哪里？憨厚老实的庄户人笑笑说："崖（我）文化少，讲不出啰！"

　　不过，许多事情都能说明德叔确实是个大好人。三十多年来，从生产队到大队，到公社（镇）、县，不论是选哪一种先进或模范，都少不了德叔的份。那时不兴奖钱，兴发奖状。德叔每次奖状拿回家就往墙上贴，贴满整整一面墙。

　　每逢有"情况"，比如台风、汛期、地震先兆，德叔就跑到办公室值夜，睡在办公桌上，用电话机当枕头，电话铃一响就抓起来，沉沉地叫一声："喂……"

　　有一年分救济粮，分到最后差一户没分上，这一户人家就是德叔家……

　　德叔让老婆缝了个小布袋，将公章装了进去，随时挂在裤头上。有一回办公室在夜里遭到盗窃，盗贼卷走了德叔一个存折，想不到，上面只有一元的余额。

　　多少年来，德叔真是"报上有名，电视里有影，广播上有声"，甚至成了传奇色彩的人物。

　　每一次改选支书，点票结果都是德叔差一票就满票当选，事后都证实是德叔没选自己。有一次按规定年限又该改选了，文书在未经选举的情况下就上报了德叔。上级党委认为这样做不严肃，批评了文书不应该这样儿戏。文书不服气地说："再怎么选也是德叔。"之后郑重地举行选举大会，结果还是德叔当选。

但是近年来，德叔在塘溪人的心目中，威信有点每况愈下。主要原因，是与周边相邻管区相比，塘溪显然落后了许多。且不说工农业总产值之低，且不说村办企业之少，单看村民的住房，就可知塘溪人的生活水平和几十年前没什么两样。不过，人们仍不忍心埋怨德叔。因为谁都知道，德叔至今仍住破瓦房，两条条凳架三块木板做床……

最近一次支部改选，德叔竟只得了一票，他落选了。

新当选支部书记的人名叫郭清文，是一位毛遂自荐、勇于开拓进取、先富起来的年轻党员。

点票结束后，在管理区主任主持下，举行了简单的"权力交接仪式"。德叔不无感伤地慢慢地将公章从裤头上解下来，双手递到郭清文手中，说："可得把它保管好……"

郭清文双手接过，说："德叔您放心。保管这印章固然重要，关键还在于要用好……"

满 票　　　◎孙方友

　　村中有一小学校，学校虽小，但年代久远，据说开初伊始是村上一位乡绅办的。乡绅姓张，名毅斋，学校也就起名叫"毅斋乡小"。中华人民共和国成立后，张毅斋被镇压，学校就更了名，改为"张广小学"。张广也是本村人，是位烈士，解放战争时期任共产党的第一任村长，不料当时反动势力猖獗，被反动派暗杀团杀害。因为张广是在小学校里被敌人活活钉死的，为纪念这位为革命献身的烈士，所以经政府同意，将学校改为"张广小学"。

　　校名本来应该顺理成章地叫下去，岂料不久前张毅斋的儿子从台湾回来了。他见家乡小学校房屋破旧，院墙倒塌，决心为乡人办点好事，捐款5万元人民币修建小学校，但也附加了个条件，学校修建好之后恢复原名：毅斋小学。

　　老村长的独生子张郑原在乡政府里当书记，眼下离休在家安享晚年，一听说要更改校名，大发雷霆，气冲冲找到村支书，说是坚决反对学校更名。村支书更是左右为难：改吧，烈士遗孤不同意；不改吧，这里为老区，经济困难，眼看5万元就要顺水漂走。万般无奈，他急忙召开村委会研究，干部们议论了一天，最后决定召开群众大会，让大伙用无记名投票来决定。

　　大会就在小学校里召开，一家一个户主，几百户人家全来了。村支书发下选票，宣布了两个候选名单，并说为照顾文盲，来个简单行事，只在选票上画"○"或打"×"。画"○"者表示同意更换校名，打"×"者就是不同意。

　　可做梦也未想到，投票结果，竟是满票——大伙都同意更换校名！

　　只是，大伙的情绪也非常低沉！

　　村支书大惑不解，悄悄问张郑说："你为何也投了赞成票？"

张郑哭丧着脸说："昨黑我儿子和媳妇孙子给我吵了一夜，说我糊涂，说是对子孙万代有益的事儿你为何阻挡？名字算个鸟？爷爷的名字挂在上面就有点儿丢烈士的人！再过几年学校塌了砸死了学生是谁的罪过？孙子劝我说：爷爷你别难过，等我大学毕业挣了钱咱再把名字改过来！"

村支书面红耳赤，许久没说出话来……

背 景　　◎欧湘林

早就说好了的，小兰师大毕业时小兰爸将她调回滨湖市的重点中学工作。

小兰爸是滨湖市市长，她有这个优越条件。

可是，正当小兰毕业前夕将要填写志愿书的时候。她爸却打来电话，要她服从组织分配，到祖国最需要的地方，到工作最艰苦的地方去。小兰问爸为什么要改变初衷，小兰爸用不容商量的口气说："谁叫你是市长的女儿呢！到边远县去落户吧！"

小兰是不敢违抗爸爸的，只好含着泪照办。

小兰到大窑岭中学落户了。大窑岭属边远县管，边远县属滨湖市管。

听说市长的千金大学毕业后不留在繁华的城市而志愿到穷山区来了，大窑岭的上上下下都轰动了。大窑乡教办的负责人马上给学校打招呼，安排小兰在教务处工作。

不久，小兰写信给她爸，说学校太破烂，校舍都属危房，要爸想办法给学校搞点经费。

小兰的信发出才一个多月，市里"希望工程"办的人就到大窑岭中学来了，给了学校15万元赞助款。只几个月时间，大窑岭中学就焕然一新，小兰一下子成了大窑乡的名人，谁都知道她有个在市里当市长的爸爸。

小兰对大窑乡有贡献，年轻的大学生很快被提拔为大窑乡副乡长，负责抓全乡的教育工作。老乡长也满怀希望地想通过小兰的关系使大窑乡的经济上一个新台阶。

谁知，大窑乡没留住小兰，小兰第二年就被县里要走了，是在县教育局担任副局长。

边远县是个穷县，县里抓住小兰就像抱住了棵摇钱树。小兰也没让县里失望，每隔一段日子就回一次城，就当一次"乞丐"。幸运的是，她无论向谁伸手谁都肯给钱，特别是那些有钱的大企业。不到两年时间，她就为边远县"讨"到了400万元"希望工程"和"文化扶贫"经费，使边远县的几十所中、小学全都旧貌变新颜，这在全省来说都是绝无仅有的。小兰在县里成了大名鼎鼎的新闻人物。她为贫困山区的教育事业不辞劳苦的事迹不断地在县级、市级和省级报刊上刊登，同时她也成了各级电视台屏幕上的热点人物。

在边远县，小兰第二年就入了党，第三年就担任了副县长。她有文凭，人又年轻，工作又有成效，她的不断被提拔似乎是顺理成章的事，谁也没有提出过异议。

第四年，就在小兰和市里的一位白马王子喜结良缘后不久，为了照顾夫妻关系，她被调回了滨湖市，并出任市妇联副主任。而在这之前不久，她的爸爸也因为不谋私利、政绩突出被调到另一个城市担任市委书记去了。到这时，小兰才似乎省悟当初她爸为什么一定要她到艰苦的地方去。

扯　淡　　　◎侯德云

岁月是个无情无义的家伙，硬推着爷爷，往老龄上去。头发白的已经白了，没白的地方快白了。牙齿掉的已经掉了，没掉的也快掉了。爷爷老喽。人总是要老的呀。

爷爷老了老了，老出这个毛病。有事没事，爱闲扯个淡，唠唠叨叨，把肚子里的旧货，陈麦子、烂高粱，抖落一地，扫不净。

孙子听着烦。烦就烦你的吧。爷爷不理那个茬，有滋有味地叨咕下去，大智若愚的样子。或者也可以说是，大愚若智。

爷爷说：那年，我还是个愣头小伙子呐，参加了游击队。晚上端鬼子岗楼，不知谁，弄出一个响儿，被鬼子发现啦，机关枪，嗒嗒嗒，嗒嗒嗒，一个劲儿扫。狂得不知姓个啥。狗日的！

孙子懒懒地捡起话头：岗楼端了没？

爷爷沉了脸，摇头：没。狗日的狠哩。死了两个弟兄。那几天，心里就是一个恨！

默了一瞬，爷爷笑：个把月，又去。端了个屁的。炸药包，手榴弹，轰轰地响。出了口鸟气啊。

孙子脸上木木的，半晌，吐了一个问：游击队啥编制？机关还是事业单位？

爷爷凝了个怔，无话。

孙子又吐了一个问：企业吗？国有还是集体？

爷爷又凝了个怔，无话。

孙子勾了头，翻一本花里胡哨的杂志，哗哗乱响。

爷爷瞟了孙子一眼，接着往下扯：转过年，我参加了八路。嗬，那叫神气！队伍往外一拉，漫山遍野，海啦。打大仗！啥也不顾，劲儿劲儿的，就是一个冲！小日本鬼子，稀巴啦，举了白旗，降啦。哈。狗日的！

孙子突然抬起头，眼睛一眨不眨：爷，你干掉了几个小日本？

爷爷笑，悠儿悠儿的：哪有闲空数哇，大概说，不下八九十来个吧。嘿嘿。

孙子生了兴致，扔了手里的杂志，嚷：爷，你发财啦。干掉一个，得多少奖金？

爷爷岔了嗓：奖金？没啊。倒是身上让狗日的枪子儿钻了几个洞。

孙子矮到真皮沙发深处，撇撇嘴：爷，傻了吧你，没奖金干个啥劲儿？不如去唱歌，不如去踢球，一个个全他妈的是大款！

爷爷吼：炮火连天，狗日的打到家门口啦，唱个屁歌？踢个屁球？

孙子一脸不屑：那就去做买卖，就便还能跟日本人搞个合资企业，当个老板多牛×？话再说回来，干啥不比打仗强？死了白死。嘁！

爷爷垂下眼皮，锁了嘴。抬腚下楼。弓身背手，沿大街一驼一驼地走。车嚷人喧，愣是没听见个响儿。

日头撞向西山，洒一坡血，那景，酷像刚刚了事的战场。

爷爷叹一口气。停停，又叹一口气。沿大街一驼一驼地走。

惊心的照相　◎何葆国

老霍在刑警大队搞了20个年头的摄影，专门给尸体和罪犯拍照。在他办公室的一只大立柜里，一沓一沓都是这些照片，让人看了心惊肉跳。

老霍拍的照片常常印在"认尸启事"和"通缉令"上面，漫不经心看一眼倒没什么，假如你认真看的话，一定会触目惊心，好像有一股寒气从脚底升起。老霍拍摄的尸体照片给人一种强烈的现场感，把生命遭到毁灭时的那种恐怖和悲惨表现得淋漓尽致，带着一股浓重的血腥味。他拍的罪犯照片，抓住了罪犯最典型的表情特征。栩栩如生地定格在照片里，让人一看就能认定那不是好人。老霍的许多同事都有这样的感觉：他们看现场或者面对罪犯都很平静，倒是看老霍拍的照片，反而感到莫名地震惊。说来没人相信，老霍20年来除了执行公务给尸体、罪犯拍照，极少动用相机，远的不说，近的仅有三次，而这，绝对就是最后的三次。

这年八月的一天，下班了，办公室里只剩下老霍和同事白副。

白副看见老霍桌上的相机，忽然心血来潮，说："老霍，给我'咔嚓'一张。"

老霍很为难，说："我从来拍的都是尸体和罪犯……""没事。你随便拍一张就是了！"

白副坚持要拍，老霍只好给他拍了一张。

照片洗出来之后，老霍吓了一跳，他拍的白副活像一个死人！老霍没有把照片给白副，好在白副也忘了。可是没多久，白副在一次执行任务时发生车祸身亡，他死的样子，跟老霍拍的照片一模一样，这使老霍一连做了许多天的噩梦。

到了九月，有一天，老霍背着相机从现场回来，他走上办公楼，看见黄政委正站在走廊上眺望远方。黄政委是老霍的老上级，他平时待下属总是和和气气的，没有一点架子，老霍便上前尊敬地叫了他一声。

黄政委见是老霍，笑道："老霍，辛苦啦！你这海鸥机用了十几年了吧？"

老霍说："今年满20年了。"黄政委说："你提个申请，局里议一议，给你鸟枪换炮，换个现代化的！"

老霍用"海鸥"用得顺手，也用出了感情，从没想过换机子，但是对黄政委的好意还是很感激，便连声道谢。

两人稍稍聊了几句。黄政委说："给我来一张吧。"他立即摆出拍照的姿势，脸带微笑，显得和蔼可亲。

老霍犹豫不决，黄政委笑道："快啊，不要浪费我的表情啦！"老霍迅速调好焦距，按下了快门。

几天后，黄政委的照片和十几张罪犯的照片一起洗了出来。老霍凝神一看，顿时一阵心慌意乱。他觉得黄政委的表情……他不敢往下细想。

大概一个星期后，黄政委忽然因受贿罪被捕，大家听到这个消息都很惊讶，只有老霍表情平淡，好像什么都没有发生一样。

这一段日子，城北的机关干部新村接连发生三起盗窃案。罪犯很狡猾，几乎不留任何痕迹。大家跑了几天，还守了两个晚上，连个影子也没碰到。

那天，老霍独自到新村查访，回来路上，腰间的BP机响了，原来是儿子在呼，说是母亲突然昏厥在地。老霍知道老伴心脏病复发，没来得及回局里，直奔家去。

回到家里，老伴因为吃了救心丹，已经好了许多。老霍问她要不要上医院，她说不要，老霍于是便松了口气。

儿子看见老霍背着相机，说："爸，给我照一张证件照吧，我们厂里填表要用照片。"

老霍说："到照相馆去照。"

儿子说："来不及了，表格明天就要交啦！"

"你早几天怎么不照？"

"我忙啊，忘了。"

经不住儿子好说歹说，老霍想到晚上该把胶卷拿出来冲洗，里边还有一张底片，便勉强答应给儿子拍了一张。

晚上，老霍在局里的暗房中冲洗，当他看到儿子的照片时，心里蓦地一惊，这简直就是"通缉令"上的罪犯，那眼睛的深处，透露出一股难以掩藏的邪气！

难道儿子是罪犯？老霍实在无法接受这样的事实。

这天晚上，老霍一夜没睡。第二天，等儿子上班以后，他走进了儿子的房间搜寻，撬开了锁着的一个抽屉，除了老虎钳、凿子几件工具外，还有几扎外币和一包黄金首饰。老霍只觉得眼前一阵昏暗，几乎要跌倒……他跟跟跄跄地离开了家，乘上电车到了局里，敲响了局长办公室的门……

第二天，儿子被传讯，经侦查，他果然是新村盗窃案的罪犯之一。儿子被逮捕，老伴因受了刺激，心脏病突发而死去，老霍便成了孤身一人。

老霍大义灭亲，同事们都很敬佩，但为什么老霍一看照片就怀疑儿子是罪犯呢？有人说，凡是罪犯，心里总有一股邪气，这股邪气，总要通过眼神、面容透露出来，老霍拍了20年的罪犯照片，对这股邪气最为敏感，所以一看黄政委、儿子的照片，便能察觉有异。至于白副的照片和他的意外身亡，那不过是巧合而已。这种说法，倒好像有点道理。

花　匠　　◎杨轻抒

一条花市街使我们这座三国时就赫赫有名的小县城香飘四方。在花市街上卖花的数董爷的花品种最多，花势最好。

董爷不是花贩，董爷自家养花，自家卖花。但董爷卖花有一怪癖：凡买花者神态间显出可买可不买者，董爷坚决不卖，董爷说，不爱花的人不懂珍惜。

另一类，买花者买花时董爷必追问其养花之道，倘若买花者对所买之花的养育知识一无所知。董爷也不卖。董爷的理由是：知道爱花不懂养花，是作孽。因此，第一回到董爷处买花去了的，如被董爷第二次见到，必被刨根问底打听花势如何。若好，董爷就一脸满足；如有了问题，董爷当即就要气得白胡子颤颤的。那人要还不快逃，定会被董爷骂个天昏地暗。

所以花匠董爷在花市街——在整个县城是一怪。

正因为董爷有这么个怪癖，所以董爷的生意并不见好。除了些真正爱花又养花的之外，董爷的生意多少有些冷清。再加上前段时间我们小县城里为某位主要领导的案子闹得沸沸扬扬，全县人的注意力都到案子上去了，就更没心思侍弄花了。

案子出得实在有些让人始料不及。那位主要领导只在一夜之间就成了阶下囚。有消息传出来，说在他家里倒没搜出什么，但在他妻子办公室，他儿子的屋子里搜出的各国货币，不包括金银首饰和足可开间高档礼品店的礼品，其数目就可以抵一个中等收入的人干上十辈子了。大家始终没明白，这位一向政声挺好又平易近人的领导怎么会是这么条蛀虫呢？

一时间大街小巷都在议论这件事。

议论的结果有两种：一是知人知面不知心，画虎画皮难画骨，这位领导外表给人印象挺好，实际却是掺在政府里的一只蛀虫；二是认为这位领导本身是好的，但是太宠他的妻儿，结果妻儿背着他干了那么多的坏事他居然一点不清楚。

这一点似乎有些说不过去，但花市街的居民们倾向于第二种，因为花市街居民点，正是在这位领导的亲自过问下，大家才有了这个既宽敞又明亮的住处。所以说起这位领导的案子，大家自觉不自觉就偏袒了这位领导。

有人就问董爷，您看呢？

董爷说我不懂，我只懂养花。

那人还不死心，说您这把年纪了还有啥不懂的？

董爷说真的，我就懂爱花的人要会养花，不会养花的人爱花不是爱花，是害了花。

那人呆了呆，说是了，这也是道理。

那人五十岁左右，像哪个厂里的中层干部，蹲在董爷的花前，一盆一盆地看，边看边问，董爷就乐了，说你也懂花？

那人冲董爷笑笑，说不懂，但爱。就为爱花才来向您请教呢。

董爷挺高兴，就扯条小凳给那人坐。说真的，爱花是件好事儿，可光是爱花有时就变了坏事。比如有的花要水足，就得多浇水可又不能浇得淹了花；有的花性瘠，那就不能多施了肥。

董爷端起他总带在身边的紫砂壶，抿一口，挺惬意地一抹白胡子，说，活这么大把年纪了，也见多了，人和花一个理，爱护是当然的，可不会管着，爱就是害呢！

那人挺高兴，和董爷对坐了，说得手舞足蹈，花市街的人第一次见董爷说了那么多的话。

不久，有位领导在电视上讲话，讲了很多，道理和董爷说的是一样的。

董爷吃了一惊，说，我昏头了！咋就把他的官看小了呢？

党 员　　　◎王德林

张贵说他自己是党员，那天他酒喝得挺多，趴在井口饭店的桌上睡着了。段里的老孙边推边拿话损他，瞅你那熊样，一个臭盲流还党员呢，少扯。

可是，从那天起，大伙就不叫他张贵了，都叫他党员，不无戏谑与挖苦，就连段长点名也喊他党员。无奈，他硬着头皮答应。

党员个子高大，长得很结实，茂密的络腮胡须，似土匪出没的密林。两年前，他来矿上时，光背个简单行李卷，一副北大荒跑腿的装束。

党员平日干活丝毫看不出党员的亮色。跟大伙一起入井升井，放炮给棚、开帮攉煤，有时甚至显得吊儿郎当。他升井后的第一件事就是蹲在井口抽烟，一口接一口，那贪婪的样子活脱一个骆驼祥子。

后来，党员在一次事故中用生命证明了他是党员——真正的。

井口旁边有一个又大又深的土坑，矿上的工程师在图纸上标明：填死。一年过去了，那个大坑仍躺在那里。井长整天围着产量和工人开支转，哪顾得上填什么坑。

今年夏季干旱，山坡的庄稼都被酷热的日光烤成了干草，雨水一下子集中到了秋天，同南方的梅雨期差不多，粗密的雨线把天地缝成一个整体。

积满了水的土坑如同一只伺机猛扑的困兽，终于等来了机会。

那天下午，党员正跟班组的伙计们在掌子面给棚，党员拿锯拉完一根棚腿子，刚站起身，就听到洪水的咆哮声。

洪水像条疯狗狂吠着朝井下猛扑过来。

褐灰色浑浊的浪头将井下设施冲得七零八落，一架架棚轰然坍塌。棚梁和棚腿子七扭八歪绞到一起，将生路封个严实。

党员和伙计们想要往外撤已来不及。

大水来得突然，死神来得突然，他们来不及做出任何反应，一个个木桩似的靠帮站着。

水一寸一寸往上涨。淹没了膝盖，淹没了大腿，淹没了腰际，淹没了胸部，死神如同一条绳索一圈一圈往他们身上捆，最后捆到了脖颈，绳索眼瞅着就要拖紧。此刻，党员和班组的十三个伙计几乎是同时悲怆地闭上了眼睛，耳边响起了耶稣被钉在十字架上临死前说的那句话：完了。

然而，耶稣完了。他们却没完。

就在大水涨至脖颈要将他们整个淹没的一刹那，洪水又神奇地慢慢退了下去，顺着别的路线拐弯抹角地流走了。

可是，出路已被堵死，掌子面只剩下两张床大的空间，黑暗与恐怖如墨斗鱼尾后喷出的浓液，稠重得要将十四个生灵窒息。

老孙是段里的在籍工。自身的优越感使他在党员他们这些农协工面前总是显得趾高气扬。这会儿，却像个瘟鸡，缩在角落里呜呜哭出了声，我儿子刚结婚，我还等着抱孙子呢。这下可好……呜呜呜。

听到老孙的哭诉，其他人也纷纷瘫下，如土委地，脸上浮层绝望僵死的颜色。

党员一步跨过去，一把拎起老孙，啪啪扇过去两个耳光。你他妈号啥丧，还没到哭的时候呢，你没听到上面的飞机声吗，那是煤炭部长来救咱们来了。党员貌若金刚，眉藏凶气，老孙立马止了哭声。

刚瘫下去的伙计们忽地站起，支棱起耳朵往上听，幻觉中果真就传来了嗡嗡的飞机声，顿然都精神了起来。

党员黑黢黢的脸绷得紧紧的，对围过来的伙计们说，咱不能在这里等死，要跟外面配合冲出去，你们平时不都喊我党员吗，好，现在就听我的，分两组，轮班开道往外冲。党员冷峻得不容置疑。

于是，锹、镐、斧、锯、手拼命挥舞，披荆斩棘勾勒出四个字——鱼死网破。

生机一寸一寸朝前挪动。

饥寒一点一点消耗他们的体力。

十四个人二十八只手全鲜血淋漓。

一块巨大的岩石挡住了去路，岩石下有一条窄缝，刚容一个人蹭过去。党员紧了紧腰带，硬朗地说，我先过去，如果没动静那就是条废巷，你们千万别过去，另想办法。

党员大头朝下一蹭一蹭拱了过去，他的举动无异于战场上的蹚雷。

大伙的心嗖的一声冷噤起来。

还好。

伙计们一个接一个从石缝下拱了过去。可是，当老孙最后一个钻出上半截身子时，那块岩石发出了阴森森的怪叫。党员极其敏捷地蹲下身，重新钻入石缝，伸出那双钢锉般的大手擎住岩石，老孙趁机滚出了石缝，那块岩石却轰然落下……

当伙计们把党员从岩石下扒出时，血肉模糊的党员只说出一句话：我是党员。伙计们抱住他痛哭，齐声高喊，你是党员，俺们啥时候说你不是党员啦！

十三个人抬着党员终于同外面救援的人会合了。

党员火化那天，矿上收到一封来自远方的信，信上只有两句话：张贵同志确系中共党员，特此证明。

党员躺在待送架上，整过容的脸光洁成一幅炭笔速写。井长将那封信装进党员上衣兜里，这样，党员便心无挂碍，精神舒泰地上路了。

段里的伙计们向他洒泪告别。

老孙领着老伴、儿子和儿媳跪在党员脚下，泪水糊面地嘶喊：党员——！

顷刻，党员化作了一团烈火，在众人心中熊熊燃烧。

井口旁那个大土坑，不到一上午就被推土机填平了。

生死回眸　　◎蔡　楠

　　一片枯黄的落叶从地上飘起，生长在那光秃秃的枝头，枝头回黄转绿，叶片变得青翠饱满，春雨袭过，嫩芽初绽。在这篇小说里，我们假定时光倒流。

　　一个生命被子弹洞穿，凋谢在刑场上。透过血痕，我们看到杜君的生命像那片坠落在地的枯叶重又飘起。渗进泥土里已经板结的血块开始变得鲜活，重新聚拢回到他的体内，枪口结疤，杜君坐起、站立，走向来时的路。

　　杜君从两名警察手中挣脱，离开公判大会会场，回到了监所。头顶上窄小的窗口挤进了几丝光线。他咀嚼着每天只有两顿、每顿只有两个的窝头，难以下咽。他想起了迟志强那著名的歌词："手里呀捧着窝窝头，眼泪止不住地往下流。"杜君就真的流出了眼泪。

　　你现在流眼泪还有什么用？在审理杜君一案时，县纪委书记气愤而惋惜地说，你是多么年轻呀！

　　是呀，杜君很年轻，在任命为县农行主管业务的副行长时，他才三十一岁。三十一岁，金子一样闪光的年华。他真想干一番事业。然而，这个世界对人的诱惑太大了。忍受清苦去奢谈事业必须有超凡的克制力和忍耐性。面对金钱、美女、汽车、洋房的拥抱，杜君眩晕了。一切的一切开始于那次单位盖办公楼。一个建筑队的包工头叩开杜君的家门，送上了一套精美的挂历。更加精美的是挂历里卷裹着的五万元人民币。主管办公楼基建的杜君在那个晚上失眠了，两个杜君打了一夜架，一个杜君要把钱交还包工头，另一个杜君死活不让。结果杜君采取了折中的办法，用妻子的名义将钱存入了另一家银行。不久，工程落在了这个包工头手中。接下来的事情杜君不再失眠。一家企业来请，酒足饭饱之后，将杜君拉进了桑拿浴室，筋酥腿软之后又塞给了他两条香烟。回家一看，每根烟卷都是一张百元钞票。第二天，杜君大笔一挥，批了三百万元贷款。其后便是那个港商找上门来。港商要与杜行长做一笔钢材生意，将杜君带到了香港，五日游后，一把别墅的钥匙攥到了杜君手里。作为回报，杜君挪用了八百万储蓄存款。后来呢？就是刚盖好的办公楼坍塌了一半，三名职工被盖在了楼下。后来呢？就是贷款追不回，挪用的存款没了踪影。再后来呢？就是东窗事发，纪委查处，移交检察机关，杜君进了监所。

在监所里，第一个来看杜君的是他中学时代的班主任，两鬓斑白的班主任什么也没说，只是颤抖着把一张发黄的纸交给了杜君。杜君打开那张纸，是他的入团申请书，右下角那片殷红仍清晰可辨。

杜君回到了美丽的校园。杜君开始了中学生涯，勤奋好学的杜君写了入团申请书。当杜君得知第一批发展团员的名单没他的名字时，他重新写了申请书，并咬破中指，签了名，将它交给了团支书。杜君终于戴上了团徽。杜君在"五讲四美"活动中被评为"先进标兵"，他将拾到的一百元钱交还了失主……

家在农村的父母来了。他们带来了一个大帆布兜。父母说，儿啊，尝尝你小时候最爱吃的煮玉米和烤白薯吧！面对年迈的父母，杜君以头抵地，跪倒尘埃。

杜君走在家乡的田野上。杜君随着父母去生产队劳动。他看到一群小伙伴挖了白薯，掰了玉米，便尾随着他们。秋深似海，田野寥廓而神秘。一股浓烟袅袅升腾，伙伴们欢呼雀跃，他们在烤玉米、烧白薯。杜君咽了口唾沫，坚决地一转身，跑回大人们劳作的地里，把这事报告了生产队长……

夏夜闷热而漫长，杜君缠绕在父亲的膝上，听父亲讲侠女十三妹的故事，母亲给他扇着风，听着听着，杜君睡着了。睡梦里，杜君越来越小。杜君咿呀学语、蹒跚学步。杜君满地乱爬，嗷嗷待哺。杜君随着母亲的一声泣血的阵痛，降落到这个世界。

此时，一场春雨刚刚润绽院内那片柳芽。

残 兵　　◎邱脊梁

XUNZHAO ZHENGMING

保安部长兵今天很忙，却忙得神气。他在主持公司招聘保安员的面试工作。他挺直着腰杆，端坐在黑漆大桌后的转椅上，翻看初选过关的应聘者资料，这次招聘的条件，是部长兵亲自定的，很简单，也很奇特：今年刚退伍的军人；共产党员；农村户口。定这三条，部长兵有他的理由：刚退伍的军人，仍有严谨的军人作风，思想纯洁，便于管理和开展工作；对于一个科技型大企业，他必须牢把保安员的政治关，所以要求是党员；至于农村户口，除了农村人能吃苦耐劳这一条外，也包含了他的阶级感情。部长兵祖祖辈辈都是农民。

通知今天来参加面试的，有几十人。部长兵按表格的编号，一个个叫进他的办公室面试，他用威严的目光审视每个应聘者，慢慢地，他却失望起来：一部分人，是假冒军人，这个骗不了部长兵，他也是军人出身呢，他看一眼，就知道是个什么货色；一部分人，是军人，却退伍好些年了，变得很油滑；还有一部分人呢，要么是党员，又不是农村的；要么是农村的，又不是党员。部长兵想，合格的少些就少些吧，宁缺毋滥，坚决不能放松条件。

部长兵把头仰靠到转椅靠背上，休息了一下，抽出最后的一张表格，眼睛一亮，原来是个也叫作兵的家伙呢。部长兵就叫，兵，进来！进来的是一个彪悍的小伙，一双大眼睛，很深，很清，也很亮。部长兵一看，就知道是个标准的好兵。部长兵一边问应聘兵的情况，一边却老用眼睛打量他交叉在腿上的手。应聘兵就不自在起来。"立正！"部长兵忽地一声口令，应聘兵"啪"地便站成一尊雕塑，这下部长兵看清了，应聘兵的右手只有四个指头！这是一个残兵。

部长兵便关切起来：你这手评得上残啊，你咋没找部队给你安排工作转业呢？残兵脸就红了：我不好意思啊。部长兵激动起来，怎么不好意思，你为国家和人民利益致残了，要求安排工作天经地义有什么不好意思！残兵小声说，是我自己喝多了酒后为连队磨面卷掉的，是我自己的责任。部长兵说，谁管你喝酒不喝酒的，反正你是为连队磨面啊！残兵低看头，说，连队也说给我评残转业，要我写个材料，这材料我怎么能写呢，我不能弄假啊。部队给我治伤花了好多钱，我家里遭水灾，部队又寄去了好多钱，我不能对不起部队啊！

部长兵的心就重重地震颤起来，这真是一个美好的残兵，他决定录取他。他站起来。从漆黑的大桌后走出，向残兵伸出了右手。

两只军人的手便紧紧地握到了一起。

两只手加起来却只有8个指头！

部长兵也是一个残兵！他是评残后部队给安排工作转业到这家国有大企业当保安部长的。只是，他的残疾，是他心灵一个永远的负疚：他曾当兵5年，在提干无望转志愿兵无望的情况下，趁部队参加抗洪救灾时，抢起一块粗大的麻石，砸碎了自己的拇指！然后谎报军功，以一个拇指的代价，换来了自己国家干部的身份。

残兵紧紧抓着部长兵的四指，激动地说：部长，您也是残兵啊！部长兵沉沉地说：是的。

……

老同志　　　戴　涛

XUNZHAO ZHENGMING

10多年前，我跟妻子新婚不久，一天岳父大人与岳母大人邀我俩去吃饭，酒喝到一半，岳父大人凑到我耳朵边问："你说说，上哪去买材料来做纱门纱窗？"我就说："这还不好办，您是材料处的处长，随便上哪弄一点都成。"

没承想我说了这话，岳父大人原来和颜悦色的脸一下绷得紧紧的："这怎么可以嘛，你知道，我是个老同志！"我急忙用手紧紧捂住了嘴，生怕没咽下去的那口酒会喷到"老同志"的脸上去。

这以后，我在妻子跟前时常将岳父大人称为老同志，妻子听了也觉得挺好玩的，于是她跑回娘家也这么叫，这一来，"老同志"便很快成了岳父大人的注册商标。

几年前，老同志终于光荣地离休了。我和妻子怕他寂寞，就去买了花，买了鸟，买了练拳脚的书，一起送到他老人家手里。可结果令我们非常失望，因为岳母大人来向我们诉苦说："唉，我现在快忙不过来了，除了要伺候一位老同志，还要伺候5盆花，3只鸟。"我们问："那老同志一天到晚干吗呢？"岳母说："要么看书看报看文件，要么就去行军。"我跟妻子全乐了。"现在还行什么军？""怎么不是行军呢，人家出去逛街是慢慢走慢慢瞧，可他倒好，一溜小跑，叫你追都追不上。你们说，这不是行军打仗是什么。"岳母大人说完以后自己也乐了。

妻子又问："老同志现在还去不去单位？"岳母说："去，一个月总要去两三回，离家又不远，去了还非要在那儿吃了饭才回来。"

妻子说："妈，您这就不懂了，这叫上后方补充给养。"

我跟着说："看来老同志也跟上形势了，像他这样的老领导去单位，新领导总得请他吃顿便饭吧。"

前不久一天，妻跟我说："明天是老同志的生日，我去买些菜，请他们老两口过来吃顿饭。"第二天从早上忙乎到傍晚，菜总算弄齐了，老同志跟岳母也到了，大家入座，妻子赶紧先给老同志夹菜。鸡呀鱼呀虾呀全往老同志碗里堆，不料老同志一边用手挡，一边高喊："我不能吃。"妻子不高兴了："怎么不能吃，不好吃吗？"

老同志忙摇头，从上衣口袋里掏出一张纸："你们看看，这上面都写着。"我跟妻子将纸拿过来看。这是一张体检通知单。第一部分是谈对离休干部进行健康检查的重大意义，第二部分是谈体检的注意事项："请您体检前三天务必坚持吃素，不过，可食少量的瘦猪肉与鸡蛋……"

看到这里，我就对老同志说："爸，这上面既然说能吃鸡蛋，鸡自然也是能吃的，鸡不就是蛋变的嘛。再说，既然可以吃少量的瘦猪肉，那么，少量的鱼少量的虾怎么就不可以吃呢？"可不管我跟妻子怎么说，老同志只吃番茄烧鸡蛋。

第二天一大早，妻子对我说："你帮个忙吧，今天陪老同志走一趟，要体检这么多的项目，我怕他弄不清楚。"我欣然从命，当我赶到岳父岳母家，老同志一见了我，竟像是个闯了祸的孩子："你说怎么办，我到现在了大便还没有，可通知上是说要带大便去的。"到了医院，老同志更是惶惶不安，几乎见着一个医生便做一次检讨，好在医生们都表示理解，老同志才算是安定了下来。

到了中午时分，该检的也都检了，老同志说："上我单位吃饭去怎么样？"我自然满口答应。路上，我问老同志："爸，你们单位一般定点在哪家饭店？"老同志说："我们就在食堂吃。"我没再问下去，因为我明白，时下许多单位都有个内部小食堂，想吃什么就做什么，既实惠又不张扬。

来到单位，老同志一边跟碰面的人打着招呼，一边就带我进了食堂。随后他走到一排排小木箱跟前，拉开了其中的一扇门，取出两只搪瓷碗，我觉得有点奇怪，忙问："爸，你们小食堂招待人也要自己带碗的吗？"

"什么小食堂，什么招待，你坐着，我排队买饭去。"老同志转身欲走。

我被老同志越弄越糊涂了："爸，您等等，我问您，每个月您上单位来吃饭，都是自己买饭菜来吃的吗？"

　　"嗯，不然怎么吃？"

　　老同志好像也被我弄糊涂了。

珍贵的遗物　◎方东明

古树镇因那棵双人合抱的百年古树而得名，古树还为小镇平添了几分古朴的风采。它那丰厚的绿荫如同一把巨大的天篷伞，驱炎热、挡风霜，给镇上的人们无尽的享受。每日清晨，当瘸腿洪师傅担着那副剃头挑子一拐一拐走向古树时，总会有人等候着他。洪师傅的剃头手艺远近闻名，甚至有些邻镇的人也慕名而来。

提起洪师傅，最让人怜恤的是他悲惨的家事。1959年底，洪师傅一家饿死了3口：老伴和两个女儿，仅保住了儿子洪军的性命。从那以后，洪师傅变得少言寡语，然而，他硬挺过来了。儿子洪军虽保住小命，但由于儿时营养不良也落了个迂呆的病体。孙子洪心倒是身强体壮，在矿上干活练得一身好肌肉，只是遭遇下岗后明显瘦了。洪心下岗使这个本就残缺不全的家更是雪上加霜。

面对孙子的叹息颓废，沉默寡言的洪师傅再也忍不住了："心儿，我体病腿残，不也凭着一双手养活了自己吗？你这样过不是办法。我虽是快入土的人了，也没有要你们父子负担呀，我现在尚能资助你们的生活，我死了咋办？在矿上下了岗，可你还有剃头手艺，我这身体一天不如一天，也需要一个帮手，明早随我出摊吧。"

一听这话，洪心怒从心起："爷爷，那时学剃头是我年小不懂事，现在当工人下了岗，再去剃头，您不怕人笑话你们长辈无谋，我还没脸出门见人呢。人家与我一起下岗的王二武，就凭他爷爷托了关系便进了财政所，刘小六也是他父亲找战友打招呼进工商所的。我真恨我们祖祖辈辈无权无势、无亲无友，我饿得舔灰也不会当那丢人现眼的剃头佬……"

洪心的一席话把洪师傅气了个半死。老人老泪纵横，粗气直喘，布满皱纹的老脸由红变紫，由紫变白，哽咽着说道："想想当年你奶奶、你两个姑姑活活饿死，我都没有求过人，你多吃一口，别人就少吃一口，你的困难解决了，国家的困难便增加了，你懂吗？靠双手劳动生活又怎么是丢人现眼呢？龟孙子……"话未说完，洪师傅口吐鲜血不止。不久，洪师傅便一命归西，死时连只言片语也未留。

　　心中有些内疚的洪心在清点爷爷的遗物时，却从老人盖的夹层棉被里寻得两个包。一个用牛皮纸包着，洪心用手一拎便知道是一沓厚厚的钞票，顿时心中窃喜：这该是爷爷留给我的吧！他小心翼翼地拆开纸包，数到最后一张时，足足8000元，然而，就在最后一张钞票下面端放着一张方方正正的便条：这是我的党费，我对不起党，然而我时刻没有忘记我心中的党——

　　洪心纳闷：爷爷啥时候入过党，怎么从未提起？

　　　　我14岁跟随红军长征，参加过抗日战争，在解放战争中为掩护战友身负重伤后留在地方。为了不拖累组织，我靠双手自食其力，扪心自问，我对得起国家，然而，我对不起我们这个小家，更对不起死去的亲人，对不起后辈……

　　洪心是含着泪看完这张便条的。当他打开另一个红绸布包时，竟是一封来自某大军区司令部的信，展开发黄的信笺，字迹已变得有些模糊。

　　　　老团长：

　　　　每逢佳节倍思亲，又到了我们国家建国的节日。我千寻万找，百般打听，获知这个地址，不知能否找到您。您的救命之恩无以为报，让我寝食难安，挂念万分。不知您体内的子弹是否取出，腿伤可好？有什么要求尽管提吧，虽然国家正值困难时期，但您是国家的功臣，是国家照顾的对象，我通过民政部门也未查到您的音信。不论现在、将来，您的困难就是我的困难，我时刻记着老团长的那句话：我多吃一口，别人就会少吃一口。那就请您一定让我少吃一口来报答您的救命大恩吧！

　　　　如收到此信，请万望回音。

　　洪心满眼的泪水如珍珠断线般跌落，心口隐隐作痛。他瞅着那沓钞票、那封信和那副靠肩磨得锃亮的剃头挑子，在爷爷低矮的房里整整坐了一夜。

　　第二天，朝阳正从遥远的天际冉冉升起，古树镇的人们远远望去，又见古树下面洪师傅那副熟悉的剃头挑子，只是剃头的不是洪师傅，而是一个年轻人，走近一看，古树上还挂了一块牌子：理发，下岗工人半价。

1948年的表 ◎马新亭

熄灯号响了，正在埋头翻找东西的吴发，突然大声嚷嚷："先别关灯，咱班里有小偷！"

这句话不亚于一声霹雳，震得一屋人目瞪口呆，都拧着脖子问："你怎么知道？"

吴发气呼呼地说："看电影前我搁在桌子上的手表不见了。"

屋里霎时陷入一片沉默之中，

不久，兵们七嘴八舌地表示："我没见，我可没拿，我也没见，我更没见……"

吴发说："都没见，难道它插上翅膀飞啦？"

有人提议："搜身检查！"

"对，搜身！"

一呼百应，一声高过一声。

宿舍内霎时群情激奋，剑拔弩张。

正在这时，老班长站起身说："先不忙搜身，我讲一个故事给大家听。"

老班长在兵们的心目中，既是良师益友，又是严父。

老班长在床边坐下，示意大家都坐，扫一遍那一张张略带稚气的脸庞，用他那特有的亲切口吻说道：

1948年3月，我们的队伍攻进洛阳城，城内的市民已被国民党反动派"共产共妻"的反动宣传吓得早就跑到城外去了，整座城市内静悄悄的。战士们开始挨家挨户地搜查，看看有没有残余的敌人和武器弹药之类的东西。但是都没有，只是有的房内摆着漂亮的花被，有的房内放着崭新的皮包，有的房内挂着昂贵的衣服，有的房内放着好看的皮鞋……穿草鞋的战士们，在数九寒天，虽然衣着单薄却连碰都没有去碰一下，那些东西对钢铁般的战士没有任何吸引力。当搜查到又一户人家时，桌子上的一块表，把战士们吸引住了。战士们都围着兴致勃勃地欣赏。

一个战士说："打仗最需要表，我看就把它交到连部吧。"

一个战士说："纪律是自觉遵守的，楼上的东西少了，咱们是要负责的。"

又一个战士插话："从这里过往的部队多了，有咱们，也有别的队伍。谁知道是咱们拿走的？"另一个战士说："难道你忘了三大纪律、八项注意了吗？"

一个战士说："关键是战斗的需要啊，再说又不是咱自己装起来！"

这时，我父亲（也就是当时这个班的班长）来了。战士们说："班长，这里有块表！"

我父亲拿起表，用小刀剥开表壳一看，崭新的表芯镶着四颗宝石，的确是一块瑞士好怀表。

我父亲端详一会儿，把表放回原处，率领队伍出发了。

从这里路过的队伍一列又一列，在这里休息的队伍一批又一批。

部队全部过去后，市民们纷纷回到城里。当那个房东回来推开房门一看，简直惊呆了，甚至不相信自己的眼睛，看见桌子上的那块表丝毫未动，依然躺在那里嘀嘀嗒嗒地走着。

房东感动得热泪盈眶，拿上表就去追赶队伍，他要把表送去做纪念……这块表至今还保存在革命历史纪念馆。

故事讲完了，兵们都沉默着回到床上睡觉。

几天后，吴发的手表奇迹般出现在桌子上。下面压着半张纸，写着几行用左手写的字，看不出谁的字迹：

开始我并不想要这块表，只是想开个小小玩笑，后来我真的想要了，害怕拿出来被当作小偷。一说搜身我害怕极了，我想我完了。真要搜身说不定彻底断送了我的一生。谢谢老班长，是您救了我！

治 印　　◎聂鑫森

　　著名的老篆刻家厉刃，一早起来，心情特别好。他先在院子里看了看花架上一盆盆的太阳花，猩红的花骨朵正迎着霞光慢慢地展开，然后踱进他的书房。书房的门楣上挂着一块匾额，是他亲手写和刻的三个篆字："石窝窝"。这个名字似乎有点土，却很有意味，桌子上、博古架上，到处堆着各种各样的印石和关于篆刻的书籍，空气里飘荡着石头的气息。

　　昨夜，厉刃其实睡得很迟，一口气为本城评选出来的五名优秀的清洁工人，各刻了一方印。是总工会的同志交下的任务，酬金当然是按他的润格，每印四千元。但厉刃说："为他们刻印，我分文不取，而且要刻好。"这几方印确实刻得既有气势又有韵味，采用的是汉宫的风格，下刀雄浑奇肆，但细部却又婀娜多姿。他觉得这些身处底层的工人，正直朴厚，情感丰富，有一种值得人钦佩的奉献精神。刻完印，已是凌晨三点，他又兴致勃勃地把印文和连款拓到宣纸册页上，将来可以收入他出版的印谱中去。

　　老伴忽然走进来，说："有个年轻人要见你，他是市政府办公室的主任，叫任之。"

　　厉刃说："我并不认识他，不见，哪有来这么早的？"

　　老伴说："八点都过了，还早？也许人家有急事呢，我去叫他进来吧。"

　　厉刃点点头说："也好。"

　　走进书房里来的任之很年轻也很英俊，上穿银灰色短袖衬衣，系着一根紫红色的领带，下穿一条牛仔长裤，挺时髦的。

　　"行石老先生，冒昧打扰，请您原谅。"

XUNZHAO ZHENGMING

"行石"是厉刃的字，任之不直呼其名，可见这小伙子是很懂礼貌的。

任之递过一封介绍信，上面写着"兹有任之主任前来拜访，求请为市长华阳刻一名章"。

"行石老先生，不知可否？"

厉刃笑了笑："我给任何领导刻印，都是要收取润金的。这是我的规矩。"

"能不能破个例？"

"不能！"

任之犹豫了一阵，说："我知道老先生是每印四千，能不能少一点？"

"分文不少！"厉刃有些不高兴了。这样的事他见得多了。头头爱风雅，下属要讨上司的欢心，送个字画、印章，却又不想花钱。厉刃从不让人占这样的便宜。

"润金我照付……我想三天后来取。"

"不，一星期后来取，这几天我没时间。"

"好吧，都依老先生。"任之付了润金，怏怏地走了。

任之走后，厉刃觉得心里憋得难受，便找了块印石，操刀刻"华阳之印"。仍然是汉宫印的格局，但笔笔画画端庄质朴，边款为："治印必端方，做人亦如是。华阳先生雅正。厉刃奏刀。"

不久，市长华阳亲自主持了一个本地著名文学家、艺术家的座谈会，厉刃应邀参加了。在开会之前，华阳特地走到厉刃面前，诚恳地说："厉老，谢谢您赠我的印，刻得真是太好了。"

"华市长，您不必客气，这印您是花了几千元定刻的。"

华阳愣了一下，随即说："当然要谢您的，艺术——是无价的。"

这个座谈会开了整整一天，华阳微笑着听取大家对文化建设方面的意见，并认真地做了笔记。在中午的宴会上，华阳特意给厉刃敬了酒，祝他在古稀之年再创辉煌。

几天后，厉刃收到了华阳的一封亲笔信。

信是这样写的：

厉老：

夏安！您在座谈会上发表的意见，令我茅塞顿开，获益匪浅，谢谢！

首先要向您道歉，办公室主任任之未经我的应允，擅自上门求印，多有打扰。谢谢您的提醒，我特意去财务室查了账，小任竟然用四千元公款付的润金。我除补交这笔款子外，还特意在机关党员大会上做了检讨。任之主任虽然年轻有为，但此种行为却不可姑息，已暂调离办公室，去一个乡镇锻炼，以观后效。

"治印必端方，做人亦如是。"真乃警醒之语，我会牢记在心的！

厉刃读完这封信，久久说不出话来。

他忽然问老伴："捐献给希望工程的五万元寄了吗？"

"早就寄走了。"

"那就好，那就好……"

私 了　　◎尹全生

清明时节雨纷纷。雨后的乡间土路抹了油一般滑溜。一辆疾驶的豪华卧车经过彭村时，将在路旁玩耍的一个孩子当场轧死。

孩子妈妈扑过来，伏在孩子身上哭天喊地，村民们蜂拥而至，有的揪住司机要其抵命，有的则要砸车泄愤。随车的项秘书见状厉声喝道："你们也不看看这是谁的车，我们是什么人？！"

"血债血偿，老子管你什么鸟车鸟人！"孩子舅舅眼珠子血红，一把揪住项秘书就要挥拳头。

项秘书怯了："千万不能乱来！我这就给你们县交警队打电话……"众村民火杂杂一片乱嚷："不能公了！交警肯定会向着你们的！"

项秘书吓得脸色苍白，说私了也可以，让孩子舅先开个价。孩子舅舅一张嘴就是50万元。项秘书试探着还价到30万元："这个数我还要向领导汇报，而且你们收钱之后，要出具一份可用于列账的收据。"

孩子妈妈撕心裂肺地号啕，以及项秘书的"讨价还价"，如同汽油泼在众村民心头的烈火上，火杂杂又是一片怒吼："连人带车先砸扁了再说。"

就在这时，卧车里颤巍巍走出了一个瘸腿老人："乡亲们，人死不能复生，大家不能莽撞行事啊！"

人群顿时安静下来，挥起的木棒、拳头都停在了空中。

这位瘸腿老人，是经历过解放战争和抗美援朝的著名战斗英雄。他被癌症折磨多年，如今医生说该准备后事了。市委书记闻讯后前往看望，问老英雄还有什么心愿。老英雄说自己的日子不多了，又临近清明节，想为他"大嫂"和干儿子最后扫一次墓。市委书记就让项秘书用自己的专车，送老英雄前往墓地。可老英雄怎么也没料到，自己第一次也是最后一次享受公车扫墓，眼看就要到墓地时，竟闯下这样的大祸。

他要前往的墓地就在彭村后面，前些年身体尚健时，每到清明节，老英雄都要徒步前来扫墓。经过彭村时，少不了在村民家里喝水、唠家常，几十年如一日，与村民们混熟了。而眼下，他一句话就力挽狂澜于既倒，根源却在于五十年前，在于这一带盛传不衰、家喻户晓的一个故事——

那是1948年春天，当时的老英雄还是解放军的一名汽车兵，那天往炮火连天的前线运送粮食。由于战事紧急，他两天两夜没合眼了。开车晕乎乎的，结果途经彭村时，把一个路旁挖野菜的孩子撞倒了。孩子妈妈抱着孩子哭得死去活来。老英雄悔恨得直用拳头擂自己脑袋，当听说孩子爸爸死于抗日，作为烈属的母子俩相依为命时，他痛哭失声："我实在对不住你呀太嫂！你任意处置我吧大嫂……"

孩子妈妈抹着眼泪，哽咽着提出了要求："给我一袋面粉吧——孩子从出生到现在都没吃过饱饭。蒸几个馍馍，让孩子吃饱好上路！"

当时的军粮是用布袋装的，30斤一袋。这样一袋面粉，能顶一个孩子的性命？而孩子妈妈坚持只要一袋，并说火线军情紧急，催促他快快开车上路。

抗美援朝结束后，伤残在身的老英雄要求转业到了当地，准备照顾"大嫂"一辈子。而当他风尘仆仆赶来看望"大嫂"、赎罪感恩时，才知"大嫂"已在出事当年的大饥荒中因病而死。那以后，清明节为"大嫂"和干儿子扫墓，成了老英雄每年都少不了的事情……

临上卧车前老英雄服了不少止痛药，眼下药效已经减退，癌症晚期的疼痛使他满脸冷汗。此时此刻，他甚至可以感受病痛的折磨，而不能忍受心灵的震颤：当年的30斤面粉，现价不过30元，却"顶"了一条性命；而如今的30万元，怎么还摆不平一桩交通肇事？——是粮价涨了一万倍，还是什么贬值了一万倍？

老英雄靠车门虚喘着，说出了第二句话："卧车是载我扫墓的，出了车祸我负责。如果乡亲们信得过，日后我送来一生的积蓄10万元，怎样？"

蒙蒙细雨中，孩子舅舅说话了，哽咽着的孩子妈妈说话了："人死不能复生。老英雄，咱们之间不讲钱！"

……老英雄不久就去世了。临终前，他嘱托市委书记和项秘书："要把老百姓，放在心上啊！"

支 撑 ◎高 军

早春，在山区里，风还是咬人的，但是二蛋和小春一点也感觉不到冷，他俩扛着自制的红缨枪在这座草房前站着，警惕地盯着四周。

草房里不久前住进一个姓胡的首长，二蛋是村支书的孩子，他叫上好朋友小喜就自觉地来和警卫员站岗了。

"哗啦！——扑腾！"突然从草房里传出一声奇怪的音响来，他们快速地跑进去，就看到姓胡的首长神态自若地正在扑打着屁股上沾的尘土。黄色的尘埃在空中飞扬，有一股刺鼻的味道，让人有一种想打喷嚏的感觉，几块石头凌乱地躺在地上，二蛋家那个三条腿的板凳斜歪着，好似正在龇牙咧嘴、吸吸溜溜着的样子。

胡首长平静地看了他们一眼，自嘲地微微一笑，摆摆手示意没什么，然后就弯下腰，双手搬动石块。向上摞着，由于石头并不规则，很难摞稳当，所以半天才摞好。接着他又扶起那个三条腿的板凳，支撑了上去，这个板凳就又可以坐人了。

二蛋和小春一直愣愣的，眼睁睁地看着姓胡的首长自己把这一切做好。

姓胡的首长看了他俩一眼，平静地坐下，又开始认真地处理文件去了。

他俩悄悄地退了出去。半天，什么也没说，但心里有了一种异样的感觉。

又过了一会儿，二蛋凑到小春的耳边说了一句什么，小春点头，然后两人就走了。

日头在头顶照着，乍暖还寒的风吹着，周围的树木伸出嫩嫩的枝叶轻轻摆动着。

半天的工夫以后，二蛋和小春兴冲冲地抬着一把太师椅回来了，他俩的小脸上满是汗水，但眉眼间的高兴劲儿怎么也掩饰不住。

"同志，"二蛋学着大人的样子招呼道，"您，坐这个，这个结实，坐着安稳。"

姓胡的首长一激灵，站起来，由于没怎么注意他那座位，加上起身太快，他坐的那板凳又歪倒了，支撑的石块也哗啦地倒了。

对这一切，胡首长并没在意，眼睛认真地盯着这把太师椅，神情逐渐严肃起来。

这把椅子制作得够精美的，木头是在沂蒙山区最被看重的楸木，木工用的是透雕法，在椅背上雕的是人物图案，一老一少两个人物神态各异，栩栩如生。两边扶手下面也雕刻着梅花和鹿的图案，四条椅子腿上部，同样地装饰上了精美的木雕花边。

"这是怎么回事呀？"他一说话，二蛋和小春就又听到了这同志撇着的腔调。挺好听的。

二蛋抬头看着他的脸，发现好像没有刚才那么严肃了，很和蔼的，就咧咧嘴，露出洁白的虎牙："俺俩去大地主朱老五家借的。"

"借来给我坐？"姓胡的首长稍稍歪着头，抬着自己的下巴问道。

"是啊是啊，你看俺家里就这么个破板凳，还得用石头支撑着，一不小心就歪倒了，"二蛋就像大人似的，用右手拍拍椅子面，"您看看。坐这个，安稳呀。"

"嗯嗯，"首长笑笑，"我看不一定，坐不好恐怕更不安稳噢。"

二蛋和小春有些糊涂了，不解地眨巴着眼睛。

"一切为了抗战，对地主我们也欢迎他们抗日，不要损害他们的利益噢，"他搬起椅子，"好沉啊！所以，这椅子我不能坐。走吧，我们给他送回去。"

二蛋噘起了嘴："哼，这些狗地主，都该斗争。不就是坐坐他的破椅子吗？"

"你这个小同志啊，这椅子破吗？嘿，走吧，前边给我带路。"胡首长带头大步走起来了。

二蛋和小喜只好赶紧跑上前去，一起抬着椅子，给朱老五送去。

走进朱老五家的大门，就见朱老五的脸色正难看着，直直地盯着堂屋正面八仙桌旁边空的地方生气呢。

"我是来赔礼道歉的，老先生，"姓胡的首长放下椅子，赶紧握住朱老五的手说，"这两个小伢子，来向你借椅子给我坐，其实我有座位，所以来奉还，打搅了，对不起了。"

朱老五的脸上马上放晴了，满脸堆笑："不就一把椅子嘛，首长坐就是了。"

告别朱老五，胡首长健步走回来。进了草房，就躬下身子支撑自己的座位。二蛋和小春也赶紧跑上前去搬起石头向上撵着。不一会儿，座位就支撑好了。姓胡的首长稳稳地坐下，又忙起他的工作来。

几天后，朱老五送来几条枪，说是支持共产党抗战的。

此后，朱老五从没给过国民党的部队一条枪，倒是经常给共产党的军队送这送那的，成了著名的开明人士。

十多年后，二蛋已经当上了村里的支部书记，有一次读报纸的时候才知道，那姓胡的首长真名叫刘少奇，已经是我们的国家主席了。

一块红烧肉 ◎周　波

李同午饭后就去了屯子沟。

李同到屯子沟的时候，沟里漫山遍野已弥漫起浓浓的黄昏炊烟。

这会儿，眼看就要进村子了，窝了一下午的心火仍然没彻底熄掉。他老想着上午的事。

早上，他把信访局长叫到办公室了解县里情况，信访局长居然扛着一麻袋信访件来见他。李同没料到刚上任就遇上这样一个难堪的场面，他一脸震怒地从那袋信访件中挑出一封来，而那信居然没拆封。

信是屯子沟的村民联名上访写的，村民们说村里干旱严重，想挖口井解决生活用水问题，村民们还说因为经费的问题已是第十次向县里联名提出请求了。

李同到了屯子沟没去村委，就直接去了村支书老杨的家。

李同推开老杨家的院门，看见院内石磨边有一个老汉正盘腿坐着很惬意地抽着旱烟。

"你们是……"老汉看着眼前两个衣冠楚楚的陌生人，心忽然颤了一下。

"这是新来的县委李书记。"县委办主任解释道。

"县委……李书记？"老杨有点木讷地揉了揉眼。

"今天来看看大家。"李同说话时把身子往石磨靠了靠。

"有啥好看，沟还是这条沟，村还是那个村。"老杨又揉了揉眼，却揉出一把老泪来。

李同的到来着实让老杨感到十分意外，他心里一阵嘀咕，现在的官咋变得神出鬼没了，没接到镇里通知说来就来了。打从上县城上访后，不知为何，他就天天坐在这儿等那些当官的，可是等了几年也没有见到一个。今天居然来的是县委书记，不是一般的官，这让他感到很意外。

"能进去坐坐吗？"李同问。

"随便。"老杨说。

晚饭开张的时候，李同在和几名村干部围着火炉子拉话。

"村里的生活怎样？"李同问。

"都很好。"村干部们齐声答道。

"集体经济呢？"

"还行吧。"

"那为啥为了一口小小的井就上访了十多次呢？"

"井？"

李同这一问。把全屋子的人问住了。

"公事饭桌上聊吧。"老杨爱人看着大伙都哑巴一样不吭声，就出来打圆场。

晚餐只有三个菜——豆腐、青菜和红烧肉。办公室主任看不过去，正想说什么，却被李同一把按住了。

村干部很多已吃了饭，这会儿全让李同请上了桌。家里根本就没啥菜，能弄上一碗红烧肉对老杨来说也算是给足领导面子了。李同一直在看老杨，他很想从老杨的眼睛里读出点东西来。可老杨只顾着扒饭，连头都没抬一下。李同觉得很有意思，对他来说，这样的场面还是第一次碰到。在来这个县之前，他到过的穷村多着呢。

李同夹了一块肉往老杨碗里放，老杨原本吃得很认真，突然见有东西从眼前飞过来，就捧着碗避让。李同没注意老杨这一手，夹肉的手忽悠悠悠颤抖了几下，一不小心整块肉就掉在了地上。

"呀！"老杨失声叫着。

"没关系，我来捡。"李同边说边弯下身子用筷子轻轻地拾起了那块肉。

老杨依然木讷地望着李同，他想不出这个县委书记会怎么处理这块肉。李同没把那块肉放在桌子上，而是用嘴吹了吹沾在上面的沙灰，然后放进嘴里有滋有味地咀嚼起来。

这个小小举动让满桌子的人惊呆了。

"李书记，你是好人呐！"老杨深情地说了一句。

"我小时候在农村经常遇到这样的事，习惯了。"李同笑着说，"今天要不是见到大家的上访信，现在我不会在屯子沟吃饭，不过这顿饭迟早是要吃的。"

那晚，李同就住在了老杨家里。

屯子沟的村民后来传说，李书记其实那晚根本就没睡在老杨家里，他和老杨两人一直沿着屯子沟村的小溪徘徊着走到天亮，至于两人说了些啥话，谁也说不清楚。

接受批评是需要学习的　◎张殿权

　　下午近7点，市委宣传部副部长李爱家正要下班，突然接到了卫开打来的电话，不禁大吃一惊：他是怎么这么快知道这件事的？

　　郊区长兴镇李老村一个私人烟花爆竹作坊突然发生爆炸，是在早上7点多，当场炸死3人，炸伤5人，其中一名伤者是儿童。得到消息后，市、区两级领导立即组织公安、安监、卫生等部门赶到现场进行抢救、调查等。市委宣传部立即召集市及省驻地新闻单位，要求不发稿、不议论，更不能将消息传给外地，尤其是京城的媒体，各单位负责人均表态无条件服从。可是《京城特报》新闻部副主任卫开还是很快就得到消息，并在十多个小时后赶到了！

　　李爱家挂上电话，忙向佟部长及书记、市长汇报。市领导指示做好接待和说服工作，绝不能发稿，同时了解是否还有其他媒体记者也来了或知道了消息。让李爱家负责接待，不仅因为他分管新闻工作，更因为他和卫开是大学时关系最好的同学。

　　李爱家到了卫开住的宾馆，得知暂时没有其他媒体记者知道此事，心才放下来。晚宴时，佟部长亲自出面陪同，席间婉转地请卫开不要发稿，但卫开始终笑而言他。趁上厕所时，佟部长要求李爱家："他是你老同学，书记、市长已经说了：坚决不能发稿。我手机24小时开机，等你的好消息！"这个"光荣而伟大"的任务"历史性"地落到了李爱家身上。

　　饭后，两人进到房间，李爱家就开诚布公要求卫开"给一个薄面"，卫开直截了当地说："如果不发稿，回报社怎么交差？"

　　听到这样的回答，李爱家很不舒服："这些年来，负面报道给我们市经济发

XUNZHAO ZHENGMING

展带来了多大的困难，你不是不知道。最倒霉的是谁？还是当地老百姓！——你也是本省人。"

"难道就因此不报道吗？"卫开反问。

"这些年，你们对我们市都报道了些什么呢？从最早的全民集资建机场事件开始，到后来十八里沟环境污染'熏'死人、前市委书记和市长贪污受贿分别被判死刑和死缓、假奶粉事件、淮河洪灾问题……你们是一炒再炒，把这里炒成了闻名全国的'负面典型'，我们市也成了你们新闻界的'新闻富矿'，几乎每一个记者认为来这里走一趟就能找到'轰动新闻'。你们怎么能这么不负责任？"

"不负责任？你敢拍着胸脯说，这一切不是事实吗？"

"是事实。可这些问题，在全国哪个地方不存在？就只有我们市有吗？并且，这些问题你们大都故意夸大甚至扭曲了！比如用行政命令方式全民集资建机场，全国少吗；经济发达的许多地区环境污染比这里更严重；贪污受贿问题其他地方也不是没有；淮河洪灾，是为了保护下游工矿城市而开闸放水造成的，我们是在做牺牲和奉献；假奶粉全是经济发达地区不法厂家生产的，为什么当地没有及时查处……然而，在你们的'宣传'中，我们市成了一个贫困、落后、愚昧、腐败的代名词！你们新闻界，为什么不敢到经济发达的地区去曝光？你们的矛头为什么总指向我们这个需要鼓励、帮助、发展和正面宣传的落后地区？"

"但发生这些问题，你们是有责任的！"

"就算你说得对，但你们为什么只报道负面的而不报道正面的？我们相关的补救工作，你们为什么不报道？我们输出那么多农民工，为国家和发达地区经济发展做出了那么大的贡献，你们为什么不报道？卫开，你别忘了，你也是本省人，维护本省的良好形象，你是有责任的。"

"正因为我是本省人，我才感到痛心！这些问题，如果不能像割疮一样及时割去，很可能会出现更多更坏的问题。虽然他们有些新闻报道为了追求轰动效应，故意夸大、扭曲了真相，给你们带来了一些不应有的负面影响，但基本事实是改变不了的！你们要学会接受新闻舆论监督和批评。"

"别跟我扯大道理。我只问你，能不能不发稿？"

"即使我不发稿，能保证明天其他媒体得到消息后不来采访吗？"

李爱家异常气愤，心烦意乱，不想再谈下去了。扔下一句"那就不谈了"，就愤怒地摔门而去。

这时已是深夜，司机坐在车里还在等他，问他去哪。他说去医院。20分钟后到了医院，他从车上下来，突然看见卫开从后面的一辆出租车里也下来了。

卫开走过来，说："抱歉，有件事情没对你说，我从北京赶来后，便悄悄来医院进行了暗访，然后才给你打电话的。我没有想到，在病房里遇到了你母亲；更没有想到你在外地打工的妹妹的孩子也在这次爆炸中受了伤，你母亲在看护他……"

李爱家忽然低下头去，眼泪掉了出来。

卫开紧紧握住李爱家的手："我们都是有良心的人，也都是敬业的人。但是，我还是要告诉你和那些仍然不习惯于被批评的官员们，虽然舆论监督有时显得刻薄，甚至夸大、扭曲了事实真相，但你们早晚都要补上舆论监督这一课。否则，下一次出问题，受害的可能不只是别人、亲友，也许还包括自己！"说完，卫开的泪奔涌而出……

一九四四年的爱情 ◎邢庆杰

闫凤娇第一次看到李长庚时，是一九四四年的七月。

那是一个清晨，凤娇像往常一样，早早地起床，洗漱完毕，就打开厚重的檀木大门，然后开始卸门板、窗板。

凤娇家的米店，叫"闫记米行"，是从凤娇爷爷那一辈传下来的，在古镇小有名气。店不大，临街只有两间门脸。房子坐北朝南，是明末清初的时候建的，有几百年的历史了。后面是一个小院，有三间北屋，一间是凤娇的爹娘住着，一间是凤娇的闺房，闲下的一间，是客房，平日里也放些杂物。院子的一角，是厨房兼餐厅，因靠山，又恰临近一条长年不断流的溪水，凤娇的爷爷在世时，就用一根长长的竹竿，将溪水引到厨房里，平日里烧水做饭，洗洗涮涮，早晚还能洗澡，方便得很。

凤娇自幼勤快，养成了早起的习惯。每天早晨开门、卸门窗板、挂幌子、清扫门店、擦拭柜台这些活儿，全是她做。

这天清晨，凤娇刚刚打开门，就见门口站着一个青年，穿一身青色长衫，留短发，一双黑亮的眼睛和凤娇的目光碰了个正着。那青年笑了，露出一排整齐洁白的牙齿，整张脸也显得明朗生动起来。凤娇平日里并不是个腼腆姑娘，却没来由地脸红了。

青年问，打扰一下，请问这里住有一个李长庚先生吗？

凤娇愣了一下，坚决地摇了摇头。她从小在这米店里长大，店里还从来没有住过外人。

青年有些失望，他后退了两步，抬头看了看门头上面的招牌，放大了声音，又重新问了一遍，打扰一下，请问这里住有一个李长庚先生吗？

凤娇觉得这人有些不可理喻，正想叱责，背后传来爹的声音，您是他亲戚还是他朋友？

青年眼睛重新亮了一下，接口道，不是亲戚也不是朋友，是多年不曾联系的老乡。

凤娇听到爹的声音有些颤抖，爹说，进来说话吧。

那青年进门后，爹的双手就紧紧地握住了他的双手，然后，拽着他直奔后院。

看得凤娇一头雾水。

那青年以伙计的身份在客房里住了下来。

有趣的是，后来，凤娇知道这个青年就叫"李长庚"，李长庚来找"李长庚"，这是什么事儿呢？这事儿真好玩。很多年很多年之后，凤娇才明白了这是"什么事儿"，而且明白了这事儿非常不好玩。

凤娇不明白，店里的生意本来就不太忙，为什么还要雇伙计。她私下里问过爹，爹郑重地告诉她，这不是她一个女孩该知道的事儿，出去也不要乱说。

凤娇更不明白的是，李长庚除了每天早晨帮助她打扫一下店内外的卫生，对米店里的生意基本不插手。他每天都要背上一个褡子外出，不是说去谈生意，就是去讨账，有时很晚才回来。回来后，就躲在客房里，门关得紧紧的，不知在做什么。问爹，爹不让管；问娘，娘也不让她打听，只让她做好自个儿该做的事儿就行了。

闲暇时，李长庚也在店里走动一下，问一问各类米面的价格，有时也逗凤娇说笑。凤娇觉得这个人和平日里接触的人不一样，有些让人吃不透，却特别愿意信任他。以后店里有了什么重活儿，只要李长庚在，凤娇再也不喊爹娘来帮忙了。和李长庚在一起，凤娇总有一种说不清道不明的欣喜。

这一日上午，天晴得没有一丝儿云彩。米店里来了一个邮差，送来一封信。信上写的是：李长庚君亲启。

凤娇端详信封上的字，字迹娟秀隽雅，明显是出自一个女人之手。凤娇瞅着这字，就像瞅见了一个仪态万方的女子站在面前，一时竟有些发呆。她想也没想，就要动手拆这封信，旁边的爹眼疾手快，一把夺了过去，叱道，别人的信！如何拆得？

委屈像水一样漫了上来，爹还从来没有这么叱责过她。为了这个李长庚的信，爹竟然这样对她。她擦了擦涌出来的泪，一拧身子，跑回了后院，跑到自己的房间里哭起来。

这天晚饭前，李长庚回来了。他接过凤娇爹递过去的那封信，略显疲惫的眼睛顿时活泛了，他立即跑到客房，反锁了门，半天没有出来。

直到晚饭上了桌，李长庚还没有出来。娘让凤娇去叫，凤娇"哼"了一声道，爱吃不吃，饿死倒省了粮食！

嘴里说着狠话，脚却不由自主地走到了客房门前，她用力敲了敲门喊，大少爷！吃饭了！

门开了，李长庚一脸惊愕地出现在门口，问，凤娇，我如何成了大少爷！

凤娇不理他，转身回到厨房。

李长庚讪讪地跟了过来。四个人坐下来吃饭。凤娇看得出来，李长庚非常高兴，但他一直压抑着，只匆匆吃了几口，就放下筷子说"饱了"，仿佛刚才那信，已经让他当饭吃了一顿。

这之后，每隔几天，就有信来。李长庚每次收到信，都会躲到屋子里看半天，然后，他把写好的回信封好，托凤娇爹让邮差捎走。

凤娇不知自己是怎么了，每次看到有李长庚的信来，便会感到一阵莫名地烦躁，脾气也格外地糟，一整天都不愿理人。

这天早晨，李长庚像有急事，吃过早饭，就匆匆出去了，门也忘了关。

凤娇便存下了一个心思。

快晌午时。是店里最忙的时候，爹娘都在前面忙得脚不沾地。凤娇便悄悄回到后院，蹑手蹑脚地进了客房。客房内只有一张床，床头上有一张书桌。凤娇一进门，就看到了书桌上整整齐齐地码着一摞信。她的心忽然跳了起来，她忽然感觉到好害怕，又不知道自己怕什么。她的手打着战，拿过来最上面的一封信，又哆哆嗦嗦地打开，一行行娟秀的字便呈现在面前：

　　长庚君见字如面：

　　我们分手已经两个月零十二天了，这些天，我无时无刻不在想念你。南方的空气潮湿，你腿上的伤又发作了吗？胃晚上还疼吗？我乞求你，为了我，为了我们，好好照顾你自己。

　　这一次写信，有一个好消息要告诉你："老家"已经批准了我们的结婚请求，等你回来，我们就可以举办婚礼了……

　　凤娇……凤娇……死哪去了……

　　前面店里传来娘焦急的召唤。凤娇一边应着声儿，一边赶紧将信原样放好，小跑着跑回店里。

　　从这一天开始，凤娇做事经常走神儿，卖东西时常常忘了收钱，再不就是收了钱忘了找零。做饭也是丢三落四，有时灶下烧了半天火，锅里冒了半天热气，吃饭时打开锅盖，锅里却没有下米。气得娘骂她，魂儿被野鬼勾走了……

　　凤娇见了李长庚，再也不似往日那样随意，常常冷了脸，有意地躲着他。弄得李长庚见了她就加着小心，仿佛欠了她二百吊钱。

　　大约半年后的一天上午，李长庚刚刚出门，邮差送来他的一封信，凤娇接过来一看，信封上的字迹有些潦草，像一个不修边幅的男人，和以前的字大相径庭。凤娇也没多想，把信从客房的门缝里塞了进去。

　　这一天，李长庚回来后直接进了客房，进去后就没有再出来。吃晚饭时，凤娇的爹娘也没有让她去叫，都一副心事重重的样子。

　　害得凤娇纳闷了一个晚上，却不好问什么。

　　第二天一早，李长庚很晚才出了客房，眼睛又红又肿。凤娇知道，肯定是出了什么事情，但她猜不到，也不敢问。

　　从这一天起，再也不见有信来，李长庚也变得沉默寡言了。以前，他总将自己收拾得体体面面，换下的衣服当天就洗得干干净净。眼下，他像变了个人儿，连续几天都不刮脸，胡子都快一柞长了，换下的脏衣服也堆在床头不管了。

　　后来，凤娇的娘悄悄告诉她，李先生的未婚妻被日本鬼子杀害了。

凤娇的心被扎了一下，那娟秀隽雅的字体在眼前恍然一现，就永久地消失了，她感到了一种彻骨的痛，从心底蔓延到全身。

凤娇开始细心照顾李长庚的生活，帮他洗衣服，整理房间，早晨还把热水端到他房间里，催促他刮脸。

李长庚默默地顺从着她，既不反对，也无所表示。倒是凤娇娘告诫她，一个姑娘家，做事要有分寸。凤娇像没听见，依然是我行我素。

秋风凉了的时候，李长庚要走了。凤娇听爹讲，他已经办完了这里的事情，要换一个地方了。

李长庚走的那天，凤娇坚持送他，爹娘也劝不住。

凤娇和李长庚并排走在古镇的街上，俊男靓女，引得无数路人侧目。凤娇不管，一直将他送到渔港上，才依依惜别。

临上船时，凤娇对李长庚说，李先生，你不管走多么远，要记得给我写信……我、我会一直等着你回来……

说完这些话，凤娇像完成了一件重大的事情一般，毅然转身向家的方向跑去，任泪水汪洋恣肆地洒在青石路上。

古镇的人都知道，"闫记米行"老板的女儿，有了一个英俊儒雅的意中人。古镇民风淳朴，几个原本中意于闫家小姐的男子，也都知趣地死了那份心。

李长庚走后，凤娇每天都盼着他的信。可是，那信差就如和她结了仇般，再也没有上门。

凤娇日渐消瘦，每日里仍端坐在米店的门口，向街上张望。隔几日，她还要步行去码头上，在海边站半天才回。

一年过去了，三年过去了，五年过去了。李长庚没有半点儿消息。

凤娇仍"待"字闺中，任爹娘如何苦劝威逼，死活不肯嫁人。

爹见女儿已经无可救药，只得把实情告诉她：李长庚离开古镇的第二天就牺牲了。因为汉奸的出卖，他在接头地点刚一出现，就被十几个日本特务团团包围了。见突围无望，他迅速拉响了腰间的手雷……

这天晚上，凤娇在后院为李长庚烧了一大堆纸钱，她看着漫天飞舞的纸灰说，李先生，我这辈子等不上你了，那我就等你下辈子……

闫凤娇终生未嫁。

一碗泥鳅面 ◎张爱国

"都出来啊，麻将军要毙人啦……"村里，老根叔一边疯跑着，一边塌了天般地叫着。

窑洞前，麻将军拿枪指着绑在树上的勤务兵小冯："再问一遍，我军的纪律，你知不知道！"

"知道！"小冯大声说。

"好，那别怪我不讲情义了！"咔，麻将军将子弹推上了膛。

"枪下留人！"老根叔跌跌撞撞地冲到麻将军面前，一把捂住枪口，"麻将军，不能毙啊！"与此同时，围过来的老乡们也齐刷刷跪下："不能毙啊将军，求你了……"

"让开！"麻将军推开老根叔。

"你看，娃这么小，又满身伤，都是打鬼子和帮老乡落下的啊！"老根叔颤抖着说。

"将军，做人可得讲良心啊！"

"良心？老乡的一根草、一根线，啥不是血汗换来的？他拿老乡的东西就讲良心了？"麻将军的额头已渗出了密密的汗粒，"我们的纪律，谁拿群众一根线，定叫他拿命还！"

"谅他初犯。"老根叔紧捂枪口，"依我看，他吃了一碗，就让他赔两碗，三碗……"

"不！老根叔，我没有……"小冯大叫着。

"你没有吃？那么，那碗面被狗吃了？"麻将军说着就使劲夺枪。

"将军，事情还投搞清就杀人，小鬼子的做派呢。"老根叔死死抱着枪说，"那碗面到底是小冯吃了还是哪条馋嘴的狗吃了，你让告状的人来对质！"

"好！"麻将军对人群里一位四十多岁的女人说，"槐花，你照实说。"

一提到槐花，人群立即炸开了锅："黑心的婆娘，娃就吃你一碗面，怎么就告到将军这里来？……忘恩负义！不记得你男人死后谁帮你做的重活累活？"

"昨天，夏战士帮我挖地沟，挖了几条泥鳅，我今早就煮了泥鳅面。刚盛进碗，见娃从炕上摔下来，就跑去抱娃。出来时，面不见了。我当时想，那期间只有小冯送柴来过……"槐花说着就哽咽了起来，

"将军，我错了，那碗面没被人端走，是我见娃捧下炕就着急，一着急就随手放到窗台上，然后忘了，刚才找到了……"

众人一听，长舒一口气，麻将军也如释重负地坐到地上。不料小冯却大声说："槐花姨，你撒谎，那碗泥鳅面就是我端走的。"

麻将军和众人丈二和尚一般，看看小冯又瞅瞅槐花。

槐花神色慌张："我没……没撒谎。"

"没撒谎？那端给大家瞧瞧。"小冯扭着脖子，得理不饶人似的说。

"我吃了，吃到肚里了。"

"哈哈，你啥时舍得吃面？还是泥鳅面？"小冯笑着，"你们看，她骗人都不会哩。"

"是啊，槐花不是馋嘴婆娘。"老根叔说着就怪异地笑了，"槐花，敢情那面被你送给他……他吃了。"老根叔把'他'字咬得重重的。

人群一下子哄笑起来："啊，原来送给二愣子了……"

"没！我没送给他。"槐花满脸通红地争辩着，"那碗面，我不是给他做的。"

"嗨！给就给呗，有啥不好意思的。"一个汉子说着就吼起了《信天游》，"情哥哥你有情意哎，花妹子我情意深哎……"

"真不是给愣子哥的。"槐花委屈地说，"夏战士把泥鳅给我时叫我做给愣子哥吃，说他伤了腿。可我看麻将军都病了一个月，就打算给麻将军，哪知半路

杀个程咬金……"

"啥？给麻将军的？"老根叔一下子气愤起来，"哪个畜生，连麻将军的面也忍心吃？"

众人正气愤着，一名执行任务归来的战士急忙跑进人群，说："将军，那面是小冯端的不假，可不是他吃的。小冯给槐花姨送柴时，看到了灶台上的泥鳅面，就想到您最近病着，于是端了。可小冯一端回就害怕了就央我给您送去，我还向您撒谎说……"

"啥！"麻将军弹簧一般从地上跳起来，"我吃的那碗，就是……"麻将军一巴掌打在自己嘴上，"呸！呸！呸！"地唾起来。

小冯"扑哧"一笑，斜仰着脸说："反正我没说，我没说被狗吃了。"

"将军，你害了我！"老根叔一旁也"呸呸呸"地唾着，"我说我不吃，你非给我半碗，害得我也成了半条狗……"

窑洞前又一次哄笑起来。

保定的枪声　◎李立泰

两声清脆的枪声，震彻长空大地，从保定传到华北，传遍全国。

枪声钻进河间县北曹庄支部书记赵明利耳朵里，当年的堡垒户，刘青山的房东，正在听小喇叭儿"河北省人民公审刘青山、张子善大会"实况转播。他心疼，兄弟呀！你没倒在敌人的屠刀下，却倒在新中国正义的枪声下。

他目光呆滞地遥望保定正月十五的天空。老赵前思后想，咋就不给老革命留条命啊？老赵记起跟刘青山说过：

兄弟呀，你还记得吗？我说过你有福。还说过，你命大。

刘青山说：明利哥，啥福啊？共产党干革命，头掖到裤腰带上，说不定哪天脑袋搬家！这话我信。但，我说你命大，不假吧？

刘青山在白色恐怖中参加了冀中"高阳蠡县红色暴动"，是一九三二年。他被捕时才十六岁，还是红小鬼。

那天老天爷阴沉着脸，深秋的寒风，吹得你瑟瑟发抖。四周持枪的敌兵，还架着机枪。一长串被捕的红色革命党人，被押赴刑场。

五盘大铡，铡刀张嘴放着寒光。龇牙咧嘴的刽子手凶神恶煞紧握铡把，"咔嚓、咔嚓"十八个身子个个一刀两断。

前面十八位烈士血染刑场，铡礅被血水泡起来。你昂首挺胸走向铡刀。负责行刑的敌兵团副，举起的手始终没狠劲劈下，他围你转一圈，这边看那边看，咋看你也是个孩子，以为抓错了。他大皮鞋一家伙把你从铡礅上踢下来，掉在烈士的鲜血里。松绑，抱头玩蛋去！

你命大，阎王爷没点你的名，捡了条命！

老赵仿佛看见被日伪悬赏一千五百大洋的刘青山，时任河间、大城两县县委书记，他率县大队和民兵跟日寇作战，冒着枪林弹雨，出生入死，早把生死置之度外。一九四二年日寇在冀中推行"三光"政策，残酷的"五一大扫荡"，二十六岁的你随时有被买去头颅的危险，但你毫无惧色，坚定、沉着、冷静，靠俺们堡垒户掩护，昼伏夜出，克服难以想象的困难与日寇周旋。

刘书记，当年你是俺们的主心骨啊！

你住俺家那些日子，困难到了极点，你每天勉强吃几个糠菜饼子，喝凉水，我穷得连根老咸菜条都叫你吃不上。在地窖子，看着你香甜地大嚼菜饼子，我心里疼得慌。没离地方我就说：对不住啊！刘书记！等咱打跑日本鬼子，日子好过了，我请您吃净米净面的窝窝。你说：好啊——明利哥，叫嫂子蒸焦黄的棒子窝窝吃。

你白天藏在夹皮墙里、地窖子里，晚上越过封锁沟去县城开会，听汇报，安排工作。天明前赶回来，夜以继日地奔波，累病了，发高烧。我夜里往返六七十里去县城抓药，熬药喂你，你嫂子借来白面鸡蛋给你做热面条喝。你的病慢慢好起来。

你说：明利哥，谢谢你和嫂子，我又捡回一次命。

老赵幻觉里看见当了大官的刘青山耀武扬威地走来。

抗战胜利了，你担任了分区书记，骑洋马来看我。你说明利哥冒着生命危险保护我，不能忘老房东。我借钱跑十几里路买来酒菜，吃饭时你指着烧鸡说：色不正，是昨天的，不能吃。我心里一疼！刘书记你也是雇农出身，房无一间，地无一垄，没吃过饱饭……没法，我找人骑驴加鞭又去镇上买来新出锅的烧鸡。

兄弟呀，你变了啊！变得太快了！

你坐了江山。可会享福啦。花天酒地。啥好吃吃啥。

说你吸毒，其实我知道你抗战打仗那会儿饥一顿饱一顿落下胃病，吸口那玩意儿止疼。

不过你在女人面前没打败仗。据说女的要提拔，坐屋里不走，却把你吓跑了。你是地委硬撑的男人。这点儿，有地委书记味。

x

老赵仿佛看见被日伪悬赏一千五百大洋的刘青山，时任河间、大城两县县委书记，他率县大队和民兵跟日寇作战，冒着枪林弹雨，出生入死，早把生死置之度外。一九四二年日寇在冀中推行"三光"政策，残酷的"五一大扫荡"，二十六岁的你随时有被买去头颅的危险，但你毫无惧色，坚定、沉着、冷静，靠俺们堡垒户掩护，昼伏夜出，克服难以想象的困难与日寇周旋。

刘书记，当年你是俺们的主心骨啊！

你住俺家那些日子，困难到了极点，你每天勉强吃几个糠菜饼子，喝凉水，我穷得连根老咸菜条都叫你吃不上。在地窖子，看着你香甜地大嚼菜饼子，我心里疼得慌。没离地方我就说：对不住啊！刘书记！等咱打跑日本鬼子，日子好过了，我请您吃净米净面的窝窝。你说：好啊——明利哥，叫嫂子蒸焦黄的棒子窝窝吃。

你白天藏在夹皮墙里、地窖子里，晚上越过封锁沟去县城开会，听汇报，安排工作。天明前赶回来，夜以继日地奔波，累病了，发高烧。我夜里往返六七十里去县城抓药，熬药喂你，你嫂子借来白面鸡蛋给你做热面条喝。你的病慢慢好起来。

你说：明利哥，谢谢你和嫂子，我又捡回一次命。

老赵幻觉里看见当了大官的刘青山耀武扬威地走来。

抗战胜利了，你担任了分区书记，骑洋马来看我。你说明利哥冒着生命危险保护我，不能忘老房东。我借钱跑十几里路买来酒菜，吃饭时你指着烧鸡说：色不正，是昨天的，不能吃。我心里一疼！刘书记你也是雇农出身，房无一间，地无一垄，没吃过饱饭……没法，我找人骑驴加鞭又去镇上买来新出锅的烧鸡。

兄弟呀，你变了啊！变得太快了！

你坐了江山。可会享福啦。花天酒地。啥好吃吃啥。

说你吸毒，其实我知道你抗战打仗那会儿饥一顿饱一顿落下胃病，吸口那玩意儿止疼。

不过你在女人面前没打败仗。据说女的要提拔，坐屋里不走，却把你吓跑了。你是地委硬撑的男人。这点儿，有地委书记味。

寻找证明

数九寒天你要吃鲜韭菜馅儿饺子。大腊月里，冰天雪地往哪儿弄鲜韭菜？不是异想天开吗？难得炊事员掉泪。可更难的是，兄弟，你还不能吃韭菜，你胃病，吃了烧心。

去北京四季青买来韭菜。炊事员把韭菜切头去尾，留中间一段和调好的馅一块包到饺子里，把韭白儿露在外面。饺子煮熟抓紧把韭菜从饺子里拽出来。这样既有鲜韭味，吃了还不烧心。

憨兄弟唉，你常挂嘴边："天下是老子打下来的！难道享点福不应该吗？"

是该享点福了。但你享得，有点过头。

我许得你，咱过好了吃净米净面的窝窝，还没兑现。你忙，从天津到北曹二百多里没好路。你舍不得耽误那天时间！

你忙。忙工作。也忙着捞钱。你贪污那么多钱干什么？

憨兄弟，咱毛主席都勤俭节约，穿补丁衣裳。你贪污惊动了毛主席，死刑是他老人家钦定的。毛主席说：给刘青山说情的一概不见。枪毙刘青山张子善他两个，就挽救二百、两千、两万我党的干部！

毛主席说：老百姓是叫我挥泪斩马谡啊！

听说你在号里哭得痛，把烂事自己都担起来了。够哥们儿！别挂着孩子，不行接到我这里来，吃饭就是添两双筷子。

中央批准给你留全尸，不炮打头。

公家买上好的棺材。

家人不按反属对待。

咱铁骑、铁甲、小三儿弟兄仨党给抚养，供上学到参加工作。

你放心走吧，我的憨兄弟。

老赵泪流满面地遥望西边的天空……

第二条路　◎陈力娇

战争打得很苦，一个连的兵力被吞噬。敌人的炮火还在猛攻，连长举着望远镜，对身边的丁二娃说，活着是出不去了，看看我们是文死还是武死吧。丁二娃的一只耳朵已经被削掉了，一圈绷带斜缠在脑门和下巴上。他问连长，文怎么讲？武怎么讲？连长放下望远镜，掏出烟，指指身后的山崖，说，看到了吧，那儿有一线天，不怕死就从那攀上去，或许有救；还有就是做假投降，等敌人上来和他们同归于尽。

丁二娃想了想，说，听你的，连长，我这命，活着是你的，死了是阎王的。

连长听了丁二娃的话，把烟放在嘴里要嚼，他找不到火，浑身上下没一根火柴。丁二娃看了，忙跑到不远处一棵烧焦的树桩，拾过一块木炭。

连长高兴了，拍着丁二娃的肩说，好小子，下辈子若带兵，我还带你。

丁二娃嘿嘿地笑，黑一块白一块的脸，到处是憨相。

鬼子的又一轮冲锋开始了。这回比上一次还猛烈。众多的迫击炮，把他们俩身后的树都炸飞了，他们躲在掩体里，一层层泥土落了一头一脸。

丁二娃说，妈的，鬼子可真坏透了，连棵树都不给留。丁二娃指的是山崖前方，从岩缝里长出的那棵松树，如果它不被炸飞，攀着它正好能上一线天。

连长可没丁二娃的心思，他在往腰间绑手榴弹，十几颗手榴弹被他依次捆在内衣里。连长瘦，穿上衣服和没捆一个样。

丁二娃也想像连长那样往腰间捆，可是办不到，没有了，他除了有七颗子弹，别的什么都没有了。这让他很沮丧，有一身的力气没处使，只等着送死。

山上起雾了，五十米之外看不见人，只有一股股风吹过的时候，鬼子猫着的腰身才露一下，但马上又像两片幕，迅速合上了。

连长捆好手榴弹，他回过头对丁二娃说，娃子，你上一线天吧，全国解放那天，你给我立个碑，也好在人世留个念想儿。丁二娃听了连长的话，啪地打了个立正，连长，丁二娃誓死和你战斗到底！

连长的眼睛就湿了，他咬咬嘴唇，又一次拿起望远镜，看到小鬼子如同水中的船，正互相乱撞。连长说，二娃，看到了吗，鬼子再前进二十米，你就到掩体的北侧打枪，打两枪后，再到掩体的南侧打枪，动作要快，迷惑敌人，让他们摸不清我们的人数。二娃点头，并做好准备。

鬼子越来越近了，前一排已经直起了腰身。

二娃，把前边那个军官干掉。连长说。二娃躲在树后，只一抬手，那个军官应声倒下。二娃退下来，跑向南边的阵地，还是手起枪落，又一个鬼子应声倒下。

鬼子开始小心了，他们由站着迫近改为匍匐前进，而二娃的子弹也快用完了。

二娃只有在死去的战友身上寻找武器，正翻着，就听连长哼了一声，之后倒在了他的脚下。二娃看到，一颗子弹，正中连长的眉心，就像小时候，妈妈在姐姐的眉心点上个小红点。

妈的小日本！二娃向着鬼子的队伍甩了两枪，可是子弹太贵重了，就剩三颗了，由不得他浪费。他勉强在一名战友身下翻出一颗手榴弹，迅速抛了出去。随着轰隆一声巨响，二娃突然改了主意，何不趁机逃跑，逃跑可比和敌人同归于尽更有赚头。二娃看一眼连长说，连长，反正你也死了，我就不跟你去了，我会给你报仇的！他把刚才对连长的许诺忘个一干二净。

二娃双手遮住嘴巴对着鬼子喊，别开枪，我们投降！

二娃又喊，我们身上都捆着手榴弹，你们若开枪，就连你们一起炸飞喽。

鬼子真就没有开枪，但也没有向前半步，二娃趁机把连长抱起放在战壕沿上，只露出上半身，两边用战友的尸体支撑着。

一杆步枪被二娃插在地上，二娃脱下自己的白衬衣挂在上面，白衬衣带着血迹十分醒目，在连长的头上飘呀飘。二娃说，连长，莫怪我呀，我这也是万不得已呀，都做鬼了谁还来打鬼子啊。二娃极力把道理说得更像道理。

连长好像听懂了，他的头一直傲立着，不偏也不倒，两眼怒目圆睁，身旁的战友也簇拥着他，如同抬一部轿子，去和小日本算账。阵地静了下来，小鬼子在一步步靠近，而这会儿的二娃，已经不在连长的身边了，他凭着一身好功夫，两腿蹬住崖壁，双手倒换着，一点一点攀上一米宽、二十几米高的一线天。

几乎是一眨眼的光景，也就三五分钟吧，鬼子上来了，他们战战兢兢、层层叠叠围住了连长，判断他是否还活着，就在他们举棋不定，想上前试试连长还有没有气息时，不知从什么方向，射来三枪，一枪打死鬼子为首的军官，一枪打翻了想试连长是否还活着的那个士兵，而第三枪则打在连长腰间那捆手榴弹上。

顿时，数声爆炸，火光冲天，一朵朵红蘑菇瞬间绽放，染红了半个阵地。

烟雾弥漫了许久，少数从地上爬起来的鬼子，稀里糊涂地听到不远处的一线天方向，传来野狼一样的哭声，那声音撕心裂肺，痛苦悠长，可是他们不明白，这个人为什么只是哭，而没再对他们构成任何威胁。

那个名叫金石的地方　◎蒋育亮

金石，一个地方名。

这里山高林密，悬崖峭壁，路陡岭险，常有猛兽成群结队，出没无常。

按说，这里应是一个人烟绝迹的地方。

但这里却盛产金矿石。

很多怀揣发财美梦的人，不畏难，不惧险，寻觅而来。渐渐地，便形成了村寨。因产金矿，便将这里叫成了金石。

我爷爷也是如此这般来到金石的。

村民们日出而作，日落而息，把淘得的金矿石凑拢由专人卖往山外，换回油盐酱醋，余钱则积攒起来。日子倒也过得富足充实而舒心。

事情发生在1934年的冬天。

这一年的冬天，出奇地冷。后来爷爷回忆时说，那才真正叫滴水成冰呢！

先是一大拨号称"国军"的队伍开拔进来。他们选在村后那座可以鸟瞰全村的小山上，安营扎寨，住了下来。

翌日，"国军"召集全体村民。那位骑着高头大马、士兵叫他"长官"的人说，老乡们，共党分子很快就要到来，他们都是恶魔，他们"烧杀抢掠"，他们"共产共妻"。我们来这里，就是要帮助你们消灭他们，让他们全部葬身此地。

村民们听得云里雾里，他们只听说过山外有"国民党""共产党"什么的，长期的"世外桃源"生活让他们无法分辨孰是孰非。

"长官"继续说，老乡们，我们要精诚团结，一道消灭共党这群恶魔！

"长官"又说，为了老乡们的安全，从今日起，大家一律严禁出村。

果然，几日后，一大拨名叫的"红军"的队伍开拔了进来。远远地，他们驻扎在了村前的小山坡上。

一前一后，两拨队伍便将村寨的进出路口严严卡死。

就这样，"国军""红军"虎视眈眈，对峙着，谁也不敢轻举妄动。

村民们只得龟缩村中，屏声静气。

又过几日，村民们再也受不住了。前次换回的油盐酱醋，早已消耗殆尽。

爷爷带着两个村民，去找"长官"，请求出山一趟。"长官"斜瞥爷爷一眼说，不行。"哗啦啦"，爷爷将提来的两袋上好金矿，倒在了"长官"面前。"长官"笑笑说，行是行，只怕共党那边也不会放行的。爷爷说，我们会去求他们通融的。"长官"甩甩马鞭，传出凄厉的"唰唰"声。爷爷突然觉得心头生出丝丝凉意。少顷，便又听见"长官"冷冷一哼说，想通共？"哗啦啦"，爷爷又将另外两袋上好金矿倒在了"长官"面前。好吧，那你们自己去试试，共党可不好说话哟。"长官"收起马鞭，朝爷爷又笑了笑说。

爷爷于是又带着两个村民去找"红军"。

爷爷想，去见这"共产共妻"的队伍，可得小心点！他特意叮嘱同去的村民，得多带点金矿。

出来接见爷爷他们的，是一个身材魁梧的汉子。

旁边的士兵叫他"营长"。

"营长"老远就笑呵呵地叫着老乡握住了爷爷的手。当爷爷说明来意，"营长"满口应允，说好啊好啊，我们再派两个士兵路上送送吧！爷爷赶紧回绝说，不用不用，这路，我们熟着呢！

爷爷将带来的金矿塞给"营长"，"营长"却顿时满脸不悦。"营长"说，老乡，我们是穷人的队伍，是不能这样做的。营长将金矿返塞给爷爷，同时叫士兵提来一袋盐。"营长"拍拍爷爷的肩膀说，这点盐，带回去给老乡们应应急吧，真不好意思，我们也不多了。

爷爷望望"营长"，啥也没说，提着金矿和盐，急匆匆地走了。

几日后，激烈的枪声，在金石的上空响起。经过短暂战斗，"红军"最后以少胜多，打败了"国军"。

后来爷爷回忆时说，那"长官"啊，被俘时脸活活气成了紫茄子。

原来，战斗打响前一晚，爷爷带领几个村民，悄悄将后山上的溪水，引到"国军"驻扎的小山周围，天寒地冻，一夜成冰，使"国军"无法通行，困死在小山上，竟然成了瓮中之鳖。

"红军"队伍离开金石时，"营长"紧紧握住爷爷的手，一连串地说着："谢谢！谢谢！"

爷爷亲热地望着"营长"，意味深长地笑着……

冬泳书记　◎大　海

白马镇人人会水，除了走路不稳的小屁孩，还有步入耄耋之年的老人，这其中，只有一人胆敢在寒冷的冬日下河戏水。这个人就是白马镇的党委书记白得水。

白马镇无马，镇因河得名。在白马河中段，有两处相距半里的河湾，底浅水缓，细沙可见，形似依河相连的内湖。不知何时开始，第一处河湾成了男人沐浴之地，俗称"男湾"；第二处河湾成了女人沐浴之地，俗称"女湾"。沐浴的男女半光身入河，尤其是夏日傍晚，白花花一片屁股蛋子和着轻微荡漾的碧波，上下翻飞，若隐若现，在夕阳映照之下煞是壮观。

喝着白马河水长大的白得水，早年从村支书任上进入镇党委，直到五十岁那年上任镇委书记。白得水不但水性如同河里鱼儿一样了得，还是当地绝对少见的一条"硬汉"。镇上传言：早年某个冬日，一个外地女人掉进河里，时任村支书的白得水恰在附近，跳水救出外地女人；后经媒体大幅报道，英雄帽子层层盖来，把白得水盖成国家干部。当了镇干部之后，白得水干脆开始尝试冬泳，直至年年如此坚持不懈，还拿过县里数次冬泳大赛冠军。

有人不咸不淡地说，白得水是个"冬泳书记"，所有成绩都是他在冷水里泡出来的。白得水听了，也不生气，孤身一人去白马河边散步。河水低声欢笑，勾起白得水心中的往事。改革开放初期，全县轰轰烈烈大搞工业经济，只有白马镇卡得老严，凡是涉及污染的项目一律禁止！白得水有自己的想法，宁可起步慢一点，也不干破坏环境的断子绝孙事。想到这里，白得水来到"男湾"，瞅瞅四周无人，扒光衣服，跃入河中，游了个天昏地暗。

这一年数九开始后的某个傍晚，白得水正在河里游泳，被党政办主任叫上岸。回到镇机关时，镇组织委员陪同县委组织部部长已经等候多时。组织部部长说："白书记啊，我可不是突然袭击，主要想看看镇区官员下班后忙些什么。"白得水知道这是组织的意思，将胸脯拍得啪啪响，说："靠山吃山靠水亲水，我这条白马河里长大的鱼，如果没有大事和会务缠身，雷打不动地会在下班后下河游泳。"组织部长呵呵一笑："作为一方长官，白书记下班后能推掉繁复的宴请？"白得水也呵呵一笑："能办的不一定上饭桌，不能办的上了饭桌也没用，我什么饭局也不参加，再说又不是紧急大事，人家总不好意思将我硬拉上岸吧？！"

组织部部长暗暗点头，每日淡定下河游泳，既避开世俗的宴请，又锻炼自己的身体，难得的为官之道啊！他便表明此行的目的："白马镇经济繁荣社会稳定，白书记做出的成绩上下有目共睹，组织上考虑您带领班子干了两届，年龄也将到任职期限，准备安排您去县人大继续发挥力量做贡献呢！"

白得水恍然大悟，县人大前不久空出个副处位置，县里已经开始着手人事部署了。作为县以下基层机关干部，绝大部分公务员在股级退休，要想成为科级镇区主要领导和县部委办局负责人非常不易，升至处级县领导者更是凤毛麟角。通常，县人大、政协班子位置空出，不止是非领导职务的副调研员，多少镇区和县部委办局领导也趋之若鹜。已经58岁的白得水有些感动，说明组织上不仅肯定自己的成绩和努力，还在关心自己。

天下没有不透风的墙，白得水要升处级的传闻，在全县官场坊间几成事实。虽然人大并无多少审批实权，但毕竟也是县级，就有些本镇官员攀亲道故地请白得水吃饭，被白得水谢绝。有些县城官员物色到好地段的房子，暗示白得水以亲戚名义打折买下，也被他拒绝。

白马河水，流逝如斯。待到白马镇换届，白得水出乎意料地留镇，改任非领导职务主任科员。无官一身轻的白得水下河更加勤快，下班准时出现在河边。又有人不咸不淡地说，老家伙提拔泡汤，准是在任时干了坏事被组织查出。已近花甲之年的白得水听了，概不回应，人却更像一条得道的大鱼，入水沉静，上岸不惊。

次年夏，临近退休的县委组织部部长羡慕白马河清澈无污，周末驱车来到白马镇约白得水同游。两人光身下水，无拘无束游到尽兴处，组织部部长突然问道："老白啊，多少人对退休前上个台阶求之不得，你却推辞不要，究竟为什么？"白得水呵呵一笑："要是追上我，就告诉你秘密！"说完，一头扎进河里，潜行百米开外。月光碎银一般洒入河里。白得水将矫健的背脊轻浮水上，脸面向水，拷问自己：当年要是调去县城，哪里去找这么干净的河水游泳？如果不能天天游泳锻炼，我还有这般硬朗的身子骨吗？抬头吐了口河水，白得水心说，好多官场的人啊，越是最后两年越舍不得放弃，结果丢了官帽坏了身子，何苦呢！

大腹便便的组织部部长朝着白得水奋力追游，片刻之间，早已筋疲力尽。波光粼粼处，组织部部长两片肥肥厚厚的屁股在水中荡漾起伏，宛若黑暗中摇曳盛开的洁白花瓣。

武装部长　　◎大　海

白马镇武装部长白建国是在一个周末的深夜十二点，被白宝宝所在部队营长的电话吵醒的。营长焦急地告诉白建国："出大事了，你们镇那个白宝宝想逃跑！"

睡意全无的白建国赶紧问是怎么回事。

营长说："这个白宝宝在新兵训练期间就流露出后悔的意思，下连队三个月多次装病不参加训练，今天更离谱，外出请假到下午六点，结果八点还没有归队。我们赶紧分头去找，在火车站逮住这小子。发现他回家的票都买好了！"营长说着骂了起来，"娘啦个兔子，不按时归队还企图偷跑，这小子现在被控制在营部，团里正研究是否向师里报告呢。"白建国急了，拍着床板叫："我立即过来处理！"白建国说完，打电话向镇主要领导汇报，连夜搭乘最近一趟特快列车去了部队。

去年冬季入伍的白宝宝是白马镇唯一在读本科生新兵，其他都是高中毕业生及少量在读专科生。白宝宝是家中独子，名副其实的宝贝蛋儿。父母忙于生意无暇照顾，爷爷奶奶对他娇生惯养，白宝宝成了啥也不会干的宠物宝宝。父母干着急，一直希望儿子能去部队锻炼一下。政审时，白建国问白宝宝为何当兵。白宝宝倒也爽快，说父母给报的名。白建国恰好在部队服过役，也如实告诉他部队条件艰苦训练特累，问他是否吃得了苦。白宝宝一直低头不语。这期间，部队正需要高素质的兵源，县里征兵部门综合考虑，批准白宝宝入伍。

白建国在次日中午风尘仆仆地赶到部队，脸都没洗就去见团领导。

团长扬着手中的报告说："我们正准备上报呢！"白建国按住团长的手：

107

"咱们受处理是小事，这个战士的一生也许就毁掉了。"政委反问："那白部长的建议是？"白建国说："白宝宝可能只是想家，我想带他回老家一个星期。"团长很严肃："现在是两年义务兵制，原则上不能休假。"白建国拍着胸脯："七天后保证把人带回，而且让他安心服役！"政委若有所思："现在的兵与过去的兵确实不同，改变下思路试下也好。"团长想了想，说："那就特殊情况特殊处理吧！"

白建国带着白宝宝上火车时，说："还好今天是我来接你，否则将是军事法庭等着你！"白宝宝眼泪汪汪："部队好累……我又想家。"白建国严厉地打断他："我在这里生活过几年，那时条件更艰苦，还没有周末休息！"回到白马镇后，白建国在镇消防中队要了间上下铺宿舍，和白宝宝同吃同住，作息时间和着装如同在部队。白宝宝家属得知消息后赶紧跑来，但见孩子一身军装十分威严，全然不像入伍之前站没站相坐没坐相。奶奶更是惊喜，拉着白宝宝的手说："回家。"白建国拦住："宝宝这次带着部队任务回来，你们可以看望，但不能扰乱他的正常工作！"家人一听有任务，当即表示绝不打扰。

随后数天，白马河堤上出现一道与众不同的风景。早上6点30分和下午4点30分，两个穿军装的男人在跑步，大的是白建国，小的是白宝宝。白宝宝的爷爷奶奶、爸爸妈妈挤出时间，每天来到河边欣赏孩子出操。尤其是奶奶，发动村里十几个老人来看孙子。妈妈也一样，逢人就说："那是我儿子，一身军装多帅气。"这期间，一些早起的村里人也来到白马河边跟着跑步。白建国压低声音对白宝宝说："注意影响，把军人的气概拿出来，全村人都在盯着你呢！"白宝宝心头一热，每当乡亲们看过来时，仿佛有股力量在他心中燃烧，口号响亮，浑身是劲。家里有不听话的孩子的父母，就带着孩子来找白建国，说："下次征兵也要让儿子去。"白建国笑，指着白宝宝说："你给他们介绍下部队的情况。"白宝宝有些不好意思，接着正色问起这些伙伴："部队条件艰苦训练特累，你们吃得了苦吗？"

白宝宝返队前夕，白马镇风雨大作，河水奔腾。6点20分的起床铃声响起，白建国问："要不今天别出操了？"白宝宝说："不行，奶奶和妈妈看不到我会失望的。"他三下五除二地穿上衣服，冲进了雨幕。

　　白建国跟着冲了出去，果真在白马河岸边看到了白宝宝家人的身影。他们撑伞而立，高呼加油，为奔跑的孩子呐喊助威。白宝宝在回跑第二趟经过家人身边时摔了一跤。爷爷奶奶刚要去扶，被白建国喝住。只见白宝宝很快爬起，一甩满身泥水，拔腿继续奔跑。白宝宝爸爸握住老婆的手热泪盈眶："儿子是真正的男子汉！"

　　白建国本想亲自送白宝宝返队交差，但被白宝宝谢绝："请部长放心，我会安心服役！"白建国点点头："如果不相信你，这次也不会带你回来。"候车时，白宝宝的爸爸拉住白建国不断表示感谢："多亏白部长把我儿子培养得这么好啊！"白建国哈哈大笑："都是宝宝自觉接受训练，与我没啥关系。"这当口，锃光瓦亮的子弹头列车缓缓停在月台边上，一个丰乳肥臀的女列车员下车。女列车员脸上擦着厚厚的粉底，仿佛涂满石灰的板刷。白宝宝临上车时，两腿并拢双膝夹紧，啪地敬了个军礼！白建国也挺身立正，回了个标准的军礼！

　　四目相对，一老一少两个兵哥眼里泪花闪烁。

县长在哪儿 ◎三　石

　　此刻，在市委小会议室，领导们正在审核电视台提交的一部专题片，市委马书记也来了。这让电视台专题部主任易立多少有些紧张。

　　易立清楚，市委之所以如此重视，是因为片子的主人公是清水县县长毛水仔同志。毛水仔同志病逝后，自发前往送行的群众将殡仪馆堵得水泄不通，有网友拍摄了视频发到网上，一时引起极大反响。

　　会议室极为安静肃穆，没有人走动，听不到一丝不相干的声音。在专题片结尾的处理上，易立没有采用清水县提供的录像，而是将网上视频下载，不做修饰和剪辑直接使用。之所以这么做，是因为除了视频里送行的人衣着各异，年龄参差不齐，表情或悲伤或凝重，显然不会是组织参加的，更重要的是，视频是在殡仪馆边高地所拍，场面效果让人动容。

　　播放结束，所有人一时都没有从片中走出来，几分钟没人说话。在马书记的提醒下，有人赶忙将窗帘拉了起来。

　　时值初春，有阳光透过玻璃照进会议室，很温暖。

　　然后便是讨论。领导们逐个发表看法，谈修改意见，大家对片子给予了充分肯定，这让易立心情稍感轻松。

　　除了马书记。易立注意到，在其他人发言时，马书记一直望着窗外，似乎在听，又像是在考虑什么。等大家发言结束后，马书记才将眼神缓缓收回来，停在了易立身上。

　　易立倏地又紧张起来。

　　马书记看着易立，声音很沉稳地说："记者同志，我只是想问，县长在哪儿，我们的毛水仔同志在哪儿。"

作为一个专业人员，易立自然明白马书记话中的意思。

在整部专题片中，毛水仔同志的镜头极少，可以说几乎没有。

但易立显然成竹在胸，他站起来，说："马书记，各位领导，我想将我们采访制作专题片的思路汇报一下。"

马书记点了点头。

得到马书记的首肯，易立整理下思路，开始汇报：

"接到采访任务后，我们考虑了很久。清水县是个山区贫困小县。而毛水仔同志虽然在清水县工作了五年，但基础差、底子薄、交通不便这个基本县情，让他很难做出轰轰烈烈的业绩，所以我们考虑以毛水仔同志深入群众，为群众排忧解难作为采访的主线。我们了解到，毛水仔同志在机关时间很少，只要有空他就会去基层，去农村。我们在清水县整整待了五天，走村串户，拿着毛水仔同志的照片，问老百姓是不是认识照片上的人，几乎所有人说认识，甚至在杨家棚——清水县最偏远的小山村，连路都不通，要走足足一个小时的山路——这里的村民竟然也说认识。这不奇怪，因为毛水仔同志曾在杨家棚住过两个晚上。还有一次，当我们将照片拿给敬老院的老人们看时，老人们一个个热泪盈眶，激动地说：'认识。我们都认识，这就是我们的毛县长。'老人们用了'我们'这个词，我想，这是对毛水仔同志最高的褒奖。当时，所有采访的同志都很感动，一个女孩甚至都哭了。"

说到这儿，易立停顿了一会儿，平复一下激动的心情。

"是的，片子里缺少主人公的镜头，但这不是我们疏忽了。我们曾要求县里提供毛水仔同志的相关影像资料，但他们说，毛水仔同志虽然经常下乡，但轻车简从，基本不带记者和随行人员，实在是没有。他们所能提供的，只是一些开会、统一组织活动的相关镜头。而我们觉得，这些镜头与我们的构思难以融合，所以就干脆没有用。"

"我相信各位领导都注意到了，我刚才所提到的那些细节，在片子中都以真实的镜头呈现给了大家。"

易立坐了下来。他看到，领导们表情凝重，微微点头。

而此时，马书记说话了，说得很慢："是啊，我们评价一个领导干部到底应该以什么作为标准？是GDP，还是财政收入？是城市化占比，还是各类工程项目？这些都应该是，但不管什么标准，最根本的还是老百姓的心。刚才我问记者同志，县长在哪儿？我们的毛水仔同志在哪儿？现在我明白了，毛水仔同志在清水县的山山水水中，在田间地头、里弄小巷，在前往送行的成百上千干部群众和二十万清水县老百姓的心中。"

说到这儿，马书记手一挥，声音戛然而止。

静默一会儿，有人鼓掌，一下一下地，很重，然后大家鼓起掌来。

人不多，但掌声很热烈。

扶 贫　　◎芦芙荭

郝老三给邻居家盖房时把腿摔残了。

郝老三腿残了，心也残了，啥也不干，家里的地荒着，猪圈闲着，鸡舍空着……他呢，就村上乡上县上地跑着去告邻居的状。再没事了，就瘸着条腿像一条癞皮狗似的在村子里东游西荡的，四处混吃混喝。

按理说，这件事怪他自己。

那天，邻居家房子上房梁，他去帮忙。站在房梁上，他突然内急，见房后没人，就一撸裤子从房梁上往下尿。谁能想到就出事了，他的一泡尿浇出去，正好浇到了高压线上，他就从房梁上栽了下来。

郝老三的腿摔残了。

出了这样的事，邻居光医药费就花去了上万元，可郝老三误工费、精神损失费等这费那费又算了一大堆。最关键的是，郝老三还算了一笔养老费。他说他这腿一残，就干不了活儿了。以前，他干一天活儿，就能挣150元。现在腿残了，再也没人找他干活儿了。这一天150元，一个月是多少？一年是多少？后半生又是多少？邻居本来没钱，这盖房的钱还是东筹西借，叫郝老三这一算，尿都夹不住了。

两人去找村主任说理，村主任也断不了这个官司，就把郝老三弄成了低保户，每月给一点儿低保钱，还帮他弄了一点儿扶贫款。又跑前跑后地帮郝老三办了个残疾证，每月也有一点儿钱。这样一来，这款那款的，郝老三每月也能领到不少的钱。村主任想，郝老三每月有了这些钱，再想办法挣一点儿钱，日子还是能过的。只要日子过得去，他就不会再去告状了。

不想，郝老三有了这些钱，状照样告，活儿就更不干了，整天在新村里晃来晃去的，不是打牌就是喝酒。

村子里的人都搬到了移民新村，住上了小洋楼，只有郝老三还住在山里的老房里，日子是越过越穷。村主任就对郝老三说："老三呀，你看你这日子过的！找点轻松的事干着，攒点儿钱，我们村里再想想办法，也在新村里盖上两间房，到时搬下来住吧。"

郝老三一边打麻将一边说："哼，我腿都这样了，要盖村里给盖吧！"

村主任气得直摇头。

转眼到了第二年春天，郝老三依然如故，天天起了床就跑到移民新村，不是打麻将，就是在那儿和人扯闲话，到了晚上才回他的家。

有天晚上，郝老三从新村打完牌回来，刚走到院门口，就听见院子里有什么声音。自从他残了腿，老婆和他离了婚后，这院子里平时连个鬼影子都没有，这都大半夜了，是什么声音呢？他轻手轻脚地又往前走了几步，竖着耳朵一听，竟然是猪的叫声。

郝老三有些好奇，跑到猪圈边一看，果然看见有两只小猪正卧在猪圈里哼哼呢。

这两只小猪，大的有十来斤重，小的也有五六斤。郝老三"啰啰啰"地叫了几声，两个小家伙竟然一颠一颠地跑到了他的面前，眯了眼定定地望着他。

郝老三见两只小猪肚子瘪瘪的，就赶紧跑回屋里将头天的剩饭用水拌了拌，端出来放进猪圈，两个小家伙就嗵嗵嗵地吃了起来。那短短的尾巴还一甩一甩的。

猪圈里平白多了两只猪，郝老三心里既高兴又担心。高兴的是，没花一分钱，就有了两只猪；担心的是，怕丢猪的人找上门来——管他呢，反正是猪自己跑上门来的，又不是我偷的。

第二天，天还没亮，两个小家伙就哼哼唧唧地叫了起来。沉寂的院子一下子就活泛了起来。郝老三赶紧起床，提了篮子到屋后打了些猪草回来。

郝老三把剁碎的猪草往猪圈里一放，两个小家伙就抢着吃了起来，还时不时地抬起头眯着眼看郝老三一眼。猪眯着眼的样子就像是笑一样。

没想到这两只小猪的到来，一下子把郝老三这清汤寡水的日子给搅活了。两个小家伙哼哼唧唧地在他身边转来转去，就跟小孩子一样，还时不时地撒一下娇。小家伙似乎比昨天更胆大了，竟然伸着长长的嘴，在他的脚背上嗅来嗅去的。

郝老三觉得这日子一下子有意思了起来。

他不再去新村里转悠了，他去地里给猪打猪草，抽空又把猪圈收拾收拾。他还将屋后那块荒了多时的地挖出来，种上了苜蓿。闲下来时，他就把两只小猪从圈里放出来，任它们在院子里撒欢。

过了一段时间，郝老三又去买了两只羊，还买些小鸡回来。小鸡一放进院子，满院子都是叽叽喳喳的声音。小鸡们钻进草丛中，那些草就像是活了似的。

夏天来临时，屋后的苜蓿地上开满了苜蓿花。

那时，那两只猪已长得很大了，肥嘟嘟的。他将两只猪从圈里放出来，又牵着两只羊去苜蓿地里放养。黑黑的猪、白白的羊在那块地里，简直就像是一幅画。

郝老三盘算着，等这两只猪和两只羊长大了，就去卖了，再买四只小猪四只小羊回来。这样，要不了几年，这满山就都是他的猪和羊了。

新村的人好长时间都没见郝老三了，他们见到郝老三以前的那个邻居，就问："这好长时间了，怎么没见郝老三来你家闹了呀？"邻居想了想说："是呀，真是有好长时间没见郝老三了。他一个人住在原来那个地方，该不会有什么事吧？"

他们就去找村主任。村主任说："要不，我们一起去那里看看吧。"

村主任带着他们回到原来住的那个地方。

人还没走进郝老三院子，就听见从那里传来了郝老三的唱歌声，是他们常唱的山歌。等他们走进院子时，都惊呆了。

只见郝老三的院子里，鸡在飞狗在跳，好不热闹。歌声是从屋后的苜蓿地里传来的。郝老三躺在苜蓿花间，猪和羊围着他正在那里撒欢呢。

大家都惊叹，说："这郝老三是怎么了呢？短短的时间内就有这么大的变化？"

只有村主任站在那里，眯了眼一个劲儿地笑。

消失的铁三连　　◎余显斌

将军已经布下天罗地网，算准了敌人将会在鹊岭突围的。在这儿，将军准备埋下一颗钉子，让敌人撞出一头的鲜血，有来无回。他思考了一会儿，拿下叼在嘴上的烟斗，磕磕里面的烟灰，故意对参谋长一笑道："老张，你认为派哪支部队去好啊？"

参谋长知道，将军已经成竹在胸了。当然，作为参谋长，他也已经成竹在胸了。他没有直接说出来，放下手里的铅笔，笑着建议，他们两人都将自己选定的部队写在手心里，然后伸开手，看是不是一致。

将军笑着指点他道："准备学习三国里周瑜和孔明的方法啊，好啊，我陪你。"

于是，笔墨拿来，两人各自拈了笔，在手心写下了选定的部队，然后喊声一二三，两人同时摊开手，随即哈哈大笑起来。两人的手心都写着三个字：铁三连。

将军收回手，缓慢而坚定地道："我的对手到时会知道什么是铁三连的。"

参谋长也点点头，肯定地说："一定的。"

然后，作战任务开始下达。

在军事会议上，参谋长将这次作战目的说清，并将任务一一下发，包括铁三连的。接受了作战任务后，其他人都一一敬礼，转身走了。等到铁三连连长许山来到面前，将军特意留下他，拿下嘴里叼着的烟斗，严肃地道："你们的任务是守住鹊岭，断敌归途，这直接关系到这次作战任务能否完成，能做到吗？"

许山胸脯一挺，大声回答："铁三连的字典里从来没有'不能'二字。"

将军再次打量一下许山，如一座铁塔一样竖在自己面前，脸上的线条刚硬，坚强。他伸出粗大的巴掌，在自己这位喜爱的下属肩上重重拍了一掌，故意激将道："小子哎，不行可别硬撑着，说一声，我老头子马上走马换将，不会让你为难的。"

许山斩钉截铁地说："是骡子是马，将军你就看着吧。"

将军有力地挥了一下手，挡住了他的话，态度坚决地说："只能是马，不能是草驴，不然，我可是要挥泪斩马谡的哦。"

许山立正，再次声音响亮地保证道："放心，铁三连是千里马，绝不是草驴。"

将军呵呵大笑，在衣兜里反复摸着，什么也没有摸出来。在大家疑惑的眼光中，他想了想，拿下自己嘴里的烟斗，在衣袖上使劲地擦了擦，递给许山道："你小子不是喜欢我这个烟斗吗，拿去吧，提前奖励给你了。"

参谋长大笑："将军可是舍了老本了。"

许山愣愣，哎了一声，很高兴地伸出双手接过烟斗，向将军和参谋长敬礼，准备离开。参谋长拦住他，特意提醒，战士们三天三夜急行军，在漫天飞雪里刚刚赶来，一个个困极了，千万别在战场上埋伏时睡着了，让对手给钻空子跑了。

许山回答："请参谋长放心，我把眼皮用火柴撑着。"

将军与参谋长对望一眼，他们选中三连，就是看中了他们的钢铁劲儿。望着大雪纷飞中许山渐渐远去的背影，将军摸着胡楂对参谋长说："老张，这个许山和他的铁三连，将会成为对手记忆里一个永远的噩梦的。"

参谋长呵呵一笑："敌人将会为他们选择在鹊岭突围后悔一辈子。"

将军手一挥说："让他们后悔去，走，老伙计，下一盘去。"

将军棋瘾很大，一个多月来，为了制定作战计划，为了调兵遣将，忙得连轴转。现在，一切准备完备，可以轻松一下了。

参谋长棋瘾也不小，积极响应，输棋可不许反悔哦。

两人摆开阵势，楚河汉界起来，一边静等着前方胜利的消息。

将军下了一会儿，伸手摸摸衣袋，许久，想起什么似的摇着头叨咕着，这小子，给他烟斗，他也不知道推让一下，这可真让我断顿了。参谋长哈哈大笑。

可是，一切都出乎两人意料。敌人在将军布置的几路大军围攻下，连连受到打击，损失很大。当天晚上，气温骤降，天地一片冰雪苍茫。在冰天雪地里，敌人无路可去，果不其然，第二天天一亮就车流滚滚，人喊马嘶，向鹊岭方向突围。将军听到报告时，正坐在棋盘前，棋也不下了，一拳砸在桌上，嘎嘎大乐道："傻蛋，你们这次是死定了。"

参谋长更是顾不得下棋了，准备拟定嘉奖令，颁发给铁三连。

可是，鹊岭方向，竟然一片寂静，枪炮声并没有如期响起。将军和参谋长急了，电话里频频联系许山，却无人接听。到了下午，通信员带着一身积雪匆匆赶来报告，敌人已经逃跑了，而且跑得很轻松，几乎没放一枪一弹，全从鹊岭突围而去，顺着鹊岭那边的漫川大道跑了，一路去了上津。将军愣了一会儿，坐在那儿，瞪着眼呼呼地喘气。

参谋长摸着下巴，苦苦思索着，许久猜测着说："难道……真的都睡着了？"

将军咬着腮帮子，一下扔掉手里的茶缸，呼的一声站起来，咬牙切齿地道："看来，老子这次还真得斩马谡了。"说完，他一跃上马，气呼呼地冲向纷飞的大雪中，警卫连的战士见了，也纷纷骑马跟上。参谋长挠挠脑袋，也上马紧随，追上将军，轻声劝道："问明白再说，是不是有别的原因。"

将军回头咆哮道："放走敌人，天大的原因也不是原因。"

马儿在雪地跑着，积雪飞溅起来，如一团团梨花。风呼呼地刀子一样刮着，满山冰碴在风里落下，咔咔地响。到了鹊岭，参谋长一鞭马儿跑到了前面。他想，应该先找到许山，了解一下情况再说。他去了，不一会儿又骑着马回来了。

将军怒吼道："许山呢，他的铁三连呢？"

参谋长没有回答，眼圈红了。

将军再次大吼，吹号集合。

集合号声吹响，在风雪里传出去很远，一直传到了冰天雪地的那一边。可是，铁三连没有一个士兵赶来报到。

将军疑惑地望望参谋长，参谋长指指前面不远处的一个山包。将军顺着他的手指望去，雪地里，一个连的士兵都静静地埋伏在那儿，一动不动，一个个身上都堆满了积雪。

他跳下马跑过去，这些人仍一动不动，俯卧在那儿。其中，许山埋伏在最前面，抬着头，望着前方，好像在观察着什么，又仿佛在谛听着什么。他脸上的线条，和离开将军时一样坚硬，一样刚强。将军喊他，他不答应。将军慢慢走到他的跟前，他也不起来。

将军一愣，俯下身子一摸，许山早已没有了鼻息。

他冻死了，冻成了一个冰雕。

铁三连一个连的战士，都静卧在雪地里，冻成了冰雕，在冰天雪地中，他们仿佛一尊尊大理石雕塑，趴在那儿，一动不动，眼睛盯着前面，盯着敌人来攻的方向。将军将手缓缓举起，放在帽檐上，大喊一声："我的兄弟们啊！"这个从不流泪的汉子，哗的一声，眼泪流了出来。

参谋长和执法队的士兵都举手行礼，流下了眼泪。

这一刻，四野寂静，天地一色。

绳　葬　◎马　卫

吴星源得到母亲去世的消息，悲从心中涌起。当年，为了供他读大学，母亲搓草绳卖，一根赚五分钱，手掌全是茧疤。

大二那年暑假回家，母亲叫他挑绳子去卖。那时父亲还在，这活一般是他干。

吴星源有点不情愿，不是没力气，是他爱"面子"。上街，沿途会碰到不少小学和初中同学，还有许多转弯抹角的亲戚。

母亲见他面有难色，叫他坐在木凳上，轻轻说：孩子，我知道你好面子，你是大学生了，毕业后是国家干部。但你别忘了，你是我搓绳子供出来的大学生，如果没有绳子，你就读不起大学。因此你要记住，你就像搓绳的草，来自乡村，来自泥巴，无论怎样发达，别忘了你是泥腿子出生，绝不能做对不起农民的事。绳子捆东西，也能捆人。你小时见过的坏人，就是被绳子五花大绑捆起来的。

吴星源默然无语，虽然不能完全理解母亲的话，但还是挑着绳子上街卖。

工作后，吴星源把母亲接进城享福。但是，母亲过不惯城里的生活，最后，她还是要坚持她的乡居生活。

吴星源无法，只好定时把钱打回家，让母亲衣食无忧。回到老家的母亲，种菜种粮，喂鸡养鸭，居然还坚持搓草绳。这年代，乡村也不用草绳了，化纤绳价低，实用，加上要捆的东西不多了。母亲的草绳别说卖钱，送也没人要。

母亲的草绳，成了围院子的材料。

吴星源爱岗敬业，任劳任怨，生活质朴简单，渐渐成了领导，就有人送钱、送物，只要想起母亲的绳子，他就不会接收。

绳子是捆物的，但也能绑人。不是绳子绑人，是人在找绳子被绑。

母亲在乡村，生活得快乐，吴星源放心了，没想到，母亲会突然去世。

作为儿子，没能为老人送终，十分难受，所以一时不能自已，放声痛哭，然后急急忙忙奔丧。

丧事虽然从简，闻讯来的人还是不少。乡里的，和吴星源有业务联系的部门，县里的相关领导，小车陆陆续续地开进村。

当然，谁也明白，这不是吊唁死者，而是和生者搞好关系。他们也不完全是为了个人，更多的是为了本地发展和部门利益。

作为地区掌握水电资源的部门一把手，吴星源很自然成为被巴结的对象。

除了花圈，挽联，还有一沓沓的人民币。花圈和挽联，吴星源收下，钱，坚决拒收。

来的人们嘴上说，就一点心意啊，没啥的。

可是这心意是成千上万，肯定是公款，是人民的血汗钱。如果他收了，不用说，绝对违犯了党纪政纪，违犯了中央八项规定精神，那也是母亲绝对不愿看到的。

吴星源说，你们的心意我收下，钱带回去。

大家面有难色。

吴星源说，母亲生前，只喜欢绳子，你们真有心，就搓条绳子，代替这些钱吧。

大伙面面相觑，但还是接受了吴星源这个怪怪的请求。

乡村不缺草，谷草，麦草，山上的野草，多得是。搓绳子也不需要太高的技术，一学就会。

于是这些城里来的领导们，虽然笨手笨脚，不用五分钟也学会了搓绳子。

吴星源母亲出殡的那天，出现了奇怪的现象：所有送葬的人，手里都提着根绳子。

母亲下葬时，和这些绳子一起，埋在土里。

回到城里的吴星源悲伤未过，纪委就找上门来。有人举报，吴星源借安葬母亲敛财上百万。

举报人还提供了相关的车牌号和单位负责人名单。

查！

上级领导说，这是顶风作案。真查了，结果是吴星源仅收了几百根草绳。

吴星源成了廉洁的模范。

吴星源感谢母亲，在冥冥之中保佑他。从此，七月半和母亲的祭日、清明节，别人在坟前化纸钱时，吴亲源在母亲坟头火化的，是他搓的草绳。

黎明前夜　◎陈德鸿

大勇说："娘，回吧。"

娘抓住大勇的右手说："到西风口寻到你弟，就让回家来。一时走不脱，也让他寻机跑回来。"娘顿了顿，又说，"你爹这一没，日子眼瞅就过不下去了。"

大勇抽出手，揩了揩娘脸上的泪说："娘，我知道了。外面冷，回吧！"

娘蹒跚着回了屋，一会儿又跑出来，冲走远的大勇喊："路上千万当心，寻不到，就早点回家。"

走到村外一片收割后的田野时，大勇停下来，在地头找到一个写着父亲名字的木橛，然后蹲在地上，用右手抓了一把土，紧紧攥在手里，嘴里喃喃自语："小勇啊，咱家有地了，是政府分的，哥使不上力，你回来帮哥种吧！"

第二天傍晚，大勇赶到西风口时，长长的队伍仍在不停地过着，土道旁，挤满了一层又一层的人。

大勇挤进人群，看着队伍中一张张稍纵即逝的脸，犯起愁来，这可上哪儿找小勇啊！听说兵是从昨天开始过的，小勇也不知过去了没有。

大勇想了想，也学旁人从队伍边拽住一个兵问："同，同志，我向你打听个人？"

兵停住脚："叫啥名，是哪个部队的？"

"叫赵小勇，是，是三纵的。"

"不认识。"兵摇摇头，"三纵还没过来，你再等等吧。"

大勇舒了口气，刚在离土道不远的一个土墙边坐下来，一个40多岁的男人便挤坐在他旁边。

大勇往边上挪了挪，男人又挤过来，说："兄弟，俺姓韩，刚才你和那个官长的话俺都听到了，俺儿子也是三纵的。"

"那敢情好。"大勇说，"我是赵家堡的，你是哪的？"

男人说："俺家在马家洼。"

"那地方我去过，有个牲口市。"大勇问，"那边的地也分了？"

"分了，分了。我这次找儿子，就是告诉他这事。这回家里有地了，俺再倒腾点牲口啥的，日子就更好了。"

"家里还有啥人，能忙过来？"大勇问。

"家里还有个小的，不顶啥事。他娘病在炕上好几年了。"男人说，"俺一个人，多吃点苦就有了。"

看着男人满足的笑意，大勇忽然想起来，前年在马家洼买骡子时，曾经和这个男人打过交道。

那时，大勇相中了一头骡子，这个男人要价15个大洋。大勇磨了半天，男人死活不吐口。眼瞅着太阳快落山了，一个年轻人突然把男人拉到一边，互相把手伸进对方的袖子里……大勇急了，拽过男人说："15个大洋，这骡子我要了。"到家没几天，大勇发现这骡子走路爱往右边去，找来八爷一看，说是骡子左眼受过伤。听大勇讲了买骡子时的情况，八爷说："你这是让人唬了，那是爷俩，专好下扣子。"

见大勇不吭声，男人说："我儿在部队表现可好了，打锦州时还立了功呢！"

大勇愣了愣，问："你这次来，是想把儿子叫回家去帮你？"

男人撇了撇嘴说："那哪行啊，俺就是想儿子，让他对家里放心，告诉他在部队好好干，全国都解放了再回来。"

大勇尴尬地笑了笑，不吭声了。

半夜时，许多汽车和马拉的炮车驶过之后，又开始过起长长的队伍。男人问了几个兵，高兴地对大勇说："这是三纵的，咱俩精神点，互相帮衬着打听。"

天快亮时，男人找到大勇说："兄弟，你慢慢打听着，我，我回家了。"

"咋？"大勇一边盯着队伍，一边问。

"俺儿，俺儿他没了。"男人蹲在地上，呜呜哭了起来。

大勇不知怎样安慰男人，只是用右手轻轻拍着男人的肩膀。

过了好久，男人站起来，擦了擦脸上的泪，踉踉跄跄边走边说："兄弟，管咋，俺儿这是光荣，没给俺韩家丢脸。"

走了几步，男人又折回来，对大勇说："兄弟，那事对不住了。等回去，俺给你寻头好的送家去，换回那头病骡子……"

男人的身影在黑暗中消失了很长时间，大勇才回过神来，泪水早已湿了眼睛。

快中午时，大勇终于看到了队伍里扛着机枪的小勇。

小勇吃惊地摇着大勇的右手问："哥，你的左手呢？"

大勇含糊着说："我这只右手也啥都能干，不耽误事儿。"

小勇问："爹娘都好吗？"

"都好，都好，地也分了，咱家分了20多亩呢。"大勇说，"爹妈特意让我来告诉你，家里不用你操心，在部队上好好干，不解放全国不许回家。"

"哥，家里的事你就多辛苦了。"小勇向大勇敬了个军礼说，"让爹娘放心，我一定会戴着军功章，平平安安回家。"

大勇往家走时，觉得自己的脚步比来时坚定了许多，也踏实了许多。

1950年4月，赵小勇在解放海南岛战役中光荣牺牲。

家书抵万金　◎吴瑞芳

郑皓轩正在种一棵竹子，忽听有人敲门。

他问："谁呀？"

"我，老同学李邦富。"郑皓轩听了，连忙去开门。

一张富态而讨好的胖脸堆满笑："郑局长，久违了。"

郑皓轩一笑："什么局长呀，咱同学间可不兴这么称呼。"

"局长就是局长嘛，你可给咱同学们争大脸呢。"

"哎，我可不如你个大老板活得自在。"两人说笑着进了屋。

李邦富打量着干净整洁但略显狭窄的房子说："皓轩，你这都是局长了，还住这六七十平方米的房子，也太小了吧？"

"不小了，前面还有一个小院呢，没事打理一下花草，再听听鸟叫，挺好的。"郑皓轩一笑。

"嫂子和咱闺女小兰呢？"

"这不周末，回娘家了。"

"哦。小兰今年该高考了吧？"

"是啊，今年高考。这几天正在选报学校呢。你儿子也高考了吧？"

"他比小兰小两岁，整天就知道捣蛋，不学习，我挣的那点钱全都给他填窟窿了。"

郑皓轩刚要接话，李邦富却话锋一转："对了，老同学，听说你们局办公楼要扩建是吧？"

"是啊，你消息挺灵通啊。"

"那是，那是。皓轩啊，把你们局扩建的工程给我吧，我保证给你完成得妥妥的。

"老同学，扩建的事儿可不是我一个人说了算，不过，你要是通过竞标争取到该项目，我一定全力支持你。"

"嗨，你就甭跟我谦虚了，竞标还不是你一句话的事儿。"

"我真没那个权力，你有资质的话，下周来竞标吧。"

看着郑皓轩认真的样子，李邦富又换了话题，什么市场上刚上市了一款豪车，什么小区的房子又涨价不少，杂七杂八的聊个不停。

临中午，李邦富提出去吃饭。郑皓轩说："小兰娘俩还在岳母家等着我呢，我们改天再聚吧。"

"也好，那竞标的时候，你可记得多照顾我啊！"

"没问题。"郑皓轩拍了拍老同学的肩头。

送走老同学，郑皓轩收拾茶具时，竟发现李邦富用过的茶杯下压着一张小纸片，纸片下是一张卡。他拿起来，看了看，纸片上写着10万元和一组数字。看来，数字应该是这张卡的密码。郑皓轩在心里笑了一下，真没想到老同学会跟他来这一套。

大学毕业后，郑皓轩从一个普通的科员一直干到今天的局长，是一步一个脚印过来的。他所在的单位是个有权势的大局，其间给他送礼送红包的不在少数，他都原封不动地给人家退了回去。为这，他没少挨妻子的数落。人家当官不仅自己风光，亲戚朋友也都跟着沾光，可郑皓轩却一根筋，自己两袖清风不说，就连丈母娘去医院看个病也得挂号排队，从不给当医生的同学打招呼。

最近，岳母高额的透析费用已让他捉襟见肘，再过几个月，女儿如果考上大学，又有一大笔开销等着他，这10万元对他来说还真是及时雨。

郑皓轩拿着这张卡，竟有点恍惚。凭他手中的权力，凭他和老同学的关系，这10万元完全可以收得滴水不漏。岳母苍白的面容、妻子的埋怨、女儿的大学生活，都一股脑儿地浮现在他的脑海里，弄得他心里乱糟糟的。混混沌沌中，他想，就收这一次吧，老同学又不是外人，就当是互相帮忙吧！

他拿着卡一边想一边走到写字桌前，拉开抽屉时，却突然看到了母亲多年前写给他的那封信。他打了一个激灵，郑重地捧起信来打开。

皓轩：

来信收到。

知道你竞争上岗，成了一名科级干部，我为你高兴。

今天，我想告诉你一件事，当年你爸爸当乡中学校长时，收了承建学生宿舍的包工头的1000元钱，后被人告发，你爸爸受了处分被辞退。他后悔莫及，但已无法挽回，整天闷闷不乐，几年后竟抑郁而死。那年，你才七岁。他死前紧紧拉着我的手，嘱咐我，一定要把你抚养成人，让你做一个正直，对社会有用的人，千万不要学他，丢尽了几辈人的脸。

人生的道路虽然漫长，但紧要处常常只有几步。妈妈相信你会走好每一步，你爸爸的在天之灵也会时刻看着你的。

最后希望你注意身体，照顾好小兰母女。我一切都好。

妈妈

2006年6月6日

十年了，母亲也与父亲团聚去了，但她信中的一字一句还是针扎般刺痛了郑皓轩的心，他禁不住哽咽起来。

郑皓轩轻轻把信放回原处，掏出手机拨起来。他说："老同学，你有东西落在这儿了，我现在就给你送过去！"

歌声嘹亮　　◎江　岸

　　抗日战争进入相持阶段，新四军第五师在豫鄂边和敌人进行了艰苦卓绝的斗争。在一次反扫荡过程中，第五师某团突破敌人的重重包围，深入到敌后山区黄泥湾休整。一路上，虽说难免损兵折将，倒也收容了一些兄弟部队被打散的战士，将他们临时安排在各个连队里。

　　一日，团部接到地下交通站送来的秘密情报，说是在兄弟部队混进了伪装成新四军模样的小鬼子，这些小鬼子会说中国话，不易辨识，危害极大，上级要求各部队小心查访。

　　团长说，这好办。咱中国人大多是山西大槐树的后人，小脚趾甲是分成两瓣的。让这些新来的家伙脱下鞋子看一看，不就行了？

　　政委笑了，说，我是不是中国人？可我的小脚趾甲就是整板的。不光是我，我们豫南人都是这样。我们不是山西大槐树人的后裔，我们的先祖是江西瓦屑坝筷子巷人。

　　团长说，那怎么办？咱们得想个办法呀。

　　政委低头沉默了一会儿，忽然抬起头来说，我有主意了！把他们分开，让他们分别唱抗战歌曲。凡是能唱的，肯定是我们新四军战士；凡是啥也唱不了的，就有问题了。

　　团部召开了连以上干部紧急会议，传达了上级的指示，要求各连队将沿途临时收容的士兵分开，逐个让他们唱抗战歌曲，以辨真伪。

　　很快，不同的歌声在黄泥湾各个角落分别唱起来：

　　光荣北伐武昌城下，血染着我们的姓名；孤军奋斗罗霄山上，继承了先烈的

130

殊勋……

铁流两万五千里，直向着一个坚定的方向！苦斗十年，锻炼成一支不可战胜的力量……

我们都是神枪手，每一颗子弹消灭一个敌人；我们都是飞行军，哪怕那山高水又深……

通过唱歌，很快分辨清楚了，多数半道上收容的士兵都会唱抗战歌曲，只有五个家伙啥也不会。为了避免打草惊蛇，这五个家伙被悄悄地押送到了团部。一到团部，就被五花大绑起来。

凭什么绑我们？一个家伙气势汹汹地质问。

凭你们是他娘的小鬼子！团长轻蔑地说。

你们有什么根据？就凭我们天生不会唱歌？

你满天下打听打听去，哪有新四军战士不会唱抗战歌曲的？政委慢悠悠地说。

你们这样做，我们死不服气。

那好，听我的命令，把他们的裤子扒了！政委说。

果然，这五个家伙里面穿的根本不是新四军粗布短裤，而是兜着尿片似的白布。

政委不放心，害怕有漏网之鱼，让各连队把半道收容的会唱抗战歌曲的士兵都带到团部来，他要亲自过一遍筛子。会唱《新四军军歌》和《八路军军歌》等歌曲并不稀奇，部队没有战斗任务的时候，哪天不唱这几首歌？耳濡目染，听也听会了。

政委问一个士兵，你是哪里人？

报告政委，俺就是本地人。

政委唱道，八月桂花遍地开，鲜红的旗帜竖呀竖起来，突然一指这个士兵，说，你接着唱。

这个士兵立即唱道，张灯又结彩呀，张灯又结彩呀，光辉灿烂闪出新世界……

政委问另一个士兵，你是哪里人？

报告政委，俺是河北人。

政委唱道，张老三，我问你，你的家在哪里？

没等政委命令，这个士兵立即唱道，我的家在山西，过了黄河还有二百里……

政委问第三个士兵，你是哪里人？

报告政委，俺是东北人。

政委刚开始唱，我的家在东北松花江上啊，这个士兵就跟着唱起来，那里有满山遍野大豆高粱……歌未唱完，眼睛里已然扑腾出泪花来。

还有一个人，连队没办法验证真伪，因为他是个哑巴，压根儿就不可能唱歌。连长把这个情况悄悄报告了团长和政委。

团长说，这可咋整？

政委说，这也不难。我从军以前，在大学念书，正好学过日语，还会唱日本歌呢。我去他们连队看看吧。

政委亲切地和战士们握手，大家围坐在一起，天南海北地闲聊着。那个哑巴士兵也笑嘻嘻地挤坐在大家中间。政委注意到，哑巴士兵似乎很紧张，他就不动声色地继续和大家聊天，谈笑风生。不知聊了多长时间，哑巴士兵终于放松下来。政委突然唱起歌来，大家不再说话，静静听政委唱歌。只是谁也听不懂政委唱的是什么，大家也从未听过这样的歌，调子软绵绵的，听起来怪怪的……唱着唱着，政委不唱了，一指哑巴士兵，喝道，把他抓起来！

他怎么了？连长迷糊地问。

大家也是一头雾水。

政委笑着说，这个小鬼子，是个假哑巴，他肯定是因为不会说中国话，只好装哑巴。他听到我唱日本歌，憋不住了，听着听着，竟然不由自主地用手在腿上打起了拍子。不信，扒掉他的裤子看看。

几个战士抓住哑巴士兵，往下扒他的裤子。这个家伙凶猛地挣扎着，突然用日语骂了一句，八嘎！

大家七手八脚扒掉这个假哑巴的裤子，千真万确，他的屁股上也裹着一条尿片似的白布。

老 兵　　　◎刘向阳

老兵最引以为自豪的就是他曾经当过五年兵。无论别人打听不打听，只要你与他搭上话，不出三五句，他准会将话题转到他当兵的经历上去，只要你耐心听，他便会滔滔不绝地一直讲下去。坐着变成站着，轻声细语会变得慷慨激昂，手舞足蹈的老兵仿佛又回到了枪林弹雨、硝烟弥漫的战场。

知道吗？一九四五年，小日本儿刚投降，我被小日本儿抓去当了四年煤黑子，刚见了几天天日，就投奔了为劳苦大众打天下的共产党队伍。我参加的队伍可是一支铁军，谁不知道独立一师的威名，国民党队伍一听到这个名字，胆儿立时就吓破了！我刚穿上军装，就赶上了一场战斗，那场战斗打得痛快！一支盘踞在长白山老爷岭的土匪刚接受国民党的整编，就遭遇了我们二团三营的围剿，从天擦黑打到天放亮，土匪死伤大半儿，活着的全都乖乖缴械投降了！

要说打得最惨烈的要数四保临江了。我记得非常真切，那场战斗从一九四六年十二月一直打到一九四七年四月，总共打了一百零八天。我所在的独立一师和独立二师、三师，还有东北民主联军，依托临江、长白、抚松、靖宇四个县的狭小根据地，先后打退了国民党十万大军的疯狂进攻。要说咱们的这次胜利，那意义可大了去了！用我们团长的话讲，战役的伟大胜利，彻底粉碎了国民党企图独霸东北的美梦，使我军从战略防御转入战略反攻，为东北战场即将开始的全面大反攻奠定了坚实基础！

你问我参没参加辽沈战役？

我跟你说，黑山阻击战让我赶上了！记得那是一九四八年十月，被我军围困在沈阳的国民党军队企图要向锦州突围。我所在的部队同兄弟部队迅速在黑山、大虎山一带构筑了一道防线。我军刚刚部署完毕,国民党的大批部队就到了。敌人依靠炮火的优势,硬是将我们坚守的一〇一高地削成了九九高地,敌人虽然伤亡惨重,我方伤亡也不少,我大喊着,为死难的战友报仇!

端起机枪向敌人狠命扫射。经过两天两夜的阻击,打退了敌人无数次进攻。

到了第三天,天刚蒙蒙亮,就看见敌人逼赶着被五花大绑的老百姓向阵地接近。可恶的国民党是要拿老百姓当盾牌呀!咋办?团长果断决定,把老百姓让过去,再和敌人算账。我不讲你也能明白,一场短兵相接的肉搏战展开了。嘻!我们终因寡不敌众,失去了阵地。临近部队支援我们来了,由徐州北上的部队和南下的北满部队也赶来了,对国民党部队形成了包围。我们的部队士气大振,一鼓作气又把阵地夺回来了。

嘿嘿,辽沈战役胜利结束后,我所在的部队改编成153师随同大部队入关,驻扎通州,当上了班长的我,与全班战士摩拳擦掌,时刻准备听到一声号令,冲向北平城。可是没想到,没费一枪一弹,北平和平解放了!

一九四九年五月中旬,在毛主席和朱总司令的号召下,我们的部队又参加了西线渡江战役,武汉三镇解放后,我们向南一路打过去,直到解放了海南岛。海南岛解放后,我们的部队一路北上来到了南京。上级决定我们的部队就在南京驻扎了。

在南京休整期间,老家捎来了信儿,说给我订了一桩婚事,让我回家完婚。连长给了我这个排长一个月的假。我倒了几趟火车,回到了辽宁临江三道沟。办完婚事,没待上十天,我就心急火燎地赶回部队。可是,部队早已开拔去了东北。我立马坐上火车去了东北我们队伍原来驻防的通化。可是,部队已经跨过鸭绿江了。

每逢说到这儿,老兵就会泪眼模糊,呜咽地说,为了生活,我回到渣子煤矿当了矿工,可我还是兵!

老兵已经九十岁了,一说起当兵的故事,就用颤抖的手抚摸着东北解放纪念章和海南岛解放纪念章,一遍又一遍地说,我是老兵,我是老兵……

抉 择　◎刘　磊

烟一支接着一支，饭却是一筷未动。

知夫莫若妻，见雷峻这样，洪茹就知道他遇到难事了。

她深知丈夫的脾气，不便过问，只是内心难免纳闷儿。

作为新淮县纪委书记，雷峻是个响当当的人物。为政多年，脚稳身正，名声颇佳。工作上他坚持原则，雷厉风行，堪称黑脸包公。在家是个模范丈夫，对洪茹呵护有加，体贴入微。只是有一条，那是从他走上纪检岗位就定下的规矩：工作上的事，绝不容许家里人打听一句。

洪茹是育才中学英语教师，半年前校长为侄儿违纪一事找到她，请她回去给雷书记说说，好求个通融。洪茹实在拗不开校长的面子，不得已只好应承下来。

那天，她瞅着丈夫的情绪很好，便吞吞吐吐地将事情说了出来。没料到前一分钟还满脸阳光的雷峻转瞬间变成了震怒的雷公，斥责如雨点一般向她砸来。

说实话，洪茹对丈夫还是理解的。自有了那次教训，她就再不干预丈夫工作上的事了。

夜，越来越深，书房中的雷峻却毫无睡意。他久久盯着墙上那幅放大的黑白照片，眼神变得有些复杂起来。

照片上是形如父子的两个男人。年轻的一个正是二十年前的雷峻，而那年长者面目慈善，发间已微露斑白。照片的背景，是雷峻就读的大学操场。

父母早逝的雷峻全赖邻居杭伯的拉扯才没有辍学。杭伯当时做点小生意，虽比一般人家宽裕些，可两个儿子都在读书，生活担子并不轻。三个孩子的学杂费，是一笔不小的开支，杭伯宁愿一家人节衣缩食，也从没想过放弃对小峻的培养。

不仅如此，杭伯还是雷峻的救命恩人。那年冬天，流行性感冒肆虐甚广，雷峻也未能幸免。一天夜里，雷峻突然浑身发抖，脑门像火炭一般烫。惊醒后的杭伯眼瞅土郎中的药不顶事，立马从热被窝中爬起来，背起小峻就朝县医院跑。医生检查后说，亏你送来及时，再迟一些这孩子就没救了。

想到这里，雷峻的眼窝再次湿润了。是啊，杭伯对自己的恩情太重太重了！如果没有他，绝对不会有自己的今天。想到这些，雷峻越发无所适从，坐立不安。

他的烦恼，源自一封举报信。

纪委接到举报，揭发了杭裕田贪污受贿的事实。这让雷峻震惊不已，也让这个在案子面前从不曾皱一下眉头的硬汉子陷入两难。

杭裕田是杭伯次子，也是杭伯唯一的儿子——其长子在八年前的抗洪抢险中已英勇献身。

许是听到风声，杭裕田暗中找到雷峻。他已全然失去昔日官场上的威风，苦苦哀求雷峻看在老爷子的分上放他一马。

一连三天，雷峻都是在极度的精神煎熬中度过的。

第四天，雷峻做出一个艰难的抉择。

也就在当日晚上，苍老的杭伯上门了。雷峻连忙迎上前去，紧紧攥住杭伯的手，杭伯也紧紧地盯着雷峻。

"峻儿，你决定怎么做了吗？"杭伯的声音很轻。

"杭伯，我决定了。"雷峻垂下眼睑，不忍正视老人那饱经沧桑的面庞和似有祈盼的眼神。

"你准备怎么做？"杭伯依然紧盯不放。

"杭伯，对不起！"雷峻的声音若有若无，还带着几丝喑哑。

雷峻真想不出下面该怎样和杭伯说了，他不敢正视老人的目光。

没料到杭伯听了此话，尽管脸上依然布满悲伤，可神色却放松了不少。

杭伯紧紧握住雷峻的手，颤声道："峻儿，你可知道杭伯刚才有多紧张吗？我怕你念及杭伯的情面做出你不该做的事啊！"

雷峻心头一热，眼睛顿时湿润了……

山 河　　◎安石榴

　　老刘是陕西人，如今说一口溜溜的东北话。为什么呢？老刘铁道兵出身，二十世纪大裁军，他所在的部队正在东北执行使命，就地转业，于是，老刘就成了中铁东北某局的一名员工。老刘再也不可能回老家安身立命了。说起来这真是一场重大的人生转折，老刘内心有怎样的波澜，如今他全当旧事不提了。

　　老刘当铁道兵的时候，走遍了大半个中国。谁都知道铁道兵苦，风雨雷电，塌方、泥石流、干旱、洪水和雪崩，正负四十度的极端天气……他们什么没有经历过？然而祖国的壮丽景色，老刘也是尽数领略，退休后痴迷旅游，就是这时候培养起来的。

　　二十世纪七十年代，老刘当铁道兵那会儿在陕西勘察测量，就在华山脚下，抽时间首长带着他们登了一次华山。老刘记得很清楚，早晨六点，华山东峰，朝阳喷薄而出，翻滚的云层奔腾流荡，渐渐消失，万丈光芒之下，华山诸峰挺秀而出，一片雄奇和壮美的大景色。一行人全震撼到了。首长是位四十几岁的老兵，当场失声大哭，口中叨念着，太美了，太美了。然后说了一句让老刘一辈子都忘不了的话："我愿意为它肝脑涂地！"老刘当时年轻，气壮，没有哭，也说不出首长说的话，但他心里有，庄严又神圣，那感觉就如同他当年在党旗下宣誓。

　　后来他带领员工建设佳木斯至抚远的铁路，开通之后，他独自一人登上抚远县北山山顶，一条大河静静地卧在他的视野里。那是黑龙江啊！老刘定睛看了那么一会儿，就热泪长流啦。美，原来可以这样朴素单纯，只不过三种色彩：绿、蓝、白。蓝色的大江，绿色的大地，白色的云朵。朴素得不能更朴素了吧？然而，它们是如此美，亲切，辽阔，神奇，不可替代和不容侵犯。它们好像在隐喻一个真相，这个真相跨越时间和空间，从祖先生长的远古走来，充盈于天地之间。就在这一刻，老刘洞悉了几十年前华山上的那一幕，老首长内心发生了什么，他是彻底明白了。

有一次行业在深圳开会，会后可以安排他们去香港看一下，大家热情很高，只有老刘拒绝了。那时候香港和澳门都还没有回归。有人问他为什么。他没说。

老刘退休之后痴迷旅游，先前当铁道兵时作为建设者走遍了大半个中国，如今作为观光者又重新走了一遍。还把没有去过的地方也几乎走了个遍。香港澳门自然不在话下，但独独，台湾没有去过。

"为啥不去台湾转转？"老伙伴问。

老刘说："不急，等等。"

"您这儿都多大岁数了，还等啥？"

老刘还是那句："不急，等等。"

"哈哈，明白了。只可惜也许你等不到那一天呐！"人家开玩笑。

老刘正色道："那我的魂儿，也一定等到那一天。"

看你有点眼熟　◎三　石

软磨硬泡的，局长终于松了口，答应将洪波调回单位。

洪波心情好极了，一边哼着歌一边收拾着东西。万春则阴着脸，死劲抽着烟，冷言冷语的："待不了一年就要走，扶的什么贫。"

万春是村支书，洪波是县里下派的扶贫第一书记，虽说难免动锅碰勺的，可一年下来，两人交情不浅。

洪波突然觉得自己的表现有些不合时宜。"万春，你别这样，要不是老婆快生了，我也不会就当了逃兵。"顺手将万春手上点着的烟抢了过来，抽了一口，呛得一把鼻涕一把泪的。

万春将烟又夺了回去："抽个烟都学不会，有什么用？"

洪波抹了抹眼泪说："新任第一书记人也不错，比我好打伙。你放心，我会常回来看你们的。"

"有本事，走了就别再回来。"万春没好气地说。

洪波笑了："那不行，虽然不驻村，但村里我还有结对贫困户呢。"

"知道就好。"万春拎起洪波捆好的被褥和包，搁到洪波的汉腾车后座上。

洪波跟了出来，握着万春的手："老哥，我走了，明天的预产期，晚上得去医院住下。"

万春恋恋不舍："这就走，也不跟大家伙打个招呼？"

洪波摇摇头："不了，这一年也没干什么事，见着乡亲们不知道说什么。"

万春哼了一声说："干没干事，得他们说了算。"

顺着万春的眼光看去，善平大爷领着一帮子村民急匆匆地赶了过来："小洪，你这是要走啊？"

"没呢，家里有点事，过些日子还来。"洪波不好实话实说。

有人看到车后座的行李："被子都带回去了，还能再来？"

洪波便有些尴尬，不知道如何回答。

万春说话了："小洪媳妇明天生孩子，生完孩子还回来，用不了几天。"

大家有些半信半疑，善平大爷问："小洪，万春说的是真的吗？你小子可别骗你善平大爷。"洪波眼睛便有些湿润了，死劲握着善平大爷粗糙的大手："大爷，万春怎么敢骗您老人家，您老放心，我还会来村里的。"

大家乐了起来，一个个拱手道喜，七嘴八舌地说要去洪波家讨喜蛋吃。洪波便有些哽咽，匆匆跟大家道别，开着车一溜烟地出了村。

洪波情绪一时难以平复，车开得有些心不在焉。没出几里地，经过一户人家门口，一下没注意，轧死了个半大鸡仔。

"怎么开的车？这么大的鸡都看不见？"一个三十来岁的汉子，骂骂咧咧地窜了过来，拾起死鸡拎晃着，一脸的怒气，"你说，怎么办吧？"

汉子叫老扁，在当地属于混混之流。因为不是同村，所以洪波并不认识，但进村出村的，经常从老扁家路过，知道这么个人。赔钱是肯定的，别漫天要价就成。"不好意思，我赔你钱，你说赔多少吧？"

老扁斜着眼："不要你多，三百！"

洪波眼睛瞪得老圆："一只小鸡仔要三百？你这不讹人吗？"

老扁冷哼一声："我就讹你了怎么着？谁让你轧死我家鸡了？"

洪波差一点就火了，可一想还得赶回家送妻子待产，要是闹起来，一时半会儿脱不了身。再说跟这种人计较，不值。"行，三百就三百。"掏出三张百元票子递给了老扁。

"爽快！"老扁眼睛笑成一条缝，接过钱一张一张地对着阳光看真假，边看边问，"呃，我怎么看你有点眼熟？"

洪波没好气地说："我是县里来扶贫的，往你门口过了一年了。"

老扁将钱一收，盯着洪波打量："你是县里的扶贫干部？"

洪波说："在箬源村扶贫，不像啊？"

老扁点点头："嗯，怪不得看着眼熟。"搓着手上的三百块钱，表情有些怪怪的。洪波不想再搭理老扁，打开车门上了车。这时，老扁一步跨了过来，将钱从车窗扔了进来："这钱我不要了，还给你。"

剧情反转太快，洪波一时没反应过来。待缓过神来，老扁已哼着小调进了屋。

洪波把眼神收了回来，在车里呆坐了好一会儿，才启动了车子。

进了县城，老扁没有直接回家，而是去了单位，径直来到局长办公室，进门便说："局长，驻村第一书记不用换人了，等老婆生完孩子我就去村里，接着干。"

"什么？"局长一时没明白过来。

温暖的山芋 ◎满　震

　　韩老六正猫在自家的山芋田里发愁呢，老伴中风半身不遂卧床不起，自己的腰疼病这几天又发作得要命，这一田的山芋靠自己一个人蚂蚁啃骨头一块一块地刨，得什么时候能刨完啊，刨完了还得一车一车拉到城里去卖。

　　这时候，大学生村官小林姑娘来找他。

　　"韩叔啊，要起山芋了吧？"

　　韩老六看到小林很高兴："是啊，小林姑娘。"

　　韩老六夫妻俩无儿无女，是村里的贫困户，是小林的定点帮扶户。平日里，小林常来看他们，帮着干点家务活；农忙时还会带几个大姑娘小伙子来帮着干农活。老两口很过意不去，小林却说："我在家是独生女，我在外地工作，不能孝敬爸妈。看到你们我就想起我爸我妈。"老两口觉得小林真是个好姑娘，要是有这样一个女儿该多幸福。

　　小林说："韩叔啊，我来找你是想跟你商量件事，你今年的山芋卖不卖啊？"

　　韩老六说："卖啊。可是，你看你婶躺在床上也帮不上忙还得要人服侍，我这腰这几天又犯病，这山芋在土里还没起出来，还得拖上街去卖，你说怎么卖呀？"

　　小林说："那就卖给我们吧。这山芋你就别刨了，就搁地里头，改天我们来刨。"

　　韩老六不明白小林为什么买山芋却不要他刨出来，只知道一个劲地说感激的话。

星期天，公路上开来了十几辆小汽车，车队到了韩老六的山芋田边就停了下来。小林姑娘从第一辆车上下来，一声招呼，从后面的车上下来一大帮人，看样子都是一个个小家庭，一对对年轻的夫妻各自带着五六岁、七八岁的小男孩或小女孩。他们呼啦啦拥进韩老六的山芋田里。

小林说："请各家派一名代表到我们这里来，爸爸也行，妈妈也行，小朋友也行。我和韩爷爷先教大家一下怎样挖山芋。"等各家的代表都围拢了来，就一边示范一边讲解，"先轻轻刨开薄薄的一层泥土，山芋就露出来了，然后沿边上挖，这样就不会把山芋弄破。好，下面我们就开始挖山芋比赛，看谁挖得多。奖品就是：你们挖的山芋不管多少一律归各家所有。"

然后，各家的大人小孩就用自己带来的小铲子、小钉耙忙活起来，一嘟噜一嘟噜的山芋就从土里被拽了出来。孩子们惊喜地喊叫着："啊，这么多的山芋！"

韩老六看到一个个胖胖的大山芋挤挤挨挨的，就想到一群小猪崽在老母猪怀里挤着吃奶的情景，真叫人心生怜爱。

孩子们有的在刨山芋，有的在用泥土搭城堡，有的在追逐嬉闹，叽叽喳喳，快乐得像一群小麻雀。

"爸爸妈妈，快来看，这个山芋好大！"一个小女孩双手抱起一个大山芋开心地大喊大叫着。

她的妈妈拿来照相机："别动别动，我来给你拍一张。"咔嚓，然后说，"这张照片的名字就叫《小娃娃和大山芋》。"

韩老六看着这些快乐的孩子，看着这幸福的一家家，心里真是羡慕。

小林走过来："韩叔啊，我来给你山芋钱。"说着递给他3000元。

韩老六吓得连连推让："你们省了我起山芋，省了我一车车拖到城里去叫卖，省了我好多工夫。我这一块地的山芋至多也就能卖个三四百块钱，哪能要你这么多钱！"

小林说："这次'起山芋'并不只是来帮你干一次农活，它是我们邀请团县委和县妇联共同举办的'开心农场'采摘活动内容，目的是培养城市孩子亲近大自然热爱大自然的思想感情。这是我们的最大收获。15户家庭自愿报名参加这项活动，每户交200元共3000元。你就把它看作我们大家对你的一点心意，收下吧。"

韩老六的心里就如吃了热乎乎的山芋一般，顿时一股暖流。

突击检查　◎唐晓勇

"宫德福，在这乐不思蜀忘了家了吧！"一个熟悉而又陌生的声音冷不丁地在耳边响起，宫德福吓了一跳，他正趴在村部的办公桌前打盹。昨晚和几个村干部一起又把几家贫困户走访了一遍，确保他们每户都能吃饱穿暖，家中有余粮，手里有闲钱，他和村干部们才放心。快过年了，总要保证这几户过一个吃喝无忧的年关。

他猛地睁开眼睛，揉了揉，一下子站起来。

"哪阵风把您这大公主吹来了，快快请坐。"一面讨好地赔着笑，一面忙着倒茶。能不慌忙嘛，来的是他老婆牛丽丽，市中心医院的护士长。

"少来这套，我问你，你多少天没有回家了？"牛丽丽语气稍缓了些，但还是红着脸。不知道是外面天冷冻的，还是余怒未消涨的。

可不是嘛，宫德福心里暗自算算，还差两天就够一个月了，本来和老婆说好，每周回家一次，最多不超过十天的。可是一到村里，有那么多的事要解决，那么多的困难户要帮扶，一忙起来就忘了。他不好意思地挠了挠头，嘿嘿地笑着："都快一个月了。"马上凑近牛丽丽的耳边说："光顾扶这里的贫，都忘了你的贫了。""别不正经，谁和你嬉皮笑脸的。"牛丽丽嘴里说着，心里却有些酸楚：孩子上高三了，关键时期学习那么紧，自己工作也忙得分身乏术，还要每天陪孩子。

"带我去你包的贫困户家看看，我看你到底在这里整天都做了什么事儿。"

"检查工作呀，欢迎领导！"

宫德福打个立正，拉着老婆向村部西面走去，边走边对老婆介绍。按照年人均收入三千三百元计算，村里有四十多户符合贫困户标准。每家每户的情况不同，也不能以同样的办法解决。就说王菊花家吧，本来好好的家庭，丈夫在外面打工，她在家照顾两个孩子上学，虽然不是十分富裕，倒也家庭和睦，其乐融融。谁料一年前，丈夫突发脑溢血一病不起，接连在医院重症监护室住了一个多月才转入普通病房，花去了所有的积蓄不说，还欠了十多万的外债，真是"辛辛苦苦十多年，一病回到解放前"。原本好好的家庭失去了主要的经济来源，所有的生活重担都落到了王菊花身上，照顾两个孩子学习生活，还要照顾一个半死不活的病人吃喝拉撒。

说着到了王菊花家，牛丽丽打眼一看，条件还不错嘛，两层小楼，一个大院子。她瞥了一眼丈夫。宫德福看出了她的疑问："你到屋里看看就知道了，她这个房子已经抵押给别人了。"走进屋里，牛丽丽吸了口凉气，屋里空荡荡的，家徒四壁，就两张低矮的板子床，床一头放满了瓶瓶罐罐的药，孩子上学还没有回来。王菊花连忙站起来说："是嫂子吧，宫书记可是我们家的大恩人呀。坐，坐。"一边说，一边用袖子在两个高矮不一的小木凳上抹了一遍。牛丽丽打量了一下王菊花，虽然憔悴，倒也掩不住清秀面色。她到厨房转了一圈，米和油是新买的，大约是村里刚送来的，灶台上碟子里的剩菜连肉末星子也没有。"这个不幸的女人。"本来她好像听谁说，丈夫包保的是一个年轻妇女家，这么多天不回城，想着这个女人她甚至还有点敌意，就不打招呼地突然开车来，是有点想兴师问罪的。此刻却又不由自主地从口袋里掏出三百元钱，硬是塞给了执意不收的王菊花。"有困难就和我们说，不行过年把孩子带到我们家过。"临走时她拉住王菊花的手说。

"光靠救济也不行呀，得想办法让她从根本上脱贫。"走出王菊花家，她昂起头问丈夫。

"看来，你也可以当扶贫干部了。"宫德福一半玩笑一半认真地说。针对不同的贫困户就要用不同的脱贫方法。一些年老单身的困难户，低保就能解决。对王菊花这样的家庭不能单靠输血，关键要造血。她家有几块路边的空地，村里帮她无息贷款搞了光伏发电，每年收入三万元，四五年就能还清贷款。此外她还在家里做刺绣加工，也不耽误照顾丈夫，村里统一收购和义乌的厂家结算，每月也可以挣三四千元。还有王大宝家、赵庆丰家……丈夫一一道来。那么多贫困户在丈夫的帮助下渡过难关，生活慢慢变得富裕、美好，牛丽丽想着，不由得自豪起来，丈夫的身影在她面前高大起来。

　　"你扶贫我不反对，也不能不要自己的家呀，孩子今年就要高考，你也不关心。还有那个王菊花长得那么漂亮。你可不能……"牛丽丽喃喃地说。"你怎么对自己就这么没自信？她哪儿有你好看？我白天工作，晚上都想你和孩子呢，回家加倍补偿你们。"宫德福搂着牛丽丽，用手轻轻按了按她的鼻子。牛丽丽鼻子一酸，大眼窝里饱满晶莹的眼泪差点掉下来。

　　"他们这医院需要帮助吗？等女儿今年考上大学，我和医院领导说说也来扶贫。"牛丽丽被自己吓了一跳，不知为什么会冒出这样一个想法。

党员收条　◎李立泰

在抗战艰苦的岁月里，奶奶为缴党费犯愁。

缴啥啊？别说钱，连一点值钱的东西也找不到了。虽然半年党费只六分钱！

区委同志讲，缴党费没钱，实物也行，有的东西可直接上缴区里。

奶奶入党是干出来的。爷爷的抗日武装被围，爷爷被鬼子杀害。奶奶擦干眼泪，忘我地工作来排遣痛苦。她救治过多名伤员。特别是重伤员桑谷华，奶奶杀了小山羊，给他吃。

奶奶把情报藏到簪里，背着草篮子，顺马颊河大堤树丛走，累得浑身大汗，把褂子都湿透了，及时把情报送到县大队。天黑前她还要背着一篮子草进家。奶奶小脚疼得进家就累瘫了。

她积极组织妇救会做军鞋，带头交军粮……区委批准奶奶为党员。

晚上奶奶去村支书家开会。

晚饭奶奶吃得潦草，刷完锅，洗脸梳头。镜子里的奶奶是漂亮人儿。奶奶身材适中，秀发高耸，大香蕉簪梳在脑后。中式裤子，大襟褂子，可身，奶奶眼不大，可亮，眼珠黢黑，放光。她妯娌、姐妹们夸奶奶好看，好看到眼上了！

奶奶走黑影拐俩胡同，到支书家。

一进屋奶奶感觉今晚开会不同往常，气氛严肃。且有区委的同志在场，还跟奶奶握手。

一贯好抽烟的支书，这次没叼烟袋。

村支书对奶奶说，你的入党申请，批准了。奶奶心里一阵激动，脸立马红了，说，我合格吗？

合格。但是，还要严格要求自己，工作继续努力，起先锋模范作用。奶奶点头，记到心里。

区组委，说，欢迎你，李淑玉同志。

支书把党旗挂墙上，奶奶看着鲜红的党旗，举起右手宣誓。奶奶站在组委一侧，面对党旗，句句铿锵有力：我志愿加入中国共产党，拥护党的纲领，遵守党的章程，履行党员义务，执行党的决定，严守党的纪律，保守党的秘密，对党忠诚，积极工作，为共产主义奋斗终身，随时准备为党和人民牺牲一切，永不叛党！

奶奶说，小小棉油灯，如豆的灯头，照得几人影影绰绰。但鲜艳的党旗映红了脸，照亮了心。会场虽小，意义重大。党给了我第二次生命的起点，就在那间小屋。

我是在党的人！俺听党的话！不折不扣按党说的去做！绝不讨价还价。

每月一分钱党费，一年一毛二。若放到今天一毛二还叫钱吗？地上丢一毛钱甚至一元钱年轻人懒得下腰去捡。可当年一分钱难倒英雄汉！

一年未雨，旱得冒烟，赤地千里。人们成群结队地逃荒要饭。拆房卖屋，卖儿卖女。村庄荒芜，兔狐出没，饿殍遍野，荒凉凄惨。兵荒马乱，日伪顽杂抢粮，已没可抢之粮。看见烟筒冒烟，闯进家去就掀锅，菜窝窝抓起来就吃。

县委指示，精兵简政，开展大生产运动，共渡灾荒。

奶奶思忖，区队战士吃饭也成难题，吃了上顿愁下顿，甚至饿着肚子打鬼子。那怎么行啊？

奶奶抬头看院里大榆树。春天吃了它一串串榆钱儿，分期分批地撸榆钱儿，吃了将近月余。

现在榆叶碧绿，奶奶还没舍得吃它。当时就想着榆叶派大用场。

奶奶叫父亲爬树，勒榆树叶。父亲撸一篮子榆叶，放下来。叔叔抓榆叶就往嘴里塞，奶奶叫他别吃。叔叔"哇"地哭起来：我饿，我饿。

奶奶眼里含泪，说，小儿不哭，我蒸菜给你吃。

父亲多想吃把榆叶啊，鲜嫩的榆叶在手里过了一遍，也没敢尝尝。

奶奶蒸了一锅榆叶窝窝，那点儿可怜的高粱面，几乎蒸不成个。给父亲、叔叔蒸了几个野菜杏叶团子。奶奶实在蒸不成窝窝了，就团揉团揉放到锅里。

榆叶窝窝熟了，锅上冒出香甜的热气。叔叔瞪着大眼看锅，他们瘦得皮包骨头，三根筋挑着头。

出锅了，绿绿的榆叶窝窝，香啊，热气扑脸。

村支书批准奶奶把一锅榆叶窝窝作为党费上缴。

奶奶提起榆叶窝窝走时，叔叔又哭了。奶奶想放下一个给父亲和叔叔吃，可是战士也在饿肚子，吃一个也凑不够整数了！她心一横，坚决地走出家门。

一直到解放，奶奶还保存着当年李区长写的收条。

在全市"纪念建党90周年图片巡回展"——"难忘的岁月"展室，我看到了皱巴巴烂乎乎的（放大若干倍）奶奶的党费收条。

党费收条：

今收到豆腐梁村李淑玉今年全年党费，一锅高粱榆叶窝窝。

区长：李善亭（区委副书记、区队长）

一九四三年农历五月十七

扶贫故事　◎蒙福森

在一次县文联组织的平天山野外采风的活动中，我认识了扶贫办的小杨，他给我讲述了一个感人的扶贫故事。

一年前，小杨通过公招考试进了县扶贫办。去年开春，他接到了一个扶贫任务，扶贫对象是石岭村的吴志福。

一看到"石岭村"三个字，小杨的心里就发了毛——那是一个极其落后闭塞的小山村，路途遥远，坑坑洼洼，一边是深沟，一边是大山。三年前，有两个干部开车去那里开展扶贫工作，在半路摔下山沟，一个重伤，一个当场殉职。

还好，小杨去的时候，路已经修好了。小杨到了石岭村，在村主任老赵的带领下，去见吴志福。

老赵一边走，一边喋喋不休地向小杨介绍三年前田副县长到石岭村扶贫的故事：就是在田副县长的多方努力下，修好了这条路，可惜，田副县长没有看到路通车的那一天，她倒在了扶贫路上……

她是一个好人啊！老赵感叹道，眼睛发红，声音哽咽。这条路应该叫"玉清路"。老赵说，田副县长叫田玉清。可上面却说，不能用领导的名字来命名，他们起了另一个名——平安路。

政府是对的。小杨打断了老赵的话，转换了话题，问，老吴家里到底有多困难？能吃上饭吗？难！老赵说，田副县长第一次来的时候，就指定老吴是她的扶贫对象，她带领工作组来到老吴家，当时，田副县长一看老吴家徒四壁，几间破屋，漏风漏雨，里面黑咕隆咚的，田副县长几度落泪。她说，想不到，还有这么困难的群众，是我们的工作做得不好啊！在老吴家，要拍几张照片拿去存档，屋里黑，看不清楚，工作人员叫老吴开灯，老吴拉了一下电灯开关绳子，电灯闪了一下，灭了，再拉，怎么也不亮。田副县长叫他再开另外的灯，老吴说，没了，唯一的一盏电灯。

说话间，就到了老吴的家。那是怎样的一个家啊！老吴年近六十，面容苍老，穿着破旧；一个跛脚的老婆，头发蓬乱，像鸡窝里的草，还傻不拉唧的，老吴年过五十才娶了她；一个半生不死的老娘，常年卧病在床，一年四季要打针吃药；两个孩子，一儿一女，去学校了，没在家，小杨没见到他们。

老赵说，老吴家比三年前好了一些，三年前，根本不成一个家，幸亏田副县长来扶贫，好多了。

老吴带老赵和小杨来到他家的砂糖橘种植地。三年前，田副县长带给老吴脱贫致富的第一个项目就是因地制宜种植砂糖橘。远远看去，十几亩砂糖橘在瑟瑟的冷风中一片翠绿。

可走近了一看，小杨心里一阵拔凉，像大冬天雪水灌进骨子里去——这些砂糖橘，缺乏科学管理，一棵棵病恹恹的，像面黄肌瘦、缺乏营养的孩子。

老赵说，没办法，田副县长去世后，一直没有人来真正接替她的扶贫任务，上面来的人，走马观花一样，拍个照转个圈儿就走了。

小杨回到家后，翻箱倒柜找妈妈的书。

那是妈妈留下的种植砂糖橘的书，网购的。

在一个箱子里，小杨找到了厚厚的一沓书和笔记，还有一些复印资料，都是关于防治果树病虫害方面的书。

周末，一大早，小杨骑着摩托车朝石岭村出发了。

老爸问他，啥事那么急？

小杨说，看了老妈的书，我找到了老吴的砂糖橘问题所在了。

老爸说，啥问题啊？

小杨说，见了老吴再说。

小杨那几晚睡得很晚，辗转反侧，不能成眠，眼前老是晃动着老吴家病恹恹半生不死的砂糖橘——到底啥问题导致不能茁壮成长？

突然，他灵光一现，有了！

那是一种严重的根腐病和卷叶虫、钻心虫灾害。小杨问过几个老种植户，他们也说是。

小杨买了药，一路长驱直入石岭村。

此后，小杨一有空就奔石岭村去。

几个月后，老吴的砂糖橘像大病初愈的年轻人，终于重新吐出嫩芽，焕发出勃勃生机。

第二年，老吴的砂糖橘挂果了，成熟时像一串串小小的红灯笼挂满树，甚是诱人。

小杨日夜翻看老妈的书，一丝不苟地照着做，吸取老种植户的经验，想方设法要让老吴的砂糖橘赶在春节时上市，卖一个好价钱。有了技术支撑，老吴的砂糖橘够甜够靓，摘一个来尝，甜入心肺。

这时，一场大寒潮来袭，很多果场即将成熟上市的砂糖橘被霜冻打得七零八落，老吴的砂糖橘因为盖上了塑料膜而幸免于难。寒潮来袭前，小杨带了几个好友，和老吴不分日夜地给果树盖塑料膜，跟寒潮争分夺秒抢时间……

年底，老吴的砂糖橘像光彩照人的新娘，闪亮登场，一摘下来，就被守候在田头的水果批发商抢购一空。

老吴平生第一次拿到这么多红艳艳的钞票，有十几万啊！那一刻，他哭了，扑通一下跪在小杨跟前，抱着他的腿，呜呜大哭。小杨赶紧扶起老吴，跟着哭。

两个大男人，在柑橘地里抱头痛哭。

我以为他因感动而哭。

小杨说，我哭我妈。

你妈？

是，我哭她。那一刻我突然想起了我妈。她如果还在，多好啊。我想，她的在天之灵，也会在那一刻被感动的。

再问，小杨什么也不说了。

后来，我才知道，小杨的母亲就是田副县长，田玉清。

在县政府大院里，没人知道，小杨就是她的儿子。

消失的照片　　◎肖曙光

县委向书记到球山村，想去村里的荣誉室看看，没想到却吃了闭门羹。

为啥呢？村支书老廖不给开门。老廖是位有30年党龄的老党员了，是村里大伙儿的主心骨。这人啥都好，就是脾气有点倔。这不，在书记面前，也犯倔脾气了。

球山村是县里的先进村，省市县的各级领导到村里视察过。村里为此建了这间荣誉室。荣誉室里挂满了领导们视察时的照片。大大小小的照片，用镜框装起来，挂在墙上。荣誉室也因此成为村里一道靓丽的风景。

随行的钱乡长问老廖为啥不开门，老廖手一挥说，关了，不开了。

向书记的脸顿时有点挂不住了，耐着性子说，关不得的，过几天杨市长要来县里视察，点名要来球山村。荣誉室关了，那怎么行？

钱乡长接过话茬说，是啊，这个时候荣誉室怎么能关？它可是我们县的一块招牌。

老廖摇了摇头，不吭声了。钱乡长急了，骂了一句，你倒是放个屁啊。

老廖闷声闷气地说，有啥好看的？还不如关了好。说完，把头扭到一边。

向书记脸一沉，这话啥意思？

书记，我不是不给您看，只是……老廖无奈地叹了口气。

只是啥啊？书记要看，有啥不能看的。钱乡长拉起老廖就走，快去开门。

好吧，你们去看，看了也就明白了。老廖说完，就开了门。

向书记走进荣誉室，马上就发现了一个很严重的问题：原来挂满了照片的墙上，现在却出现了很多空缺，就像老年人的牙齿一样，一颗颗掉了，露出一个一个的豁口来，看上去很不美观。

怎么缺了这么多照片？向书记有点愠怒地问老廖，谁让你把照片取下来的？

老廖摇摆着手说，不是我想取，是一些照片挂不住了，不得不取下来。

日怪了。钱乡长瞪了老廖一眼，说，难道照片长了腿，自己从墙上下来的？

老廖也不接话，走到角落里，拿出几张照片，递给钱乡长，说，你自己看吧。

钱乡长接过照片一看，不再吭声，把照片递给了向书记。向书记看了看照片，脸色顿时阴沉了。

良久，向书记语气沉重地对老廖说，这些照片确实不能挂墙上了。

怎么不是呢。一张一张把他们从墙上取下来，我很痛心。但是不取下来，他们还值得挂在这墙上吗？老廖声音低沉地说道。

向书记重重地叹口气，对老廖说，你做得对，如果还把他们挂在荣誉室里，就玷污了荣誉室。

临走前，向书记握着老廖的手，说，我错怪你了，但荣誉室不要关，它应该发挥更大的作用。

几天后，县里在球山村举行了一个盛大的仪式——挂照片。

向书记首先把自己的照片端端正正地挂在荣誉室的墙上，之后，县里科级以上的领导干部，每个人都把自己的照片挂在墙上。

向书记指着墙上的照片，脸色凝重地对干部们说，把照片挂在这里，是让群众监督我们。如果我们的党员领导干部不能廉洁自律，遵规守纪，那么群众有权力把你的照片取下来，扔进垃圾堆。我希望大家每年都到这里看看，看看哪些人的照片不见了。

汪家兄弟　　◎汪学猛

谨以此文献给无数为新中国成立而牺牲的大地之魂!

皖南的胥坝乡被长江环绕,四面环江,形成一个美丽的江心洲。当乡里人大多吃铁锚洲"四宝"(茵蒿、芦笋、马兰、野芹菜)的时候,汪家人就一直吃大米、白面,这还是靠汪家的长辈——爷爷汪德光有本事,他从小走南闯北,闯荡江湖,回乡后,购置了许多田地,建起一幢青砖碧瓦的大宅子。

汪家从汪德光开始,从小要求子弟再穷,也必须进学堂,不会背《三字经》,不会诵《礼记》,不会脆亮地回答《开明国语课本》的内容,就不给饭吃,还得手掌心、屁股蛋挨板子。汪家子弟个个发愤图强,各有成就。

可惜的是,1938年8月24日,在炮火纷飞中,水柱溅得天高,日本人的舟艇越过天堑长江,终于攻克繁华喧嚣、号称"小上海"的大通镇,不久邻近的胥坝乡也沦陷了。

过了三年,大房最优秀的二儿子当了县里的维持会会长,汪家开始被乡里人瞧不起,虽然他出门都是前呼后拥,背后却总是被人戳戳点点:怪不得前面有汪精卫这个大汉奸呢,看看,原来都是一个祖宗传下来的习惯!

汪国荣是二房的遗腹子,在乡里旧式私塾里教书。读书人看到家族里有人当上汉奸后,更是愤懑不已,不久就秘密从事地下工作,传播抗日纲领。一次,在传递情报时,不幸被宪兵队小队长山本抓到。

国荣在宪兵队大牢里,被严刑拷打,遍体鳞伤,仍然不肯吐露半点本县共产党人信息。

山本将国荣五花大绑地拖到胥坝乡的长江岸边,召集全乡百姓开会,并做最后一次的通牒。

在狼犬的低哮声中，国荣衣衫褴褛，无力地跪着，摇摇欲坠，头耷拉在胸前。

山本指指县维持会会长国宝，手一摆："你的，过去，本家的，再次劝劝。"

国宝蹲在国荣身边："何必呢，都是一个祠堂的，你看哥多好，吃香的喝辣的，还是听皇军的，招了吧。"

国荣吃力地抬起头，吐出一口带血唾液："呸！汉奸，连祖宗都忘记的狗东西。"

国宝讪笑地擦去脸上唾沫，但依然耐心、语气有些哽咽地说："你家这房，叔去世得早，就你一个独子，叔叔还等你传宗接代呢。我们这一房呢，我老二，上有大下有小，还有两个，你何必呢。"

国荣不语，头倔强地往上抬。

国宝靠近他，声音有些低，很轻微，说："人，死了，不能复生。死了，变成这大地——魂，何必成一个鬼魂到处游荡呢？说出那个人吧，你就可以回家了。"

国荣猛然睁大眼睛，血红血红的眼珠死死盯着国宝看，不说话。

山本走过来，说："你的，考虑怎么样了？"

国荣突然仰头哈哈大笑，说："狗日的，老子死，也值了！汪家终于出了一个好汉。"狠狠地将一块咬断的舌头带血吐向山本。

山本脸扭曲一团，凶狠地拔出刀，一刀下去……飞溅的血也喷射了国宝一身。

四十多年后，当我听到汪家的故事后，我好奇地问爸爸："你当时为什么不救救叔叔？"

爸爸说："过去都是单线联系，其实，我已经想好牺牲自己，来救他。"

我很奇怪："怎么救呢？"

爸爸说："你叔叔与上级单线联系暗号就是，对方说：'大地！'接头人说：'魂！'我已经亮明了我的身份。"

请叫我党员 ◎羊 毛

　　年苍山是年庄的老党员。村里的党支部开会，支书年谷雨扯破嗓子一个个亲自打电话通知，党员总是到不齐。年苍山却不然，每次开会他总是早早就到了场子，帮支书把活动室收拾齐整，年苍山就掏出烟杆，坐在凳子上悠悠地吸着等开会。

　　年苍山在党员中表现很积极。老伴给他零钱让他买纸烟抽，年苍山就把这些零钱放到木匣子里，他觉得抽旱烟劲足有味，他会把这些从嘴上省下来的钱，按时交给党支部作为他的党费。村里号召交保险、出工什么，年苍山都会抢先。因此，每年党支部评先进，年苍山的得票总是最多。镇里召开大会表彰先进党员，年苍山每次总会领到一本证书。年苍山把领到的证书揣在怀中，一直揣到家。

　　老伴看年苍山一脸的喜色，问："哎，老头，又遇啥得意的事啦？"年苍山故意板着脸道："叫我什么？"老伴笑着说："能叫你什么？"年苍山道："告诉你多少遍，请叫我党员！"老伴不解地打量着年苍山。年苍山就将上衣潇洒地敞开，将证书向空中一抛，然后用手小心地捉住，道声："得奖啦！"吃饭的时候，年苍山就摸出酒，一个人有滋有味地品。

　　年苍山有一只心爱的木匣子。几十年过去了，木匣子里已积了厚厚的一沓"花纸"和证书。老伴说："这年头奖状和证书算个啥？你得了一辈子的奖，用秤称一称能卖几个钱？"年苍山说："说得轻巧，你得个奖给我看！"

　　老伴拎着一篮子鸡蛋到镇上赶集，见许多人兴奋地围在一个大圈子里摸什么，别人告诉她这叫奖券，花两块钱摸一张，兴许就能摸出个小轿车。老伴一听就笑了，也学着人家的模样往盒子里投了两元钱。摸出的彩票老伴看不懂，工作人员看了告诉她说："大娘，您得大奖了。"老伴一听却是丈二和尚摸不着头脑："我也能得奖？"

老伴领了个大彩电。大彩电运到家，老伴说："你看咱得的才是奖。"年苍山先是高兴，然后就发呆，最后严肃地教导老伴说："那不叫奖！你终究是出了钱嘛，是两块钱拾巧买的彩电。"老伴耸着鼻子表示不解，年苍山冲着她鄙夷地说："真的奖，钱买不到。"

年苍山65岁的时候，得了一张令他难忘的证书。上级号召青年党员行动起来，组成志愿者突击队到河里清淤净化水源。年苍山报名参加，大学生村官年葵阳不给他划签，担心他年龄大吃不消。年苍山就找支书年谷雨"开后门"，开始年谷雨也不同意，但被年苍山的辩论驳倒，最终允许他加入了突击队。年苍山清出的淤竟超过了年轻人。镇党委给年苍山记了功，评选先进突击队员，年苍山荣登榜首。

年苍山的奖状珍藏在他的木匣子里。有时候，遇着老朋友来串门，年苍山高兴了，就一张一张铺开给人家看。每看一张，年苍山便娓娓道上一段奖状背后的故事。

年苍山老了，忽然间就病倒了。年苍山的两只眼睛看上去好好的，却愣是看不清东西。到医院一查，医生说是老年性眼疾，得花十几万块动手术。年苍山静静地躺在家里的竹椅上，只能闭目养神，因为他出不起做手术的十几万块钱。

支书年谷雨看他来了。党支部评选先进，年苍山得票又最多。年苍山一听就欣慰地笑了。支书年谷雨把嘴巴凑近年苍山的耳朵，轻轻地说："和你说个事好吗？"支书年谷雨从没这么神秘地和年苍山说话。年苍山不高兴地道："你就直说嘛。"支书年谷雨说："苍山哥，说了你别生气！"年苍山用劲睁开他的双眼，故意打趣道："书记，你叫我什么？"年谷雨说："不叫你哥，还能叫什么？"年苍山嗔笑道："书记，请叫我党员！"

支书年谷雨说："党员哥，今年这先进，得喜想要。"年苍山说："得喜和城里人搞他的房地产，要这个干什么？"支书年谷雨说："最近上面有文件，像得喜这样的党员，如果再得个'先进'，就能选为县里创业模范。得喜说啦，只要你这次把‘先进’让给他，他愿意出二十万元给你治眼。”

支书年谷雨还要继续说，年苍山把本来使劲睁得老大的眼慢慢地眯上，轻描淡写地说：“眼睛看不见，那就用耳朵听！”

不久，支书年谷雨到镇里开会，除了给年苍山带回组织上准备救助他的好消息，还给年苍山又捎来一本证书。年苍山让老伴找来木匣子，把证书放进去，然后把木匣子紧紧搂在胸前，像孩子似的开心地笑。

担　当　◎滕敦太

谁也没想到，老郑退休后到恒山红色景区做了义务讲解员。虽然说是义务，但他却当成了正经工作。每一个景点，他都能讲出一个抗战故事，就像演讲一样，让游客听完意犹未尽。很多人在介绍恒山景点时，特地提到老郑，说他这人讲解得特别好，听得过瘾。

听到外界的评价，老郑难免生出点小得意。自己十年的政工经历，想不到退休后派上了用场，于是他越发看重这个义务活。逢年过节，游客增多，老郑连春节也不在家过了。孩子在国外，老伴脾气好，看他讲解得高兴，也就顺着他，由他乐呵。

老郑每年再忙，有一天，他必在家，雷打不动，已经三年了。

这天是正月初六。

老郑退休后，老部下纷纷打来电话，要摆酒祝贺。老郑一一婉拒："你们都忙，不必破费了。以后每年正月初六就在我家小聚一下，大家几十年的感情了，我也想你们啊！

老郑印象最深的是第一次"小聚"，来了十几个老部下。七个正科，四个副科，幸亏老郑的房间大，不然还真坐不开。望着自己一手带出来的嫡系部队，老郑有一种功成名就的感觉。那天，他放开肚皮，喝得尽兴，用他的话说，差点就"现场直播"。

美中不足的是，老部下中少了一人，秦局长。老郑不止一次地提起他："这人很稳的呀，怎么就出事了呢？我带出来的干部，没少接受政治教育啊，你们可不能学他啊！"众部下几乎异口同声："老领导放心！"老郑就放心了，说：

"咱们今天开心喝酒，明天安心工作。"

老郑看重每年正月初六的"小聚"，老伴李梅就全力配合，提前备好酒菜，但她的辛苦几乎派不上用场，来拜年的老部下就像商议好的一样，每人带一箱或者几瓶好酒，都是名酒，饭店里打包好的菜，一个正月也够吃了。老郑就批评："我还管不起大家一顿饭吗？"众人嘻嘻哈哈："老领导，我们这又不是送礼，大过年的，上谁家的门也不能空手啊，人之常情呢。"老郑无奈，只好搬出官场的话："下不为例啊！"众部下唯唯诺诺，第二年还是如故。

轮到今年，第四个年头了，好几个老部下已经提前打电话拜年，说好正月初六那天去看老领导。老郑放下电话，眉头皱了起来。

按惯例，老郑在春节那几天最忙，老伴李梅已经习以为常，想不到老郑给了她一个大大的惊喜："老李同志，我已经请了假，今年春节咱老两口旅游过年，走一遍'抗战路'，陪你过个与众不同的年！"

老伴自然喜出望外，忙着准备。当然，老郑没忘了在群里发消息：今年与老伴旅游过年，正月初六小聚取消。很快，一些老部下回了消息，有的祝老领导旅游愉快，有的说以后再去看老领导，也有的没有回复。

让老伴李梅大跌眼镜的是，老郑带她到了平型关大捷纪念馆，拍了几张将帅广场的照片发到群里，然后租车带她来到城郊的一个农家乐，管吃管住七天不超过1000元。"咱们就在这里，安安静静地看电视过春节。"

李梅愣住了，她伸手摸摸老郑的额头，不放心地问："你没事吧？怎么搞了这么一出？说好的旅游过年呢？"

老郑嘿嘿一乐："这叫声东击西，别忘了我是军人出身，会政工，也会战术。"

李梅跟老郑几十年，自然也受到了熏陶，随口接了一句："那你这是打的什么鬼子？"

老郑脸上的笑容消失了，长叹一声："这次，目标是自己人啊。老李同志，这三年的小聚，你发现少了几人？"

李梅的脸色也暗了下来："你说了多少次了，我都记下了，第一年，秦局长，多稳的一个人啊，进去了。去年，余局长，年轻有为，也被调查了。每次喝酒，你都为这两人惋惜流泪。今年不聚了，也好，省得为他们难受。"

老郑很严肃地点头："以后不再小聚了。这些老部下都是有头有脸的人，上我的门带东西少了拿不出手，带好东西不得花钱吗？他们混了这么多年，不止我一个老领导啊！你想想，他们有人大着胆子捞钱，是不是我这个老领导也有责任？"

老伴点头也不是，摇头也不是。

"恒山天下脊，一直有好传统！我这个红色讲解员，要担起责任！"老郑像对老伴说，又像对自己说。

编 码　　◎陈 坚

一九二七年。长沙。

两个男人，呆立湘江岸边，痴痴地望着荡荡上蹿的江水感叹：在武汉购置的违禁货，意外在湘北城陵矶码头折了兵，险些丢了货。赶快把货送出长沙港，成了要紧的事。

船拢湘江岸边两丈来远，船头一男子，手持撑竿，朝江中一点，身子便脱船而起，四肢缩成一团，在空中划了道弧，稳稳落到岸上。

这个落地站定的男子，就是长沙河道总管能独撑一面的二儿子，人称二爷，小名满伢子。河道总管有两个儿子，大儿子却是个逍遥公子，不闻不管江上事务。凭着家中有十来艘船板出租的生计，有闲钱就去"湘春楼"过快活的日子。河道总管虽说处事周全，断事公道，积攒了很高的威望。可这几年的船运稽查，压在他被酒精浸得焦黄的身板上，他常常叹气，好在二儿子能分担过半的跑船事务。

满伢子沿着缓缓抬升的河岸，大步朝坡子街走去。正入城门时，猛见空中悬一个人头，圆鼓鼓的双眼还怒视着湘江。他不由得后退两步，细瞧，大惊，正是自己的救命恩人啊。

三年前，十五岁的满伢子，被父亲放到湘江跑船。船主不敢怠慢河道总管的吩咐：船行上水时，必令满伢子拉头纤或二纤，船行下水时，必令他站在身边见习掌舵。那次船到浏阳河的九道湾时，满伢子全身滚烫，脚板轻飘，黄豆般的汗珠直往外冒，身子还冰一阵烫一阵。船主见他一脸寡白，昏迷得不见进气。便知这是"打摆子"，十"摆"九死不说，还极易伤人。船主只得依惯例，把瘫软的他抬到岸边的无人草棚中，留两天口粮，生死则听天命……

半个月后，船从浏阳招头寨返回此处，忽见岸上一个人，冲着桅杆上的"飚"字旗横竖舞着双手。船近岸边，活蹦乱跳的满伢子，一跃飞过河水跳到船上。说是顺叔喂草药汤，硬是把他从阎王手里抢回来了。

当晚，惊雷扯着闪电，在坡子街城墙洞开一片亮光。两个人影在城墙外，摸着楼梯，悄悄取下一颗人头。正要离开，被一个牛高马大的后生挡了去路。"你们是么子人？为何偷我顺叔脑壳？"后生厉声问道，抖了抖手中长长的竹竿。竹竿顶端捆绑的柴刀，在闪电中，晃着寒光。

"你顺叔？"其中身着长衫的人疑惑片刻，似乎搞懂了，当即对身边的"江西老表"微微点了一下头。又对面前的后生说："你是二爷吧。我们过那边说话。"

二爷"嗯"了一声，便随两个生人走到一棵柳树下，身着长衫的男人披着蓑衣，行拱手礼微笑道："二爷好，我们是顺哥的朋友。"

二爷瞥一眼渗血的布包裹，厚实的嘴唇微微跳动："我顺叔，为么子事砍了头？"

长衫男人望着滚滚江水，说："一批货。"

满伢子想了想，试问道："岳阳过来的货？"见对方点了一下头。满伢子盯着对方又问，"么子货？要运往哪里？"

长衫男人犹豫片刻，嘴巴轻轻动了几下："人高的箱子，十个。运往浏阳枫坪。"

"哎！顺叔不该啊？"满伢子叹了口气，说，"早些日子，我在这码头碰见顺叔，还搭港（说话）过。我问他去哪里办货，他说岳阳。我说过几天也要去岳阳，干脆我带过来算哒，他硬说不要。"

"他是怕连累你，那天我看见你俩搭港。"长衫男人望着同样湿淋淋蓑衣包裹着的满伢子，细声说道。

"货走水路，没我爹的通江文书，是进出不了湘江的。"二爷借着闪电，再次打量两个生人后，接着说，"要信得过我，就等我信。我要护送我顺叔回家。"说完就转身走了。

几天后，长衫男人和"江西老表"，驶单桅杆船，远远地跟着一艘三桅杆船，由长沙上株洲，再经株洲过江西，一路向东。按照二爷的主意：货趁夜搬到河道总管的船上，便自做了船长，安稳到达湖南与江西交界的大山。

九月中旬，警察局长挽起袖子"啪"的一声，给河道总管桌上丢下几张单子，青天白日的图腾下，写满密密麻麻的数字，是一百支"汉阳造"步枪的编码。还说："这批编码的'汉阳造'，在湘赣边界的乡村，打响了'秋收暴动'的连片枪声。"

一年后，农军团长"江西老表"，在一次伏击战胜利后，看到另外一支队伍中，一个魁梧的领头伢子。经打听，方知是由长沙水手组建的一支农军。望着那个熟悉的背影转到山下，跪在一块墓碑前。那墓碑分明是那次，从河道总管大船上抬下来多出的一口箱子装来的。

望见"恩人顺叔之墓"的墓碑前，还立着一杆"汉阳造"步枪。望远镜里透视出枪上的编码，与新中国成立后展现在军事博物馆里的一支步枪，竟是同一组数字。

反　悔　　　◎蒋先平

天刚亮，张东立从炕上爬起来，洗了一把脸就去了村头自家的灵芝棚。

这茬灵芝又该收了，前几天他跟城里老板打过电话，过两天人家就上门收购。张东立点上一支烟。看着眼前一棵棵水灵灵、亮晶晶的灵芝，心里乐开了花。

就在几年前，张东立还是村里出了名的贫困户。他把自家二十亩地转包给别人，整天在家喝酒下棋看电视。县里扶贫干部给他买了十只羊，他嫌放羊辛苦，过年杀了一只吃肉，剩下的全部卖掉，气得扶贫干部直跳脚。

前年，县农业局的老马接过帮扶任务，拉着他去外地学习灵芝种植技术，回来让他种灵芝。他双手一摊说：没钱呐。老马说：只要你同意，我出资金。他又说：没人收也是白辛苦。老马说：销售我包了，但咱俩得找村主任签个合同，种植灵芝收入我们五五分成。张东立觉得这买卖值，当天就跟老马去村委会签下合同。

老马拿出两万元钱，帮张东立建起大棚，又用工资担保赊回了灵芝菌椴。之后每个双休日，老马都来张东立家，和他一块琢磨灵芝养殖。灵芝发生病害，老马就接技术员过来诊治。

种植灵芝成功了，当年收入两万元。按照合同约定，张东立拿出一万元分给老马。去年，他又赚两万元，虽然心里有些不情愿，还是把一万元给了老马。

眼见今年灵芝又要上市，张东立算了一下，这茬至少能挣三万。前天，他跟媳妇商量："现在咱们技术有了，销路也不愁，老马平时来就是看一眼，可合同约定年年他要分钱。要不你去找村主任，把这合同给悔了。"

媳妇撇嘴说："过河拆桥的话我说不出口，要说你自己去。"

昨天下午老马打来电话，说今天要过来看看，闹得张东立一宿没睡好。他想了想，把烟头狠狠摁在地上，猫腰出了大棚。

十分钟后，张东立快步离开村委办公室，耳边还响着村主任的大嗓门："忘恩负义！要反悔你自己跟人家说，你不要脸，我还要脸呢！"

下午，张东立在大棚里忙活，老马和村主任一前一后进来了。

"我看这茬产量要比去年多，估计能赚三万吧？"老马笑呵呵地问。"是、是，产量能有三万，哦不，是能赚三万。"

"我看你明年应该扩大规模，再建一个智能温室。"

"是应该，可我手里钱不够啊，我想……"张东立看了看村主任，村主任瞪他一眼，把头扭向一旁。

"想干啥就说嘛。"

"对不起，马大哥，我反悔了，想跟你解除合同。"

老马笑起来："兄弟，咱俩想到一块了，我今天也是来反悔的。"

张东立和村主任都愣住了。"月底我就要退休，今天我把合同还给你，来个协议终止。这张银行卡，里面是你给我的分红，两万，一起还给你。"

张东立红着脸直摇手："建大棚你掏了两万，我不能要这钱啊！"

老马把卡塞进张东立手里："那是政策资金，本来就为帮扶你的。我帮你攒了两年钱，是怕你乱花。记住，加今年的收入再建一个智能温室！"

香 火　　◎江 岸

　　我爹他老人家在两岁半那年被过路的日本鬼子杀害了。

　　1938年初夏，一支日本军队途经大别山区，挥师南下，参与围攻武汉，沿途受到中国军队的抵抗。日夜听到隆隆的炮声和炒豆般的枪声，村人惊惶失措，寝食难安。枪炮声越来越近了，仿佛就在耳边炸响。忽一日，有人发现，日本军队朝着黄泥湾方向开过来。消息传回村里，村人立即像惊了窝的马蜂慌乱飞出蜂巢一样，仓皇离开家门，到处乱躲。

　　黄泥湾是两山夹一沟的地形，能躲到哪儿去呢？好在两边山上有很多悬崖，悬崖下有大大小小的岩洞，可以遮风挡雨，可以隐蔽。

　　日本鬼子路过的时候，大家早就躲进了大大小小的岩洞里。奶奶抱着两岁半的儿子，挪动笋尖似的三寸金莲，也和几个邻居钻进了一个岩洞里。有胆大的村人趴在洞口，看到了沟底土路上骡马拉着的大炮和飞扬的尘土，看到了一队队扛枪行进的士兵，甚至被大炮和枪刺的闪光晃花了眼睛。

　　村人在岩洞里已经躲了半天了。有的人随身携带着干粮，悄悄吃起来。奶奶离开家门的时候，只顾得背上儿子，走得匆忙，什么都没有带。看到邻居吃东西，她两岁半的儿子不合时宜地喊起饿来。

　　我爹躺在奶奶的怀里，望着奶奶的眼睛说：娘，俺饿。

　　村人带的干粮并不多，何况自己一家老小也要充饥。有个邻居掰了指甲大一块干馍，递给我爹，我爹接过来，填进嘴里，似乎连嚼都没有嚼一下，就直接咽进了肚子里。

　　我爹摇着奶奶的手臂说：娘，俺还饿。

奶奶摸摸我爹的脑袋，悄声说：乖，再忍一忍，等日本人过完了，咱就回家，娘给你烙大饼子吃。

也许是奶奶临时的许诺勾起了我爹对于大饼子热腾腾香喷喷的回忆，他突然撒起泼来，猛一下挣脱奶奶的胳膊，跳到地上，大声嚷嚷：俺饿，俺现在就要吃大饼子！

奶奶花容失色，一把抱住我爹，捂紧我爹的嘴，同时悄悄解开衣襟盘扣，将一只乳头塞进了他的嘴里。我爹断奶快一年了，对吃奶没有丝毫兴趣，吸吮几下，便将奶奶的乳头吐了出来，号啕大哭……

我爹被日本鬼子用刺刀挑起来，摔下山去，摔得鲜血四溅，脑浆迸出；奶奶和几个邻居都挨了日本鬼子的刺刀。幸亏日本鬼子军务在身，只是路过，没有仔细搜山，否则躲在大大小小岩洞里的村人肯定无人能够幸免于难。

等进山打猎的爷爷和几个伙伴背着野兔黄羊猪獾等猎物赶回家的时候，我爹和几个邻居已经死去多时，只有奶奶和另外一个邻居还有游丝一般的一口气。

"给我和儿子报仇！"奶奶用尽平生最后一点力气，对爷爷说。说完这句话，奶奶就永远闭上了她那双美丽的眼睛。

和奶奶、我爹躲在同一个岩洞里的那位邻居命大，活了下来。她苏醒以后，把我爹因饥饿哭闹招来日本鬼子、导致大家杀身之祸的过程细细说了出来。

埋葬了死去的亲人，爷爷瞪着血红的眼珠，恶狠狠地骂道，躲，躲过了初一，躲不过十五。小日本，我和你们拼了！

爷爷带着几个伙伴，背着猎枪，翻山越岭，投奔了新四军，加入了抗日队伍。此后，爷爷一直跟着队伍，先后参加了抗日战争、解放战争和抗美援朝战争，最后牺牲在朝鲜战场上。

不孝有三，无后为大。黄泥湾人把子嗣看得比什么都金贵，延续香火是人的一生顶顶重要的事情。爷爷在朝鲜战场牺牲了，他唯一的儿子在两岁半的时候命丧日本鬼子之手，作为革命烈士，他这一门子的香火就这么眼睁睁地断了。

必须让革命烈士后继有人！

牺牲在朝鲜战场上的爷爷，其实是我亲爷爷的同胞弟弟，是我父亲的亲叔叔。宗族里经过商量，决定把我过继给两岁半死去的我的堂叔。我父亲有几个儿子，我上有兄下有弟，本门香火延续没有丝毫问题。于是，在我们家的族谱里，我就成了牺牲在朝鲜战场上的小爷爷的孙子，也就顺理成章成了两岁半死于日本鬼子之手的我爹他老人家的儿子。

所以，我说，我爹在两岁半的时候被过路的日子鬼子杀害了，你还别不相信。

残暴的日本鬼子惨无人道地杀害了奶奶和我爹，这个血海深仇，已经写进了我们家的族谱里，不仅我们这一代永志不忘，我们还要让我们的后代世世代代传下去。今天是清明节，祭拜过爷爷、奶奶和我爹之后，我心潮澎湃，奋笔把这个伤痛的故事写在这里，留个文字依据，也是希望后代永远牢记！

伏惟尚飨！愿与我从未谋面的爷爷、奶奶和我爹在地下安息。

爹是好兵　　◎李　林

　　我刚懂事的时候，爹就给我讲他当兵打仗的事。爹说他和董存瑞都是华野兵团的，不在一个团，没照过面儿。爹的最后一仗是解放济南。飞来的弹片嵌进了他的脑袋，后来他就退伍回家了。

　　我家世代做兽医。爹当兵前跟我爷学过兽医，退伍后在公社兽医站重操旧业。爹给老乡医治牲畜，手到病除。爹过惯了部队生活，不适应地方的慢节奏，总说打起仗来，动作慢要吃枪子——那次爹和站长下乡行医，爹穿"六五式国防绿"，站长穿白大褂，走得气喘吁吁。爹嫌慢："慢吞吞的，打起仗来，要吃枪子！"站长说："现在是和平年代，你怎么总想打仗？"爹说："1950年抗美援朝，1962年中印边境自卫反击战，1969年珍宝岛战役，1979年对越自卫反击战，都是和平年代打响的。你别嘴硬，和平年代也要做好打仗准备！"

　　爹不鸟兽医站站长，连公社领导也不鸟。有一次，公社武装部部长屁股上挂着盒子枪，牛皮哄哄地在街上转悠。爹说："你牛个球。那枪是老子玩剩下的，知道不？那枪叫德国造镜面匣子枪，也叫十响驳壳枪，枪体烤蓝，大小机头张开，扣动扳机，二十颗子弹连发，是手枪中的机关炮！老子1944年就用上了，1949年后发配到公社干部级别，糟践了这枪的毛病是后坐力太太，你是玩笔杆的，没玩过枪，弄不好别射到脚面上。"

　　爹回到家总是说："他们没打过仗，打仗就抓瞎，老子打仗时，他们还在他爹腿肚子里转筋呢！"爹喜欢边喝酒边说打仗的事。董存瑞在隆化中学炸敌碉堡时，爹他们团正在新保安与三十五军死磕。三十五军是华北剿总傅作义的王牌军，军长叫郭景云，是打仗不要命的主儿。爹说为了给董存瑞报仇，他连写三份血书，请团长让他带尖刀排生擒郭景云，只恨团长没批准，若是他们冲进郭景云的指挥所，他非一梭子把姓郭的打成筛子不可，还轮得到他开枪自尽？！

爹说到动情处，也喝到酣畅时，把瓷碗里的酒一口干尽，说："我真想替存瑞炸碉堡！"我吓哭了："爹，你不能去，你去了就没我了！"爹骂了句"逃兵"，手中的酒碗就飞过来，我稍侧身，躲过又一次"挂彩"。

娘喊："李德奇，你舍得你的酒碗，我还舍不得我儿呐！好吃好喝占不住你的嘴！家里哪有敌人，你炸我们娘儿俩啊！"

爹瞪大泛红的醉眼，迷茫地坐着，没有吱声儿。过后我问他："你怕我娘？"

"怕？"我爹说，"白刀子进，红刀子出，老子都不怕，世上哪有军人怕的？我只是不想跟她一般见识。你娘是'火头军'，得罪她不做饭咋办？军人也要吃饭——饿着，怎么去打胜仗？"

说到吃饭，爹也不改战争时期的作风，不管饭菜和汤有多烫，都狼吞虎咽、风卷残云。娘和我还没吃几口，爹就撂下碗筷。娘说："慢点儿吃，刺烫了喉咙。"爹说："慢不了。"又说当年他刚吃罢出去，一颗炮弹就砸塌屋顶，五个战友，活生生的，瞬间就血肉横飞了！

爹老了。爹比我娘大10岁。黄泉路上无大小。爹70岁那年，娘得了脑梗，走了。我已到市里工作。爹照顾不了自己，我把他接到市里。爹是1949年前参军的，享受离休待遇，养老无忧。就是爹那个脾气，我受不了。有一回我们爷儿俩坐公交，坐错了方向。发现错了，我们下车到马路对面朝回坐。爹发火了："转移、增援时，方向错了，部队要全军覆没！"我说："爹你老了，有仗也轮不上你打，别操心了。"爹说："当过兵的都知道，国防无小事，要常备不懈！"爹惩罚我跟着他在烈日下走了八站地。爹说："平日多流汗，战时少流血。"

爹的思维越来越赶不上他的行动，显得越来越焦虑。爹强迫自己生龙活虎，像当年驰骋疆场的战士。我劝他："爹你老了，我要工作，照顾不了你，你进养老院养老吧？"爹说："养老院是等死的地方，你还不如把我送进火葬场！"爹要追赶夕阳。爹参加了很多社会志愿者组织，成为"关心下一代委员会"的成员。爹把剩余的离休费捐给失学儿童，还不断地到市里的中小学去做红色革命报告。爹去做报告前总是穿上褪色的军装。胸前挂满军功章。爹报告的主要内容是"解放济南，活捉敌将王耀武"。爹说王耀武是济南的守将，当年他们的口号就是："打进济南府，活捉王耀武！"爹就是在登上济南城的云梯上被炮弹击中，弹片留在脑袋里结束了军旅生涯的。济南府、王耀武，成了爹挥之不去的心结！

爹去几所中小学做了报告后，校方主管德育教育的老师找我说："老英雄开始时讲得声情并茂，学生们听得兴味盎然。讲到后来，老英雄脱稿了，推开麦克风，站在讲台上，情不自禁地振臂高呼，声音比用麦克风时还响亮，'和平年代要珍惜，战争年代绝不尿！'"老师担心地说："老英雄岁数大了，万一有个好歹，我们担待不起。"

我把各学校的意思告诉了爹。爹说："老了，战争年代的故事，人家不爱听了！"爹的叹息中有英雄末路的苍凉。

两年后，爹几乎老年痴呆了，眼前的事一晃就忘了，只有过去当兵打仗的事还记着。那天夜里，爹呼喊、折腾了一夜。天亮时我睡着了，爹走了。我给爹掩被子时，看到一个奇怪的手势：爹的食指伸直，大拇指朝下摁，食指下的三根指头朝里搂，那是爹最后用驳壳枪射击的手势。

我哭了。爹啊，你是个好兵！

赵老套　　◎范子平

　　赵老套刚被领进炮楼，鬼子队长松井鼓着眼珠就盯住了他。赵老套眯缝着眼不动声色。松井唰地一下拔出日本刀，猛然劈向赵老套。赵老套惊恐万分，忽腾一声倒在地上。松井将刀竖停在空中，喝问，你是八路的暗探，来给皇军下毒？

　　赵老套连连摇头。翻译官也吓得头上冒汗。松井对他说，赵的，是吉野行长的厨子，吉野君，我的朋友，回国了。

　　赵老套做的第一顿饭就使鬼子兵胃口大开。第二天，赵老套向翻译官请假，翻译官向岗哨说一下。赵老套就从吊桥上出据点，找到一条小河，到里边捞了一大包河蚌，做了一顿清蒸河蚌，鬼子兵顿时发出一阵欢呼声。松井吃过饭，突然瞪圆眼睛，通知岗哨，任何人不准再放赵老套出据点。

　　这里是进山通道的瓶颈。在进山大路两侧相距不到十里，两边修了两个炮楼。东炮楼松井带鬼子一个小队驻守，西炮楼由伪军"警备队"驻守，归松井统一指挥。鬼子和警备队经常下乡征粮和扫荡，有时候也抓捕抗日分子来炮楼审讯，将他们打得鲜血淋漓。

　　夜半炮楼的探照灯光正缓缓移动，吊桥边换岗的鬼子忽觉脖子上有东西袭来，他砰地开了一枪。炮楼内鬼子抓住枪跑出来，纷纷就地卧倒。松井认真查看了四周，发现并无异常，根据换岗鬼子的报告，推断是一只大老鼠从吊桥架上落到鬼子肩膀上。松井狠狠地扇了鬼子兵两巴掌。

　　这里老鼠确实猖狂，晃着绿莹莹的小眼珠子，大摇大摆来回溜窜。灶台上时不时就有老鼠屎。松井去吃饭，一只大老鼠噗地猛撞上他的马靴，将他也吓了一跳。他瞪着赵老套说，老鼠再这么猖獗，我一刀劈死你！

赵老套也大睁着双眼，很惊惧的样子。他让翻译官向松井请求，才由人押着出了炮楼，到壕沟外野地里拔了一捆草。那草枝叶挺拔，开着紫色的五瓣儿花，很娇艳的样子，散发着馨香。回来在大锅里熬了汁液，在厨房角落里洒，又在锅灶上熏蒸。治理之后，果然老鼠少了许多。

松井和翻译官盘问过赵老套，赵老套回答说，祖传经验，有花草香的地方，老鼠不爱来。

传闻八路军要攻县城，也有人说八路军要趁机端掉这两个炮楼，进出据点盘查更紧了。松井突然盯住翻译官问，你说，赵老套会防治老鼠，那他会不会给皇军下毒？翻译官一愣说，你朋友推荐的，应该不会吧？松井又鼓起眼珠子：你的，能完全保证？翻译官连忙说，我跟他没有挂扯，我咋保证？我派人抓紧再打探他的出身来历。

松井让人暗中监视赵老套，没有发现异常举动，还是觉得不放心，就打发他到西炮楼去做饭。

趁我太行军区独立团逼近县城之机，我县大队插到两个炮楼之间，接着将东炮楼团团包围起来。松井命令，早晨七点向这股八路攻击，他电话命令西炮楼的警备队，七点从八路军侧后全力进攻，里应外合把这股八路军打个落花流水。

早晨七点，松井带领鬼子冲出了炮楼，但遭到八路军猛烈还击。打了一个时辰，鬼子兵死伤惨重，连松井也被打伤了左臂。他望眼欲穿的警备队那边却没有一丝动静。八路军有恃无恐地一直打到他炮楼跟前，他不得不狼狈缩回炮楼。

松井一进炮楼就猛摇电话。好一响，才听到警备队长有气无力的回话：太君，完了，赵老套在饭菜里下毒，我们……都是上吐下泻发高烧，缩在床上连坐都坐不起来……

松井摔了电话。翻译官放回话筒。电话又响。松井听了一句递给翻译官。翻译官听后报告说，我派出的人调查清楚了，这个赵老套号称"毒王"，祖传的下毒打猎技术。上次他拔的那草叫麦叶草，内含剧毒，能把野猪狗熊都立马毒翻，让它们动弹不得。他也能让毒药一天、两天、三天后再发作，是他家祖传的独门技术，叫啥时候发作就啥时候发作，就跟有神仙暗助一样。

松井听说，忽然觉得肚子里一丝疼痛正在蔓延开来，迅速传遍全身，他骂了一声八格牙鲁就跌坐在地上了。他挣扎着想爬起来，但没有办到。他看到翻译官步履轻松地走出去。他明白了，咬牙切齿地又骂了一声"八嘎"。他听到八路军打过来的激烈枪声，但听不到一声还击的枪响。他好像看到他忠勇的部下，都歪扶着枪，痛苦地张着嘴在簌簌打战。八路军平端着枪冲进来，冲在前边的赵老套眯缝着细眼露出讥讽的笑……

县志记载：1941年9月，我军侦察员赵老套以厨师身份进入敌据点，与地下党马犇（翻译官）配合，跟我县大队里应外合，一举拔除扼守我方进山通道咽喉的日伪东西两个炮楼。

没走错　　◎刘国芳

李进以前是科级干部，后来，被提拔为处级干部了。李进那儿是个县级市，处级干部就是市里的领导干部。李进担任领导干部后不久，他单位一个副职，也是他的同学胡兵跟他说："你去一趟官上寺吧。"

李进说："去官上寺做什么？"

胡兵说："你不知道？"李进摇头。

胡兵说："官上寺的菩萨特别灵，会保佑你官当得越来越顺，步步高升，好多干部提拔后都会去拜一拜那儿的菩萨。"

李进"哦"一声。

这些话胡兵后来还跟李进说过好多次，李进有一天心动了，跟了胡兵去。一条山路，向山顶蜿蜒。

李进随胡兵在山路上走，走了一会，李进忽然看见市里的张文部长，张部长见了李进，点点头，还说："你也来了。"

李进微微点了下头，好不自在。

不一会，李进又看到副市长冯明，冯明见了李进，也说："你也来了。"

李进跟冯明关系很好，是好朋友。他把冯明拉到路边，问道："你到官上寺拜了菩萨？"

冯明点着头说："拜了，不仅我去了，张部长也去拜过了。"

李进说："我刚才碰到他了。"

冯明说："开发区的杨展锋主任也在上面，还在拜。"

李进问："真有那么灵？"

冯明说："不知道，反正很多领导干部都会来。"说着，冯明匆匆下山了。

李进继续往山上去，但看看离山顶不远时，李进忽然跟胡兵说："我们下去吧。"

胡兵说："快到了，怎么要下去？"李进说："我不想去了。"

说着，李进转身往山下去。胡兵只好跟在后面。

这后来不久，冯明忽然打电话给李进，跟他说："你知道吗，张文部长出事了，正在接受纪委审查和监察调查。"

李进吓了一跳。李进说："真的假的？"

冯明说："真的，我看见他被带走，估计明天市里就会开会宣布。"

李进问："什么原因？"

冯明说："问题出在他在基层当书记的时候，据说贪污受贿了很多钱。"

李进"哦"一声，然后说："看样子他白去了官上寺。"冯明"嗯"一声。

几天后，冯明又打李进的电话："杨展锋也在接受纪委审查和监察调查。"

李进"啊"一声说："又是贪污受贿？"冯明说："肯定。"

李进说："看来，我们市要发官场地震了。"

冯明说："下一个不知道轮到谁，我现在很忐忑。"李进说："你忐忑做什么？"冯明叹一声，挂了电话。

又过了几天后，李进单位那位副职也就是他同学胡兵一上班就推门进来了："冯明也进去了。"

李进"啊"一声。

胡兵说："这么多官员出事，据说现在去官上寺的人更多了，我看你还是去拜一下吧，上次你都快到了，最后还是没上去。"

李进说："去就去吧，你通知单位所有中层以上干部，上午十点出发。"

胡兵说："好哩。"

十点的时候，单位中层以上干部出发了，开了两辆车去。到了通往官上寺的那条路时，车没往那儿去，而是往另一条路去，胡兵见了，

就说："走错了。"

李进说："没走错。"

胡兵说："官上寺在那边。"

李进说："我们不去官上寺。"

胡兵说："为什么不去？"

李进说："张文部长、杨展锋主任、冯明副市长都去过官上寺，他们还不是出事了。"

胡兵说："那你要去哪里？"

李进说："过一会你就知道。"

没过一会，车停了，胡兵下车，看见这样几个字：清风苑廉政教育基地。

罅　隙　　◎安　谅

党校老同学汪市长发来一条微信："赵书记受处分了。"文字后面是一串泪珠。明人心一凛。这赵书记，也是党校老同学，还是班委成员，绝对是一个有激情、敢担当，且一身正气的地方官员。这回犯什么傻了呢？

记得在党校学习时，有好多同学建议班委组织大家聚个餐，都是从全国各地四面八方而来，集体生活一个月，喝点酒，热闹热闹，也属过去的常规动作。作为一班之长的明人，也心有所动。可一上班委会讨论，多数人赞成，唯有那位来自南方某市的赵书记，态度诚恳，但是坚决地表示异议：校方入学动员会上三令五申不准聚餐喝酒，也不符合"八项规定"精神要求，班委不宜组织此类活动。明人本来已准备拍板了，后来冷静一想，觉得确乎在理。

虽然有同学似有腹诽，明人做了一些解释，又选了一个休息时间，全班找个茶室品茗聚聊，气氛倒也不差。

不久，另一个班搞了一场聚餐，上了酒，有的人还喝得酩酊大醉，被学校通报处理了。此时，明人愈发觉得，赵书记此人够敏锐的，前途无量。

后来从当地熟人那儿也得到佐证，说赵书记人正心直，又能干事，口碑甚佳。

这回，汪市长的消息，令明人有一丝疑惑，听说是受了一个党内警告处分，违反了"八项规定"，这处分，与赵书记，无论如何也对不上号呀。正巧到南方出差，明人顺便拜访了老同学。赵书记在家款待了明人。明人刚入席，便迫不及待地询问此事。赵书记正给他搛菜，搛的是脆黄香嫩的鸡腿，不小心，手一抖，掉了，骨碌碌地，偏巧又从碟盘的缝隙，落在了桌面上。明人要去夹起，赵书记阻止了。

他又撿起一块鸡腿，放在明人的小碟子里，然后意味深长地说了一句："看书眼如月，罅隙靡不照。"

明人没听明白，双眸凝注于赵书记，且听他往下叙说。赵书记沉吟片刻，说了事情的由来。

这次赵书记带队出国招商，一路公务排满。舟车劳顿，加上节奏太紧张，随行人员都甚为疲劳。在路过一个著名景区时，当地陪同还建议他们调整行程，说可在景区待上一晚。虽然景色十分诱人，而且完全有调剂的余地，赵书记还是委婉地拒绝了。这是明显违反规定的事，不可为之，他感谢当地陪同，也请随行各位理解。他们的车按原行程走，只是从景区边上路过，那巍峨且颇具特色的建筑，以及湛蓝湛蓝的海，在窗外一闪而过。

圆满结束行程，在国内北方一个机场转机，要逗留数小时。当地机场公司的一位总经理，是赵书记的发小，在机场酒店盛情安排了一桌饭菜。在国外这些天吃多了西餐，见到久违的中国菜，大家都垂涎欲滴，胃口大开。赵书记想着大家高兴，反正已快到家，让大家好好享用。机场总经理还拿了红酒、啤酒上来，大家也都开怀畅饮，赵书记也喝了一盅红酒。

没料到，几天之后，上边找到赵书记核实情况，原来机场有人举报那位总经理，说他老是公款请吃请喝。上边顺藤摸瓜，就发现了赵书记这一茬，反映到了他们省纪委。

明人听了，不禁惋惜："怎么会这样呢！这实在是情理之中的事！"

赵书记摇了摇头："不怪谁，只怪自己。古人云，'虽盛唐名家，亦有罅隙可议。所谓瑜不掩瑕是也。'"

他随即又说道："只要我们真正自律自强，了无罅隙，又何患此事发生呢？就像这碟盆之间有缝，再香的鸡腿顺隙而落，也无法品尝了。这是对我的警醒！"他的眉毛上挑，目光带着自信和一贯的诚挚。

明人被他感染了："你是要练就金刚不坏之身呀！"

"我们共产党人就应该是钢铁制造的，多少前辈、先烈给我们做了示范做了榜样！"赵书记朗声一笑。

"来，我们干一杯！"赵书记擎起了杯，轻轻地与明人的杯子碰了一下，发出一声实实在在的脆响，仿佛双方又重申了一个庄重的约定。

三年一倒

◎刘正权

种地无巧，三年一倒！陈六说大发你长志气了呢。

大发不作声，眼睛余光看着婆娘。

陈六这话其实就是说给大发婆娘听的，当村主任这么多年，黑王寨的鸡鸭猪狗什么德行他都晓得，别说人了。

大发白披了张男人皮，家里事都是婆娘背后拿主意。

大清早等在村委会找工作组要求申报贫困户，亏大发说得出口。

黑王寨好不容易脱了贫，大发这是给周志山脸上抹黑呢。

自打进驻黑王寨，周志山这个精准扶贫工作组长整个人都瘦脱了相。刚好有点成果回去双休喘口气，大发这要求一提，等于给周志山来了个釜底抽薪，不让他倒抽一口凉气才怪。

陈六意思很明白，大发你以为贫困户指标是种地呢，三年一倒，把寨子里刚脱贫的指标转让给你？

大发婆娘噘起嘴巴，你当我们喜欢当贫困户啊，这糖尿病上身，可不是三年两年能倒出去的。

陈六一下子没了话，大发检查出糖尿病，很严重，靠打胰岛素过日子，每月硬邦邦甩出去小两千。

大发婆娘鼻涕眼泪一坨糊，这小康日子刚过上，就来个富贵病欺负。

搁以往，陈六会开玩笑说，多大个事，叫人踩几脚，把病倒出去。

黑王寨风俗，熬药后的药渣子要倒在路上，任千人万人踩，把病踩走。

那是说的没名堂的小病，糖尿病这种有名堂的大病，怎么踩都倒不出去。

这当儿，陈六电话响了，周志山在那边说，陈六你带我去大发家一趟。

去大发家？人家在村委会坐等你来呢。

这么巧，瞌睡遇到枕头了！周志山在那边笑。只怕马上就笑不出！陈六电话刚挂，就听见轿车声音。

到了村委会，周志山不下车，招手陈六和大发两口子，示意他们上车。

玩什么名堂？陈六疑惑坐上副驾驶，大发两口子拱着屁股爬到后排坐下，毕竟是心里有愧，两人在车里大气都不敢出。

你这是？陈六冲周志山发问。

听说黑王寨有句老话，叫种地无巧，三年一倒？周志山边开车边问。

这话你得问大发！陈六故意挤对，我当村主任时间长了，不晓得这老话还行得通不？

大发不吭气，婆娘用胳膊肘使劲捅他，大发只好蠕动舌头，是有这个说法，老辈人传了上千年。

周志山呵呵笑，说大发哥，今儿让你长一下见识，老话也有不靠谱的时候。

大发婆娘嘟囔说，我还嫌皇帝轮流做这话不靠谱呢。

周志山没在意，直接把车往寨子下面开，带你们去见见世面。

所谓的世面，却是在本乡的天堂寨，天堂寨有一处常年被水冲击的沙滩地，很多人正在忙碌着。

一辆辆大车正在附近等着装运，陈六大发两口子都认得，那是本县药材大王陈志豪的车队，他们寨子的铁皮石斛、紫花地丁、麦冬，都是陈志豪投资创办的药材基地里的药材。

这又是什么药材？在周志山带领下，陈六和大发两口子走近前一看，原来是种山药，挖山药，好大的沙滩地，被分成两片，一片种，一片挖。

种山药简单，周志山说，黑王寨下河边，我晓得，你有很大一片抛荒地。

你意思是，让我家大发种山药？大发婆娘反应快。

老古话说过，五谷不收也无患，只要二亩淮山蛋。周志山很认真地看着大发婆娘，只要你们愿意种山药，种子我免费提供，人工寨子免费帮忙，山药陈志豪按市场价收购，你们那片地，可不是两亩，十个两亩都有。

这可比贫困户那点补助强了百倍，陈六插嘴。

但我有言在先，每次陈志豪只提供十亩地的山药种。

一次二十亩，可以让大发早点致富啊！陈六不解了，陈志豪那么大的老板，会在乎多十亩地的种？

哈哈哈，这就是你外行了吧！周志山笑，不要以为种地无巧，种山药可是有巧的。

怎么个巧法？大发两口子赶紧追问。

看见没，山药都是直挺挺站在地里长的，一米多深呢，特别拔肥，耗地力，所以不能年年种，得让地休息一年！

明白了，你是让大发每年都有山药种，不让人和地闲着！

陈六话音刚落，陈志豪的声音在背后响起，对头，这山药可通人性了，站着长，显示它活得有骨气；年年换地种，是不耗尽一块地的养分，给后世子孙留余地。要不然，山药能够叫作玉延？

玉延？

大发两口子脸红了，小时候他们都挖过野玉延吃，寨子里中医世家马麦爹说过，玉延这玩意儿补虚羸，久服耳聪目明，轻身，不饥，延年！

糖尿病人，最怕饥饿。

脱贫户呢，最怕返贫。

周志山送的可不是种地的巧了，更是做人的巧呢。

有些事，真的不用三年一倒的。

送　穷　　◎黄大刚

　　过小年，黄家庄家家户户要"采屋送穷"，砍下竹子，留下顶部的竹叶，制成大扫把，扫除屋顶上的蜘蛛网，对全家进行一次大清洁。"采屋"过后的青竹不能留在家里，必须送到村里的垃圾堆烧了，这叫"送穷"。丢青竹前，都要念道："送穷公，送穷婆，今年吃粿仔，明年吃阉鸡。"看着火把青竹吞没了，心中豁然开朗，没了穷运晦气缠身的重负，来年的好光景隐约可见。

　　早上起来吃过早饭，张山喂鸡，把鸭子赶到水塘，转来转去，就是不去砍竹子，婆娘看不下去了，催道："日头都出来了，还不去砍竹子采屋。"张山出去了，日头爬到竹梢时，张山两手空空回来。"你都干吗去了，竹子呢？""我牵牛去吃草了，你急啥，有啥好急的。"张山没好气地呛了婆娘一句。"到底你采不采屋送穷，我可告诉你，今天不采屋送穷，明日可就不兴了。""就你知道，啰里啰唆的。"张山声音大了起来。

　　说实在，张山有点不想"采屋送穷"，自从当上了扶贫户，张山尝到了帮扶的甜头，帮扶的16头猪出栏了，去年底领到的黄牛下了一只牛崽，连续三年的水稻和瓜菜种植的肥料都是政府给的，那间住了三代的土坯房列入了危房改造，在政府补贴下，盖了起来。家里增加了收入，儿子大学毕业，在城里找到了工作，张山总算喘了口气。

　　张山的帮扶责任人是王东，村长叫他王科长。说实在的，来得勤，节假日除了慰问品还有慰问金，挖空心思为他找脱贫的法子，特别是建新房，找有关部门鉴定，帮他填申报材料，跑上跑下，费了不少精神，张山打心底里感激他。可每次统计收入，张山就很不愉快，"哪有那么多""不亏本就好了""种出来就自个吃，没有收入"……张山争辩，可怜的样子，王科长有时只得顺从他。

王科长对他家的环境卫生很有意见，地上密布着鸡屎、烟头，还有纸屑，脏衣服乱扔。

每次王科长都说："山爹搞一下卫生嘛，古人说，一屋不扫，何以扫天下。"

"科长，我哪有扫天下的本事。"

"一样道理嘛。"

"是，是。"张山把堆在椅子上的脏衣服挂到了绳子上，挥舞着手把鸡轰到了屋外。

王科长动手帮他打扫起卫生来，拦都拦不住，张山只好和王科长一起动手。

王科长指着整洁的屋子，说："山爹，打扫干净点不是舒服多了吗？"

张山满不在乎："领导，我没有觉得有什么不舒服的，打扫干净，不还是要脏。"

王科长说："山爹，你要拐过弯来，思想不要是老样子。"

"是，是。"张山连声应着。可下次来，张山家还是老样子，脏得没法下脚。

王科长多好的性子都忍不住，发了一通火："你干吗这样，我帮扶你容易吗？来一趟跑几十里山路，我小孩病了，都没空陪，就打扫卫生这样的小事，跟你说了那么多次，你就是不做，这事难吗？辛苦吗？明明知道上面要求要贫困户要打扫卫生，你还这样！"说到激动处，王科长的眼里溢出了泪花。婆娘看在眼里记在心上，开始收拾屋里的卫生，却被张山喝住了，女人嘟囔着："你看人家王科长……""你懂个屁。你再打扫给我看，就你能是不是？"

女人不解地看着他，见他很凶的样子，只得放下扫把。

原以为家里太脏就可以不脱贫，没想到上个星期，王科长，还有村干部和他一笔一笔细算了收入，超过了贫困线，把他列入了今年的脱贫对象。

事实就在那里，他无法狡辩。

听村长说，这几天有暗访组要来暗访，王科长还特意打电话让他做好清洁卫生。

张山如溺水者抓住了稻草，如果被暗访组抓住了把柄，肯定脱不了贫的，张山盘算着。

张山铁了心，这次坚决不"采屋送穷"，虽说不吉利，但那是封建的说法，哪有扶贫政策来得实在。

"山爹，还没采屋啊？"听到王科长的声音，张山的身体不由抖了一下，慌乱站了起来："还，还没呢。砍不到竹子。"

"这样啊，这是春节的慰问品和慰问金。你等一下，我去慰问李池，顺便帮你把竹子砍回来。"王科长把油、米还有红包递给他。

"李池不是脱贫了吗，还慰问？"张山张大嘴巴。

"是，可是脱贫不脱政策，一样得慰问。"

王科长走得没了影，张山才回过神来，精神十足地收拾起屋里的东西来。

父亲的秘密　◎丛平平

　　她有七十多岁了，她说自己从记事起，就没有见过自己的父亲，她和哥哥两个人一直跟着母亲生活。小时候看见别人都有父亲，兄妹俩就问母亲："为什么别人都有父亲而我们没有，我们的父亲呢？"母亲就会不高兴，非常严肃地警告他们："不许问！"

　　后来，她离开老家去了青岛。她的哥哥活到五十多岁的时候，生了一场大病去世了，剩下哥哥的妻子，也就是她的嫂子，跟她的母亲一起在老家生活。

　　这么多年，她问母亲最多的就是她的父亲到底是谁，现在在哪儿，是干什么的。但是她始终没有从母亲那里得到任何关于父亲的信息，母亲对这件事守口如瓶，一个字也不肯说。

　　大半辈子过去了，这个心结一直压在她心里，日日纠缠着她。随着年纪的增长，她对这个秘密也越来越耿耿于怀。她太想知道答案了，哪个孩子不想知道自己的亲生父亲是谁呢？那个本该看着她成长，像大山一样可以依靠的人，她竟然素未谋面！不仅如此，她还连他的任何信息都不知道！

　　可是，没过多久，她的最后一份期待也落了空，因为，可能是唯一知道这个秘密的人——她的母亲，因病去世了。

　　又过了几年，她仍然在青岛，有一天嫂子从家里打电话过来，对她说："之前政府派人送过来一些东西，我不识字，也不知道是啥，最近收拾东西时又翻到了。你要不要回来看看，也不知道有没有用。"

　　她听了嫂子的话，抽空回去了一趟，在那一堆"不知道是什么"的东西里发现了一张证书和一封慰问信。证书是发给母亲的，称母亲为"烈士家属"，还有

192

一张上面写着"光荣之家"的红纸。

原来，这就是她寻找了大半辈子的、关于父亲的秘密。

信上说，她的父亲当年是地下党，一直干着潜伏工作，后来被委派了一项极其隐秘的任务，离开了家，并且组织上有规定，不可以向任何人泄露行踪。

她终于知道了为什么母亲从来不允许她和哥哥问关于父亲的一切。母亲苦守着这个秘密，生怕儿女知道会有危险，一直到战争结束也没有丈夫的任何消息。

母亲目不识丁，不知道丈夫的任务是不是完成了，人还在不在，去了哪儿，为什么没有回家，也不敢跟人打听，只能独自带着两个孩子艰难度日。

又或者，在母亲心里，早就知道自己的丈夫已经死了吧！那个年代，为了战争一去不复返的人太多了，谁知道战场上、渣滓洞里，会不会有自己丈夫的尸体？

之后的日子里，她按照信件里的线索，辗转寻找可能认识父亲的组织和故人。功夫不负有心人，她竟真的找到了！知情人说，她的父亲是在一次执行任务的过程中牺牲的，那是一个深夜，一屋子人都在睡觉，敌人突然冲进来，一顿扫射，一屋子的人全部没了，连挣扎的机会都没有。

而这件事的真相，也是在父亲牺牲后的很多年才慢慢被挖出来的，经过一系列的身份验证和知情人讲述，经历了诸多挫折和困难，最终父亲的身份才得以确认。真相浮出水面，政府给她家发了证书和信件，但这些东西送到的时候，她的母亲已经去世了。

也就是说，母亲到死都不知道自己的丈夫到底去了哪里，究竟是活着还是死了。也许这些都不重要，母亲这一生从未想过会得到一张"烈士家属"的证书，在她心里，自己的丈夫已然是个英雄。

老兵的军礼 ◎安晓斯

这个庚子年节，三叔的军礼震惊了沁水湾的五千口人。大人小孩，都会模仿他那个经典动作。疫情防控工作一开始，三叔就找到村支书老潮叔："算我求你了，让我去村北卡点值班吧！我有站岗经验，咱村谁也比不过！"

老潮叔正需要一个像三叔一样的老兵到村北卡点工作："再给你配3名当过兵的战友，能严把关口不？"

"啪"的一个标准军礼，把答案告诉了老潮叔。

卡口值班第一天，三叔碰见几个准备出村的汉子，个个魁梧结实。三叔今天穿的是自己珍藏多年的军装，一身正气，凛然不可侵犯："各位仔细看看，疫情当前，上级有明文通知，有详细规定，立即回家，戴上口罩，做好自我隔离，不要聚堆。"好话说尽，和颜悦色。几个大汉听了，露出一副不屑的神情：

"我们几个二十几岁的，还怕你个半百老头子。让开！"

三叔没说话，看了看卡点上用青砖支起的木板，又看了看几个大汉，"啪"的一个军礼，看愣了那几个准备闹事的人。只见三叔轻轻挪开木板，搬出五块青砖码放整齐，两腿做马步状，一运气，"啪"的一声，手起砖裂，五块整砖碎成了十块。三叔双目微闭，气收丹田，睁眼一看，几条大汉早没了身影。

谁还敢去村北卡点耍横？一晌工夫，三叔的军礼传遍沁水湾。

"军人，那身慷慨激昂的正气，那股凛然不可侵犯的锐气，让人佩服！"老潮叔戴着口罩和手套，蹬着三轮车，拉着满满一车方便面、火腿肠、酸奶、面包去卡点慰问，不由自主地竖起大拇指。

三叔笑笑，指指身后："我平常的户外活动装备派上用场了。"

老潮叔一看，大帐篷，燃气炉，旅行锅，餐缸，水杯……要啥有啥，样样俱全。旁边的小中巴车上，还堆着几十箱盒装快餐面，几十件酸奶、火腿肠。

老潮叔说："你这个董事长是把你的户外活动家什都搬来了？还真都派上用场了。不过，这三轮车上的食品都是村里人捐赠的，你们一定得收下。"

这当儿，三叔带着另外3名"战士"，对着老潮叔认真地敬了一个"军礼"，把一脸严肃的老潮叔也逗笑了。"我当了30多年村支书，最佩服的就是你们这几名老兵。"老潮叔的眼里闪着亮晶晶的泪花。

卡点把关严，疫情防控标准高。镇里安排部署疫情防控工作，沁水湾的支部书记老潮叔多次受表扬。老潮叔面对这4名老兵要求不含糊："不能骄傲，不能自满，疫情防控不结束，咱防控标准不能降！"

"有人要闯关！"那天，轮到三叔在帐篷里休息，忽然听到正在值班的虎军一声大喊。走出帐篷，三叔看到一辆奔驰轿车正冲着卡点的拦截标志。车没熄火，人没下车，只听见汽车喇叭响。

三叔见状，手里拿着一沓上级下发的通知、规定，站在奔驰车前，一张张展示给车主看。半天，不见车门开。三叔急了，走到驾驶员车门前，拉拉车门，不开。只见三叔不慌不忙走到车前，"啪"的一个军礼，正气凛然。

车门开了，下来一个戴墨镜、穿黑呢子大衣的青年。"到我二姑家一趟，送点东西很快回来。10分钟，就10分钟。"

"1分钟也不行！疫情当前，相信你也是明白人。回吧，做个有良心的中国人！"三叔的话，字字抓人，句句挠心，既严厉又充满人情味。

站在这样的老兵面前，那个青年顿时面红耳赤，连连拱手。"对不起，冒犯了。"等把车掉头，那人又下了车，向三叔招手，"老兵，你了不得！"

那天后半夜，北风呼呼叫，鹅毛大雪翩翩而下。村北卡点，4名老兵成了名副其实的雪人。这当儿，从村外走过来两个人，戴着口罩、手套，穿着大衣，每人手里提着一兜儿东西："趁夜间人少，到村里走个亲戚，这几条烟给你们，麻烦了。

4名老兵一溜儿排开，宛如一道铜墙铁壁，结结实实挡在那两人面前。

"辛苦了，这是送给你们的夜宵，趁热吃吧。"原来是县领导深夜暗访乡村卡点，故意考验他们。

　　"敬礼！"三叔一声令下，4名老兵齐刷刷地举起右手。那军礼标准、规范，就像在战场上一样，庄严、威武，令人敬仰！

让你的船下水吧　　◎原上秋

黄河在这里拐了个弯，匆匆奔向大海。在这个弯处，留下无数的故事，有惊悚，有温馨，不变的是河水和光阴一样地流淌。文昌顺着河往上游走，边走边喊，女儿，小娥……他的喊叫被涛声带走，被河风吹散，像轻飘的呻吟。文昌断定女儿小娥是因为家里穷才出走的。文昌有好大的力气，却拽不住小娥倏忽消失的衣裙。

到了郑州，文昌已经是一个名副其实的乞丐了。他的蓬头垢面与城市文明形成反差，差点去了收容所。文昌不停地诉说，我是找女儿小娥的。文明城市用文明的方式把他遣送到了村里。

被遣回的文昌独自干喝了半瓶"老村长"，蒙着被子一睡不起。他的手里一直攥着小娥的照片。

镇里包村干部是老曹，村干部报告说有三户今年不能脱贫摘帽。老曹在名单上盯一眼，就来找文昌。他说，文昌你这熊样五大三粗当贫困户，你感觉很光荣是不是？！

文昌被老曹拉到一个建筑工地，他在那里和泥搬砖运材料。文昌的心思还在郑州，他干了三天就不再去了。

老曹望着文昌破败的家发愁。文昌的渔船靠着墙根，像一条晒干的鱼。老曹说文昌你老婆跑了，闺女跑了，为啥？还不是因为穷。你不好好干，过几天你喂的猪啊鸡啊都会跑了。

文昌被老曹拉到一个编织厂，十几个老头唱着歌用桑条编织箩筐。老头们说文昌唱一个，文昌埋头编筐，他不唱。他的心思在郑州，他干了三天就不再去了。

老曹和村干部打了几十个电话，寻到了小娥。小娥在郑州一家制衣厂踩缝纫机。她说她不是嫌弃家里穷，她是看不到希望才离家出走的。

老曹朝文昌的屁股上踢了一脚，说文昌你听听，你这个熊样咋能给孩子希望。

从一条老船边，到一堆空酒瓶，老曹在文昌的家，走出一条曲线。这是一条抛物线。抛物线的起端在船上，落点是一堆空酒瓶散发着颓废气息。老曹说，我再给你个机会，再三天打鱼两天晒网，贫困户给你抹了，送你到山上当和尚。

文昌到河滩里去栽树。河滩里的村庄都搬走了，废墟变成了耕地。文昌把一棵棵树苗埋进土里，不多时便有一群鸟落了上来，它们扎堆笑啊唱啊，谁说黄河滩只有叹息。但是高兴是它们的，文昌的心思在郑州，他干了三天就不再去了。

老曹感觉文昌的病因在女儿身上。

小娥回来了。镇里在新区辟了一片工业园，有一间厂房给了小娥。小娥牵着从田地里走来的姐妹，一起踩起缝纫机，做了很好看的衣裳。这些衣裳挑出最好的，送到了郑州。城里人讲究，他们舍得花钱。那些不好的，留给自己穿。她们知道，好衣裳迟早会穿在自己身上，她们现在要脱贫。

文昌从被子下面拱出来，他想找点活干。他苦苦盼望的女儿，带回了他的魂，也带给他力气。

老曹说，文昌你个熊样回家喝酒吧，喝晕在家睡觉。文昌说，不喝了，也不睡了。老曹说，你不想当和尚了？文昌说，小娥回来了，我要给她希望。

文昌说他想去河里打鱼。

老曹说政府不让干的事，你就别动那歪脑筋。老曹转念想到了文昌的船，想到了滩区的树，想到了树上的鸟，想到了游人。他给领导建议，办一个黄河生态游览区，让鸟和人来个约会，让黄河里的金子跳上岸来。

文昌把斑驳的老船打磨又打磨，还刷上一层亮漆。他的船好久不亲近水了，水是它渴望的情人。老曹说，等绿化起来了，你的船再下水。记住，不是打鱼，是看管这片林子，还有这片水。

文昌这回是主动回到滩区栽树的，一开始是一个人，后来上来很多人。从岸滩到堤外，茂茂盛盛，全是树。春风一吹，绿了整个堤岸。

老曹说，让你的船下水吧。

文昌从河里捞了两条真正的黄河鲤鱼，他要用鱼请老曹和村干部喝几盅。老曹在电话里怼他，不摘贫困帽儿，谁也不会喝你的酒。

文昌让小娥过来，小娥说郑州要的一批衣裳快到期限，她们必须加班赶出来。

文昌很失落，他坐在那里呆呆地等。等啊等，不知道过多久，从门外进来一个人，是出走很久的老婆回来了。她的身后，是一脸春风的小娥。紧接着，老曹也满脸笑意地来了。老曹从来就没给过文昌笑脸，这个笑意义非凡。

文昌也笑了。醒来发现已是早晨。初升的太阳把亮光洒在河面，像铺一层金子，花花地眯眼。

锄 奸　　◎万　芊

半夜，月高星稀。

阿炳前脚踏进家门，阿瓦便后脚紧跟着，推开虚掩的门。

阿瓦一脸杀气，腰里藏着短家伙，鼓鼓的。

阿炳蔫蔫的，不敢看阿瓦一眼，讷讷地说，我可以跟你走。

阿炳老婆嘀咕起来，你才进家门，水也没喝一口，屁股也没沾一下凳子，又要走了？

阿炳朝老婆瞪了一眼，说，没你的事，不要瞎烦。转身，阿炳问，你要不先吃点啥再走？

阿瓦默许中有点言不由衷，说，快点，别磨蹭，佟老板在外面等着呢！

阿炳老婆端出留的饭菜，两人就着热水稀里哗啦往嘴里胡乱拨了一通。临走时，阿瓦随手抓了几个熟山芋。

出门，两人一前一后猫着腰径直来到河边。上船，阿炳看见船上端坐着一位教书先生一般陌生的中年男子，心里一惊，想想应是阿瓦口中的佟老板。

阿瓦取出随手拿的山芋，轻声说，老板，你先吃点，饿了。

佟老板伸手示意一下，阿瓦放下山芋，撑开船，摇起船橹。随着欸乃的橹声，小船渐渐离村远去。

一个时辰后，船靠在陈墩镇一个河湾的水墙门边。佟老板领着两人悄无声息地穿行在老镇特有的窄弄里，最后一个个闪进一个带有霉味的老屋里。

老屋很暗，只有天窗里透进些许昏暗的微光。

佟老板抽着烟，烟火的微光中，依稀可见佟老板生硬的脸。佟老板终于发话了，诘问阿炳，知道为啥把你叫出来吗？

阿炳沮丧着，说，锄奸行动失败了，去的人遭到伏击，死了。我活着，逃回来了。

阿瓦在一边轻声叨咕，说，小鬼子放你回来的吧？！做奸细了吧？！

阿炳更加沮丧，心里虚虚的，说，没有。他不敢说，头一回，拿着真家伙，遇上了真的小鬼子，他吓得尿裤子，临阵退缩了。

佟老板吩咐，后半夜，有人来接应我们。阿炳，你要证明你的清白，就老老实实紧紧跟着我，不管有啥事。

阿炳"嗯"了一声，心事重重。

又一个时辰，老屋外屋面上有了动静。

阿瓦马上警觉起来，跟佟老板耳语，说，接应我们的人来了。

佟老板"嘘"了一下，示意两人不要出声。佟老板很镇定，轻声说，情况有变，来的不是自己人，肯定又有人告密了。说着，拉过阿瓦，耳语说，你想法子溜出去，把我的这封亲笔信塞到镇南中药店后门门把手的暗缝里。记住，这是我们最绝密的联络点，从来没有启用过。你一定得严守秘密。信塞严实了，任务完成后，不要回来，直接赶到虬村的老庙里，在那里等我们，有人接应。

阿瓦接信，拍着胸，轻声说，老板，放心，我会用性命担保，一定完成组织给的任务。说着，像猫一般溜进黑暗中。

阿炳依稀知道那镇南中药店是镇商会林会长的产业，林会长可是谁都知道的投靠小鬼子的大汉奸。阿炳蒙了，四周发生的事，想不通。

阿瓦走后，佟老板又拉过阿炳。阿炳只感到自己的手在瑟瑟发抖。

佟老板也跟阿炳耳语，说，你也想法子溜出去，把我的这封亲笔信塞到镇北南货店窗台上的瓦罐里。塞了，人也不要回来，也到虬村的老庙等我们。

阿炳下巴抖得厉害，佟老板问，你怎么啦？

阿炳喃喃着，说，我不是奸细。真的不是！

佟老板说，去送吧，这封信送到了，就能证明你的清白。

阿炳壮大了胆，顺着进来的窄弄摸到河边，小船竟然还在。上了船，他趴在船舱边沿，用手小心地移着船。靠近南货店水码头，阿炳上岸，瞧准四周没人，快速把信塞进了佟老板指定的瓦罐，这才松了一口气，溜回小船，趁着夜色，移船出了镇。

阿炳离镇没多时，镇上便响起了几阵枪声，好像是刚才他们待的老屋那一带。阿炳又心慌起来，他真的不希望佟老板有个三长两短，否则他阿炳即使是有一千张嘴也证明不了自己的清白。人家只要问一声，为啥你阿炳一到场就出事就死人，而你却活得好好的，你不是奸细，谁相信呢？

阿炳失魂落魄地赶到虬村老庙，阿瓦后脚也赶到了。不一会，接应的人过来，驾着小帆船，把他俩带进阳澄湖。转悠了好久，又把他俩带到一个完全陌生的小村子。阿炳被关进一间黑通通的茅草屋，外面有人看守。其实，这一路上，阿炳完全可以逃脱的，他水性很好，他完全可以像上次遭遇伏击时入水后消失得无影无踪，但他没有。他想，只要一逃，他就更是奸细了，如有一天被人抓住时，他将像真正的汉奸一样被枪毙。

第二天，看守告诉他一好一坏两个消息。好消息是陈墩镇商会林会长，被小鬼子给抓起来，枪毙了，家也被抄了。坏消息是佟老板昨夜没能脱身，与小鬼子枪战时，丢了性命。

阿炳不知道看守是不是在有意试探他。听了这两个消息，阿炳人瘫了，心想这次定会被当成真正的汉奸给枪毙了。

没想到，傍晚时，江政委过来看他，告诉他，这回，他立了大功，一下子锄了两个汉奸，一明一暗，明的是人人咬牙切齿的大汉奸林会长；暗的是八面玲珑人人称赞的内奸阿瓦。阿瓦的几次告密，坏了游击队最近几次的偷袭行动，牺牲了十几名游击队员。众人没想到的是聪明的佟老板利用内奸阿瓦急于讨好新主子的软肋，用了离间计，一箭双雕。

枪决阿瓦，阿炳没去看。

江政委私下给阿炳布置了一项绝密的任务，就是让阿炳装作被游击队怀疑、追杀的样子，回家等候新的锄奸任务。

之后，好几个投靠小鬼子为非作歹的汉奸，一一被游击队秘密铲除，老百姓暗中拍手称快。其实，这些任务，阿炳都秘密参加了。只是，之后的几十年间，阿炳一直不清不白的。一直到八十岁时，阿炳找到了当年的江政委，自己的清白，才被证明。

初 心　　◎冷　鬼

　　烈日如炎，大地如烤。一行三人驱车来到贫困户刘大福家。落座后领头的问，另外，一个人记，一个人拍照。

　　问："老刘同志，我们接到了一封匿名检举信，武伟骏收受你家的礼品，请问有没有此事？"

　　刘大福五十多岁，心脏手术后回到家不足两个月，体虚，连续讲话气跟不上来，此时他妻子李玲嘟噜着嘴，明显不高兴地说："庄稼点火就着，你们咋不怕烤化了，咋有心情问这事！"

　　领头的说："这关系到脱贫攻坚大事，不敢怠慢。特别是涉及贫困户的利益，必须特事快办。请问李玲同志，武伟骏收受你家什么礼品？"李玲仍然拉长着脸，看了一眼领头，硬声硬气地回答："没有！"

　　刘大福声音弱些，也不给脸色地说："没有，真没有。"

　　领头的说："不要有任何顾虑，更不要担心会有人打击报复，要相信党和政府。检举信上写得很清楚，武伟骏收受你家5斤香油。"李玲一下子站了起来，用手指刮了一下额头上的汗往地下一甩说："不是，就不是，你这领导咋血口喷人呢！"说完，一屁股坐下来，气鼓鼓的。刘大福也气得嘴直张，眼向天花板上翻。领头的一看，连忙站起来说："对不起对不起，惹你们生气了……"生气归生气，李玲在纪检人员的劝导下，虽然极不情愿但还是一五一十地说出了实情。

　　她说，那天武主任送来他单位党员干部捐的，为老刘治病的2000多块钱。我往回想想武主任为俺家做的事，俺家的墙头原来倒了一半，是他找人给修补好，他劝俺家安装光伏发电，种花生芝麻一亩地补多少钱，他比俺还清楚。他又介绍我到村扶贫车间做工，老刘手术住院时，他跑前跑后地忙乎，特别是我那儿子不争气，是他经常教育劝导，现在走上正路了……人心都是肉长的，我和老刘就想着怎么感谢他，知道他决不会接受俺家的东西，那天是老刘堵住他的车，我硬把东西塞到他车上的。谁知哪个缺德的还好意思检举！我知道非把他脸挖烂不可！接着从厨房拉出一袋大米说，谁知第二天武主任又送来一袋这，这大米可比俺那油要值钱得多，唉！纪检领导，不让俺感谢俺这心里也堵得慌呀，你可不能处分他呀……

　　领头的叫顾建国，是县纪检三组的组长，他们一行三人冒着李玲所说的"烤化"风险回到自己办公室时，武伟骏已在门口踱步了，T恤衫被汗水浸透了大半。

　　顾建国说："你接受了刘大福5斤香油？"

　　武伟骏说："是的。"

　　顾建国说："什么时间？什么地点？"

　　武伟骏说："7月26日上午十点半左右，在刘大福家门口。"

　　顾建国说："没什么要说的？"

　　武伟骏说："没有。"

　　顾建国说："据我所知，你单位没有安排为刘大福捐款。"武伟骏看了顾建国一眼，说："没有。"

　　顾建国说："那5斤香油带过来了吗？"

　　武伟骏说："用完了。"

　　顾建国说："你喝香油啊，这才几天？5天不到！"

　　顾建国对武伟骏是比较了解的，他对武伟骏说："等会，我陪你一块到你家去取那5斤香油。"

　　武伟骏无奈："给另外一个贫困户了。"

　　顾建国有着多年办案的经验，此时他敲了一下桌子，突然改变思路问："武伟骏，你为什么要检举自己？！"

　　武伟骏愣了一下，又与顾建国对视了一下，知道辩解已无意义，说："我自己觉得没有为贫困户做多少事，即使做了些事，也是一名党员分内之事，但一些贫困户总想着感谢，有时要送花生，有时要送玉米，有时要送芋头，这不又送香油，不要吧，怕伤了他们质朴的情感，推搡拉扯不好看；要吧，本来也不想要，而且违纪还影响不好。我就想一招阻止这种情况，就想到了你们。这就是我最初的想法，如果违纪甘受处罚。"

顾建国说："我们有很多事要做，你这样增加我们的工作量不太好吧。不过，念你初心本色，就不作其他追究了。"之后，两个人的大手有力地握在了一起，顾建国向里带一下武伟骏，小声道，"嗯，年轻人，你这招应该管用。"

武伟骏走出顾建国办公室时，全身轻松，一天一地的阳光感觉也并不怎么热了。

军 礼 　　◎高　军

"左场长，又当起义务护林员啦？"碰面后大家就主动和他打招呼，这些人有的他认识，有的不认识。

他一律微笑着答应："闲着也是闲着，就是随意转转，看看阵地上的情况。"接着他两脚啪地一并，举起右手敬了一个标准军礼，"感谢大家多年来爱护山林。"

已经离休的他闲不住，每天都要到山林里去和大小树木亲近一番才会觉得浑身舒坦。看着漫山遍野的绿树，他的眼光是那么亲切，觉得就像看到自己的孩子一样，会不时地摸摸树干，抚抚树枝。

他出身贫苦，早年参军，在国内打过很多仗，后来是在上甘岭负伤才转业来这里的林场当场长的。那时候林场刚成立，最主要的任务就是治山绿化。他识字不多，是到了部队以后才学习了一点文化知识，他不会多讲，安排工作的时候就是说一句口头禅："我们必须攻占每个山头，取得彻底胜利。"

在上甘岭战役中，他和黄继光在一个连队，都属于九连。当时战斗那么残酷，他也是抱着炸药包去炸碉堡的，并目睹了黄继光扑向敌人机枪眼的过程。当时他左胳膊已经负伤，但还是坚持着，把炸药包揉进了敌人的枪眼，自己也被掀出很远一段距离，脸上身上又多了几处伤口。

有次山下的学校请他去做传统教育报告，专门让他讲上甘岭战斗。他觉得要好好重视才行，于是让林场里两个有文化的人帮着准备讲稿，可是第二天一开讲就把讲稿上的内容全部忘了，急得出了一头大汗，站起来对师生敬一个军礼："好好学习，好好工作，使劲就能做好，用心就能干好。"说到这里停下来了。

主持会议的校长知道他是忘了讲稿，于是就启发他说："老场长，你是怎么一步步到敌人跟前并炸掉敌人碉堡的呢？""还能怎么样，有战士用机枪压着敌人的火力，我就是在地上爬着过去的，还能怎么过去？"整个会场都笑起来，气氛一活跃，在他与校长的一问一答中，讲得反而更生动，照样收到很好的效果。最后，他站起来敬一个军礼，整个会场响起热烈的掌声来。

二十世纪七十年代，当地生活相当困难，老百姓有时候想捞摸点林场里的树木自己盖房子或者偷着卖几个钱花。左场长知道百姓的难处，但看到费了二十多年工夫好不容易才绿起来的大山，他在林场职工和护林员会上咬着牙说："必须严守阵地，谁失职就拿谁的禁闭，就处分谁！"另一方面，他和自己的老战友们多方联系，帮着周边村里给弄来柴油、化肥、抽水机、拖拉机，引进多种良种，当地百姓知道他的良苦用心，从心里感激他，所以将树木保护得很好。

但也有个别不自觉的，一个参加过莱芜、孟良崮、济南、渡江战役的当地复员残疾老兵就时常摆老资格："这些山都是老子冒死打下来的，砍两棵树算得了什么！"他胸前挂着七八块军功章，带着斧子上了山。护林员、林场职工都怕他骂，于是赶紧向左场长汇报，左场长让大家回去："你们不用管了，我去！"

正在那老兵低头砍一棵黑松的时候，左场长来到他跟前，大喝一声："好大胆，缴枪不杀！"那人抬起头来，正想说话的时候，左场长伸手使劲一挥，阻止了他："你说说你立了哪些功让我听听！"那人指着胸前的各种证章有些傲慢："一等功两次，二等功四次，三等功五次。"左场长指指自己的胸前，原来他也挂满了军功章："特等功两次，其他的我就不说了，你好好看看！"那人有些发愣，仔细看看确实比自己厉害多了，但还嘴硬："家里困难，来砍几棵树还不行啊？"左场长严厉地说："不行！有困难想办法解决，但不能这样！咱们立的功在那里明摆着是不错，就能吃那老本啊？"通过这次交锋，这位老兵非常佩服左场长，后来成了林场的义务护林员。

一路上，人们时常和他打着招呼，左场长的心情很好。

当他来到跑马梁的时候，眼睛一下子瞪大了，几个穿着时髦的年轻人正在准备野餐，啤酒已经摆上，钩皮草已经堆起来，黄鲫子鱼已在一边准备好。他们是要用钩皮草燎黄鲫子鱼，在当地这是一种独特做法。可是正处于防火戒严期，绝对不能在山林附近用火。他们看见他，尽管不认识也热情地打着招呼："大爷，过来一块喝气儿小酒。"他指指那堆钩皮草："喝气儿可以，但黄鲫子鱼就吃不成了，不能燎！""大爷，大爷，我们小心点没事的。""不行，这是防火重地。"说着就在不远处一块大石头上坐下。几个人交换一下眼色，无奈地笑了："你忙去吧，俺保证不点火。"他也笑笑："我这是坚守阵地打阻击战，你们不撤我不收兵。"直到他们收拾好下山，他才又向别的地方转悠去了。

清风徐徐吹来，在绿色的树林中，很多山花已经开放，香气四处弥漫着，他不由地抬起手来，对着大山又敬了一个军礼……

满河鸭子嘎嘎叫　◎张学鹏

　　沙河滩村背靠沙河，这里绿树环绕，花草丛生，民风淳朴，风景秀丽。由于地方偏僻，交通不便，村里贫困人口较多。我们的扶贫工作队就驻扎在沙河滩村。

　　这次我和村长去贫困户老虎家查看帮扶情况。老虎姓白，叫白虎，父母走得早，家里又穷，一直是一个人过日子，过得紧巴巴的。老虎其实不老，才30多岁，因为长相"着急"，又沉默寡言，村里人都叫他闷老虎。

　　我们进院时，老虎正在槐树下喝酒，喝得晕乎乎的。见到我们，老虎特意给村长倒了一杯酒，一脸苦相。

　　老虎和村长交流时，我在院子里转了一下，发现我们送给老虎的五十只鸭苗就剩4只了，鸭子被关在一个不到一平方米的笼子里，全身糊满了泥巴，神情倦怠。

　　看到我站在鸭笼前，老虎发话了："别瞅了，上次下暴雨，沙河水猛涨，鸭子被水冲跑了，就剩这四只了，不卖了，留着下酒吧。"

　　"眼看就要卖钱了，你说我咋恁倒霉呢？一千多块呀。"老虎说着话，一仰脖，一杯酒喝了个精光，一副一醉解千愁的样子。

　　其实，老虎家坐落在沙河滩上，沙河从门前缓缓流过，多好的养鸭条件，我就是想让老虎养鸭子来摆脱贫困。

　　有村民说，你让老虎养鸭子，鸭子养不大，就让他喝酒吃完了。

　　开始老虎也信心不足，说自己懒散惯了，养鸭费时费财费精力，有空还不如玩牌喝酒痛快。

我鼓励他："你就放心养吧，有困难，找工作队，我们会帮助你。"

我又说："脱贫致富是国家的大政方针，你总不能一辈子受穷吧，人穷志短，人人看不起你，哪个女人愿意跟你受苦，你总不能打一辈子光棍吧。"

也许我的话刺激到了老虎，老虎看了看我，点了点头。

就这样，第一批扶贫项目，50只鸭苗发放到了老虎手中。谁能想到，一场大雨竟让老虎两个月的辛苦付诸东流。

我对老虎说："鸭子没了，我们也有责任，是我们的工作没做到位，没能帮你看护好鸭子。你不要灰心，以后机会多得是。"

那天中午，老虎喝醉了，哭得像个孩子。

我们帮助老虎在沙河边重新固定了围栏，扶贫款下来后，我又给老虎发放了80只鸭苗。这次老虎更加用心养护，就像看护着自己的孩子一样，天天守着鸭子。沙河水草丰美，鱼虾又多，鸭子长得飞快，鸭子在水中拍打着翅膀，嘎嘎乱叫。

老虎望着河里的鸭子，又看到了生活的希望。

第一批鸭子卖出后，老虎不是用钱赌博喝酒，而是主动找到我，要求再购200只鸭苗。

我拍了拍老虎的肩膀说："双手是英雄，只要干肯定行！"

老虎说："再卖了这200只鸭子，我请工作队喝好酒，感谢工作队对我的帮助。"

老虎长相木讷，其实很聪明，自己学会了给鸭子打疫苗，配饲料，他养的鸭子很少生病，因此，许多村民向老虎请教养鸭技术。

老虎养鸭占据了天时地利人和，鸭子由200只变成了400只，400只变成了1000只，2000只……满河鸭子嘎嘎叫，成了沙河滩上美妙的乐曲。我们给老虎的鸭场树立了一块牌子：沙河滩养鸭扶贫基地。

老虎成了沙河滩村脱贫致富第一人，成了致富能手，还上了报纸，记者给他起了个响亮的名字——"沙河滩里养鸭王"，老虎成了远近闻名的能人。

鸭子多了，忙不过来，老虎就想找个人能来帮助自己。附近村里一个二十多岁的小寡妇经常来河边看老虎养鸭子，一看就是半天，看着看着，两人就看对了眼。

要想富，先修路，村里的路真该修一修了。捐资修路时，老虎第一个捐款，而且捐款最多。

老虎说："我嘴笨，不会说，我觉得，没有扶贫工作队，就没有我的今天，国家帮我脱贫致富，做人不能忘本，我也要给咱村做一点贡献。"

老虎的话赢得村民们的一片掌声。

通路那天，县乡两级负责扶贫工作的领导都来祝贺、剪彩。

有个领导问村长："你们村那个养鸭大王白老虎呢，我想见见他。"

村长笑了，村长说："他现在可是个大忙人，没时间来这里凑热闹，他正和小寡妇在河滩里听鸭子唱歌呢。"

老　枪　　◎申　平

　　靠山乡派出所的何所长，带领所里的全部人马，全副武装，分乘两辆警车直扑后山。他们封锁道路，搜索前进，如临大敌。

　　事情的确很严重：据紧急报告，山里有人在持枪打猎。在禁枪禁猎的今天，居然有人持枪狩猎，这简直就是对法治社会的公然挑衅。

　　还好，循着枪声，他们很快就发现了那个猎人，迅速围捕，很快将他捉拿归案。

　　现在，那个"猎人"正被反铐双手蹲在地上。看样子他也就20岁出头，一张脸上充满稚气和无辜。

　　他前面的桌子上，摆着一支长长的老式步枪，还有几发已不多见的黄铜子弹。30多岁的何所长上网查了一下，才知道这种步枪是"七点六二式"，是一种射程远，杀伤力强的步枪，曾在抗日战争和解放战争中被广泛使用。

　　说吧，你这枪是从哪儿来的？

　　这枪……是我老太爷的。

　　你老太爷是谁？

　　那小子说出的名字，竟把何所长吓了一跳：这个人，是这一带远近闻名的老英雄。他不但在解放战争中立过战功，退伍后又带领民兵捉拿过美蒋特务，轰动一时。老英雄活到103岁，前不久刚刚去世。他的葬礼异常隆重，县乡领导都出席了，何所长也去了。嗯，对了，当时好像的确见过这个小子。

　　何所长上前给他打开了手铐，让他坐下，然后又问：这枪是怎么到你手上的？

是我自己找出来的。我老太爷藏枪的地方可隐蔽了，一般人不知道……

你老太爷手里有枪，我们怎么没掌握？他的枪是从哪来的？

这个……我说不清楚，我只是拿出来玩玩……你去问我太爷他们嘛。

事关重大，何所长立即向上级做了汇报，随后带人来到港口村，调查藏枪案。

他们先找到了老英雄的儿子，也就是那个小子的太爷。这人也已经80多岁了，背也驼了，眼也花了，耳也聋了，说话也表达不清了，他比比画画说了半天，何所长才大概弄清，这杆枪是老英雄当年从北京拿回来的。

看来，这枪来头还不小。何所长他们立即又去找老英雄的孙子。

这人也已经60多岁了，是个退休公务员。他说得倒是非常清楚：这杆枪是1953年，老英雄到北京参加群英会时，周总理亲手颁授给他的，另外还有100发子弹。他小的时候，看见爷爷整天背着这杆枪，威风凛凛地进进出出。后来爷爷老了，枪就挂在家里的墙上，几乎一天一擦。再到后来，他外出读书，参加工作，偶尔回来，枪已经不见了。这可能和那时候收缴枪支有关。但是爷爷这枪不同，是国家领导人颁发的奖品，据说也是办了持枪证的。

后来枪去了哪里，他也没有问过。最后他说：你们去问下我哥的儿子吧，我爷爷不能动的这些年，都是他在伺候，他或许知道情况。于是何所长又去找老英雄的重孙子。这人近五十岁，正是那个"猎人"的父亲。他是一个老实厚道的农民，已经知道儿子因为持枪打猎被抓了，又见何所长他们来找他，就显得很慌张。何所长赶紧安慰他说：你不要害怕，我们只是调查了解情况。我就想问你，那杆枪你见过吗？

我……见过，是太爷擦枪的时候。可是太爷后来把枪放到哪里，我真的不知道，也不想知道。太爷不能动的时候，曾经让我帮他擦枪。我不喜欢摆弄枪啊炮的，就没干，我就让我儿子帮他擦。后来他老糊涂了，仍然老是念叨：我的枪，我的枪。

事情到此已经很清楚了：那个20岁的小青年，那个生瓜蛋子，倒成了枪的最后知情者，甚至是传承人了。如果不是他不知深浅，把枪拿出来去打猎，可能这杆枪永远都不会面世了。

何所长让人把小青年和枪一起带回村里来，让他指认藏枪地点。他轻车熟路，带着他们来到老太爷故居的后屋，轻启一面夹皮墙，里面赫然现出一间庄严的小屋来。只见墙上端端正正贴着毛主席、周总理的画像，画像两边是一副对联：发扬革命传统，争取更大光荣。画像和对联下面，就是一个枪架，把那杆枪放上去，严丝合缝。旁边，还有子弹带、武装带等一些"配套设施"。

何所长用手机把这一切都拍了下来，暂时放了小青年，让他随时听候处置，然后他带了枪和子弹带等返回了派出所。他要给上级写一个详细报告，既要讲清楚枪的来龙去脉，还准备提出一个问题：为什么从村到乡再到县，所有人都统统失忆，根本就忘记了这杆老枪的存在？

价　值　　　◎余清平

初春的下半夜，大山里很寒冷。锄奸队长张德应借着微弱的月光察看山头的动静。突然，夜枭的叫声划破黑夜，钻入耳朵。他高度警惕的心情顿时宽慰了些，因为，这是湘南游击队接应的暗号。

张德应带着三个孩子。他挨个在孩子们的脸上抚摸了一下。他知道孩子们需要他的抚摸，这样，可以获得安全感，因为，孩子们黑豆似的瞳仁，告诉了张德应。为了这三个抗日英雄的遗孤，张德应的两个战友已经牺牲。现在护送孩子们的担子，他独自担着。

张德应记得临出发前，首长神情严肃地说："派你护送这些革命烈士的后代，你虽然是湘南人，但长期在岭南活动，群众基础好。记住，三个孩子一个也不能落下，要安全送过梅关，交给湘南游击队藩哲夫队长。"首长又安排了两个锄奸队战士，一个叫何小山，广东花县人；一个叫谢回平，湖南常德人。

首长更嘱咐："你们到了珠玑巷，游击队有人来接头的。"张德应回答："一定完成任务，首长！"

可是，在横穿清远公路时，何小山牺牲。当时，张德应指挥谢回平带着三个孩子穿越公路，何小山在后掩护。日本便衣队发现他们追了上来。何小山说："队长快走，我掩护。"

何小山像一枚楔子钉在路上。

本来他可以跑掉的，但为了让孩子安全，他跳上石头吸引便衣队。护送孩子们跑上山头的张德应看到何小山子弹打光了，与便衣队拼刺刀，负伤被抓。便衣队将他吊在大榕树上一刀一刀剐他的肉，他也没哼一声。

谢回平是在晚上牺牲的。当时，是深夜，他们绕过英德的一个村子，孩子们饿得走不动。谢回平请求去弄点吃的。起先，张德应说不行，危险。可是，当他看到孩子们饿得口水直流，就从身上摸出两个银圆塞到谢回平手里，说："注意安全，快去快回。"谢回平摸到村边，谁知道村庄里驻扎着鬼子兵。鬼子的狼狗一叫，谢回平就被包围了。

张德应想去接应，但三个孩子怎么办？突然，他听到"轰，轰"两声巨响，是谢回平拉响了身上的手榴弹，与鬼子同归于尽。

张德应含着眼泪背起三个孩子一阵猛跑，直到累得瘫下来，才住脚。张德应歇了一会儿，看看没有危险，就将三个孩子安顿在山洞里，自己去田地里找了些半烂的山芋、红薯给孩子们充饥，才继续带着孩子们继续北进。好在这一路走来，山高林密，再没遇到多少危险。

张德应抬头看看，翻过丹霞山，就进入珠玑巷。现在，虽然听到山上传来自己同志的暗号，但张德应也不敢大意。他从腰里抽出两支快慢机，握在手里，带着孩子们在密林中穿行。好不容易到了山顶，突然，从树上飘下四条黑影。张德应一摆手中快慢机，挡在孩子们身前。

"桃花源陶渊明。"来人压低声音问。张德应一听，是接应同志的暗号，连忙回答："珠玑巷张九龄。"从树上飘下的四个人是湘南游击支队的同志，带头的是游击支队长藩哲夫。藩哲夫让其他队员在梅关警戒，自己则带领三个队员下来接应。张德应握着藩哲夫的手说："可把你们盼来了。"

藩哲夫也摇着张德应的手说："辛苦了，张队长。上级交给我们的任务，是要不惜一切代价，接应你们，保证安全。"藩哲夫让同来的游击队战士取下背上背着的包袱，打开来，里面是用米粉烙的饼，让孩子们吃。三个孩子吃饱后，藩哲夫在前，三个游击队员背起三个孩子在中间，张德应殿后，一行人向珠玑巷奔去。

藩哲夫说："走过这段山路，前面的路平坦很多。"张德应听了，一愣，忽然想起多年来抗日的艰辛，就如这走路一样，走了这么多年艰难困苦的路，现在是该走平坦的路了，鬼子这几年的兵力捉襟见肘，在缅甸被国军击败，在中原，更被八路军打得焦头烂额，也许不用多久，就能将鬼子赶出中国。

"我们抗日的路也会平坦多了。"张德应接了一句。藩哲夫听了，会意地笑了。

一行人快走到珠玑巷时，已是曙光初绽。张德应说："我们快点行动，翻过梅关，那边就是你们湘南游击队的活动范围。"话音未落，刹那间，两发炮弹从南雄县城那边呼啸而来，有一枚落在他们的身后。

"快卧倒！"张德应急忙扑倒后面那个背着孩子的队员……张德应中弹牺牲。那时，正是1945年2月。

中华人民共和国成立70周年，我在常德一所学校给孩子们讲教学课。当我讲完这个故事，孩子们都哭了。我想起多年来曾有人问过我"三个优秀战士为了护送三个孩子而牺牲，值不值得"这个问题。我走下讲台，一一抚摸这些孩子。我想我得告诉孩子们什么是生命的价值。我说："孩子们，先烈们艰苦抗日，献出生命，就是为了孩子们有书读，有平安的日子过！"

这句话，不是我说的，是张德应烈士牺牲时说的话。我就是三个孩子中的一个。

父亲的问题　◎徐　寅

宋阳怎么也没想到，住在乡下的老父亲来了。

"爸，您有什么事，来电话跟我说就是了，干吗跑这么多路，天又这么热。"宋阳是真心疼自己的老父亲。

父亲满头白发，目光炯炯有神，身穿白色老人衫、黑色长裤，脚上是布鞋，手里拿着草帽当扇子扇。父亲进了办公室，感觉很凉爽，便把草帽放在茶几上。

宋阳给父亲倒茶，陪坐在父亲身边。

"爸，您是不是跟妈一起来的？"

父亲说："她才不来城里，有她的鸡鸭，忙都忙不过来。"

母亲是小学老师，比父亲早几年退休，父亲退休后，就一起回了乡下老家。周末或放假，宋阳带着老婆儿子去看望，回城时，带回土鸡土鸭土鸡蛋，还有新鲜蔬菜。

"爸，您有事吗？"宋阳毕恭毕敬地问。

父亲大手一挥，道："有事！"

宋阳一怔，着急地说："爸，您说。"

父亲问："听说你要当副县长了？"

原来是这事啊！宋阳心里顿时放松了。

"是的，明天人大常委会要投票表决。"

父亲说："这是组织上对你的信任！"

从父亲嘴里听到这句话，宋阳感到有点不好意思。

父亲很严肃地说："我想问你几个问题，要老实回答，绝对不能说假话！"

宋阳连忙保证："爸，我一定如实回答。"

"你去下乡调研骑过自行车没有？"

"没有，都是坐车去的。"

"你有没有赤脚到农民的田里去插过秧苗？"

"没有。"

"田间地头农民的大缸茶，你喝过没有？"

"没有。"

"你有没有在农民家里睡过，吃过他们家的饭？"

"没有。"

问到这里，父亲脸色有点不怎么好看了，宋阳也不敢解释。毕竟，现在大家都是这样的，并不是他一个人没有做这些。

"你去过建筑工地没有？"

"去过的。"

"帮工人搬过砖没有？"

"没有。"宋阳连忙解释，

"爸，我们都是看一看就回来的。"父亲问："办公室的卫生是你打扫的吗？开水是你自己打来的吗？"

"都不是，自从当上副科长以来，这些活都没做过。"

父亲又问："那么，你现在对所做的工作感到心里踏实吗？"

宋阳回答："这，这个怎么说呢？"

"那么，你现在对所做的工作有自豪感吗？"

"这个，这个，这个……"

"那么，你现在对所做的工作有紧迫感吗？"

"爸，爸，这个很难说清楚的……"

父亲语重心长地说："我在你这个年纪也是当副县长，但我下乡时会经常帮农民做点农活，喝他们的茶，吃他们的饭，去工地会帮工人们搬几块砖，跟他们聊聊家常，关心关心他们的生活。"

宋阳解释说："爸，这个，现在跟你们那时候，真的不一样了。我们现在是信息化时代，工作方式真的不一样了。"

父亲却说："你们现在是不可能跟我们那时候一样的，这一点，我能理解，也很清楚，但是，有一点肯定是一样的。"

宋阳不敢辩解，只好认真地听。

"无论是我们的年代，还是你们的年代，无论这个社会怎么变化，但有一点始终是一样的。这个你知道吗？"

宋阳想了又想，还是想不出来，便胆怯地看了一眼父亲，小声请求：

"爸，请您告诉我好吗？"

父亲却冷冷地道："你自己好好想想吧，如果连这一点都想不清楚，你就当这个副县长了？"

父亲撂下狠话就走了。

宋阳眼睁睁地望着父亲下了楼，走在炎炎烈日下，戴上草帽，一步一步地走出了县政府大院，消失在人群中。

当天晚上，宋阳想了整整一夜，到了天亮还没有睡。第二天上午，县人大常务委员会会议如期举行。

宋阳作为副县长候选人向大会作供职报告时，说了他父亲昨天的问话以及他的回答，他非常坦诚又动情地说："父亲最后的问题，我想了一夜终于想清楚了，无论是父亲他们那个年代，还是我们这个年代，有一点始终是一样的，那就是要全心全意为人民群众服务。只要心里有人民群众，我就不敢有私欲；只要心里有人民群众，我就不敢有贪念，就不会被糖衣炮弹打倒，就能做一名勤政廉洁的好公仆！"

会场顿时响起了热烈的掌声。

随后，任命宋阳为副县长的议案满票通过。

不要过来 ◎佟掌柜

过完九十岁生日的第三天晚上，爷爷靠在沙发上泡脚的时候，迷迷糊糊地睡着了。父亲看水凉了，就把爷爷的脚拿出来，用毛巾擦。

爷爷突然瞪圆眼睛，身子使劲往后缩，大喊："不要过来……不要过来！"父亲赶紧拍拍他："爸，您又做梦了，擦干脚赶紧上床吧。"爷爷看了看父亲，似乎回过神来："儿子，我要走了，刚才我看见师长了。"父亲听爷爷的语气有些异样，心没来由一紧："您别乱说，去年病那样都没事。现在好好的，走什么走，您又怀念你们师长了。""确实看见他了，他冲我招手。""爸，您能活到一百岁。现在国家政策好，社区每月给百岁老人多补助300元呢。"爷爷呵呵笑了，脸色竟有些红润："老子没白革命，能过上这样从前连想都想不到的好日子，值了！"

他穿上拖鞋，下了地，也没用父亲扶，回到卧室躺到床上："哎，可惜师长没活到今天。当年过草地的时候，要是没有他那头大黑骡子，你老子早死球了……"这些话爷爷不知说过多少遍，可今天父亲还是觉得怪怪的，他担心地问："爸，您没事吧？觉得哪里不舒服？要不咱去医院吧？"

"我没事，哪儿也不难受，你快睡去吧，明天想着让晓临带雅儿回来，我想他们了。"父亲答应一声，给他盖好被子回到客厅，拨通我的手机："儿子，你爷爷想你和雅儿了，明天下班赶紧过来。"这两天公司正要接一个大单，我这个部门经理忙得顾头不顾腚的，听父亲说让我带女儿回家去看爷爷，不耐烦地说："爸，过几天行不？我都要忙死了。""混蛋，让你回来你就回来，你爷爷白疼你了！"父亲顿了顿，"儿子，刚才你爷爷说话怪怪的，又喊不要过来，又说看见师长了，我感觉可不得劲了，不会有什么事吧？"我正想着明天怎么和客户谈判呢，随口应付了句："能有什么事，你这老共产党员还迷信。"挂了父亲的电话，我就躺下了，闭上眼睛怎么也睡不着。不知怎么就想起去年陪护爷爷的时候，也听他喊过好几次："不要过来……"后来他病情好转，我就问他："爷爷，您病的时候，总喊不要过来，咋回事？"爷爷刚从鬼门关转悠一圈回来，谈兴比平时浓，口齿不太清晰地对我说："1935年，我在彭老总的队伍里，大概是8月吧，我们接到（党中央）命令，从四川毛儿盖出发，进入草地。那草地，根本就不是人能过的地儿，汉河上全是水草，远远望去，像灰绿色的海，看不到一个人一只鸟。进草地的第三天，下大雨，我身上带的青稞麦被淋湿了，成了疙瘩，把喉咙塞得满满的，根本咽不下去，没办法只能挖野菜吃。好不容易熬了一夜，差点没冻死。早上赶路的时候，看见几个人背靠背坐着，一动不动，我上去一推，发现他们的身体早就僵硬了。我那时才16岁，吓坏了，也不敢哭，跟着大伙儿小心翼翼地走。突然，我们排长陷进了泥泡子，他旁边的战士去救他，结果自己也陷了进去。排长对我最好了，我像疯子似的往前冲，想去救他，班长狠命地抱住我，只听排长和战士大声喊，'不要过来！不要过来！'我眼睁睁地看着他们被淹没，只剩下两顶军帽在泥水上漂啊漂的……"爷爷讲的时候好几次用他的小手巾擦眼睛。好不容易迷糊着，电话就响了起来，我眼都没睁拿起电话："喂，谁呀？""儿子，你爷爷走了……"电话那端传来了父亲的哭声，我噌地一下从床上蹦了起来。

　　"爷爷走了？！天，怎么这么急？！您别哭，我马上过去。"我开着车往父亲那儿飞奔。一路上死的心都有，我他妈什么人，爸打电话的时候为啥不赶过去看看呢。爷爷躺在那儿，就像睡着了一样。父亲跟我说，他半夜起夜的时候，发现爷爷卧室没有光亮，他很奇怪，爷爷卧室的小台灯从来是不关的。他突然想到一句老话，推开门走到床边，看爷爷一动没动。他叫了两声，爷爷也没动，伸手一摸，身体已经凉了。父亲说话的时候，我仿佛看到爷爷动了。他摆着手，对我嘶哑地喊，不要过来……

天上掉下一个大姐 ◎蓝 月

福来怎么也想不到会从天上掉下一个大姐，更想不到自己会拥有一群羊。

福来家真可以用家徒四壁来形容，福来不懒也不笨，但是由于岩村交通不便，靠几亩坡地的收成变不了几个钱，再加上福来的娘身体不好，常年看病吃药，就更加穷了。

村里的年轻人都争先恐后去了外面闯世界，福来放心不下娘，留在了家里。

这天，福来正在地里忙着，被老村长叫了上来。

老村长带来了一个陌生女人，女人四十来岁的样子，穿着清清爽爽，胸口别着一枚精致的徽章。女人正饶有兴趣地四处看，最后把目光聚焦在福来那。

福来，你的福真的来了。村长伸手拍了拍福来的肩膀。

福来挠挠后脑勺，村长，你可不敢拿我开玩笑，我哪里来的福？

我说有福，当然有福哩，你看我把福星给你带来了。这位……

你好，我叫王秀。如果你愿意，可以叫我大姐。王秀大大方方伸出了手。

福来看着这位陌生的大姐，有点做梦的感觉，他赶紧把手在衣服上擦了擦，看了看，不好意思地说，我，我……手脏。

没关系的。王秀笑着主动握了下福来的手。

福来更拘谨了，手脚都不知道怎么放了。

你能带我村里转转吗？王秀看着福来，目光很诚恳。

福来连连点头，带着王秀在村里转了个遍，村里的坡地大都荒芜了，长满了绿绿的草。

王秀看着那些草，对福来说，我想在这里养羊，你能帮我吗？福来说，没问题。

王秀带着福来去挑了20只小羊羔。这些小羊羔真可爱呀，走在一起像一大片飘动的白云。

福来一下子就喜欢上了这些小羊羔。

王秀给福来拿来了几本书，说，这些书都是有关怎么养羊的，你要认真看。明天我就回去了，这些羊你要给我养好，一只都不能少。每月的工钱你上村委会去领，我已经预先把钱放在他们那里了。不过要是少了羊，要按大羊价钱赔的，你答应吗？

福来想了想，点了点头。

第二天，王秀离开了岩村。村里人说福来撞上狗屎运了，找到了一个肥差。那个王秀要是不回来就好了，这些羊养大了卖掉值不少钱呢！

福来笑笑说，羊是大姐的，我要一只不少交到她手里，她要是不来我就把羊交到村里。

王秀一直没来，福来问老村长，老村长说，她不来你就继续养着，工钱不少就行。

一年后，20只羊已经变成了一大群羊，因为母羊生了小羊羔了。福来的娘因为得到了好的医治，身体好了不少。可是福来有了心事，他盼着王秀来，又害怕王秀来。

王秀终于来了，她看到了羊很开心。

没想到你替我把羊养得那样好，今天我来收回我的羊了。王秀笑着说。

嗯。大姐，你给的书让我学到了很多养羊的知识，羊一只都没有少，母羊还都生了小羊羔，现在小羊羔已经断奶了。福来有点蔫蔫地说。

王秀招呼人把20只大羊装上了车，小羊一只没动。

大姐，这些小羊你是要我继续替你养着吗？福来来了精神。

是的，但是不是替我养，而是替你自己养，这些小羊都是你的。

我的？不行，这些羊是大姐的，我不能要。福来双手直摇。

王秀笑着说，我交给你的是20只羊，现在我已经都收回了，这些小羊当然都是你的，养大了我会按市价收购，你好好养着。

福来高兴得差点跳起来，但心里有点想不通，忍不住问，大姐，我们非亲非故，你为什么这样帮我？

王秀笑了，拿出了工作证，原来王秀是来结对扶贫的。

王秀说，我一开始没有亮明身份，是因为我觉得授之以鱼不如授之以渔。

福来看着王秀胸前的镰刀锤子徽章，心里热乎乎的。

王秀再来的时候，小山村全村都养了羊，小羊是福来给村民的。

王秀笑着说，福来，大姐果然没有看错你。

福来挠挠后脑勺，腼腆地说，如果全村人都富起来了，年轻人就可以不出去外面去打工了，这样村里的老人就有人照顾了。

多年后，岩村成了有名的山羊养殖村，形成了自己的产业链，穷山村变成了富山村。

在接受记者采访的时候，福来激动地说，能有今天，我们打心眼里感激大姐王秀，感谢国家的好政策！

寻　宝　　◎薛培政

　　夜半时分，山村一片寂静。

　　陶金贵拜过财神，又手持铁铲，肩背箩筐，朝蛙鸣谷摸去。

　　刚入谷口，猫头鹰叫了。"呕！呕！"他懊恼地啐两口唾沫，还觉得不解恨，又捡块石头砸过去。

　　那年冬天，他的魂像被张瞎子的评书勾走了一样，天天半夜往蛙鸣谷跑。

　　"难不成中邪了？"家人见他双眼无神，脸色灰败，人不人鬼不鬼的，忙请跳大神的三仙姑来驱邪，没等仙姑施法，就被他轰出门去。家人又请老族长出面，连劝三天，他铁了心不回头，老人摇头晃脑地叹息着走了。

　　地荒了，家败了，老婆心凉了，招呼也没打，带着孩子远走他乡。

　　陶金贵痴迷到发疯，三天两头去拜张瞎子，瞎子经不住他缠磨，打发道："相传有支绿林武装盘踞蛙鸣谷多年，兵败之前，将大批珍宝埋藏在山中，放一对金蟾为号，只待深夜击掌，听见蛙叫一样的回音，就找到藏宝的洞口了。"

　　陶金贵深信不疑，昼伏夜出，地老鼠般挖来挖去，累折胳膊累弯腰，连根毛也没捞着。

　　眼看着村里盖起一座座新房，他那两间孤零零的土坯房，越发显得破败而孤寂。驻村工作队入户采集信息，不见他人，走访邻居，对方嘴一撇："他家穷得连老鼠都不愿串门，哪像个过日子的人家！"

　　村里将其纳入建档立卡户后，谁也不愿包这个"刘阿斗"。

　　他寻宝将家折腾贫后，心也跟着贫了。那天，他接过发的低保金，转身进了酒店，胡吃海喝撑得胃出血。末了，还得村里打发住院费；帮他栽种的树苗干枯在地里；扶持给他的畜禽早饿得跑没影儿。

咋摊上这么个主儿？村干部气得怒怼他："你啊，就是块糊不上墙的烂泥巴！"

"烂泥巴糊不上墙，那是没找对瓦匠，就算他是块石头，咱也得把他焐热！"前年底，第一书记梁海接手了。

梁海去他家几次，连个人影也见不到，打电话聊不上两句，他就挂了。梁海不急也不火，瞅准时机堵个正着。

谈扶贫的事，他哈欠连天眼皮耷拉。听到"靠山吃山"，他来劲了，猛然抬头问："梁书记，听说你是学地矿勘测出身的，你看这山上有没有埋过宝贝？""有，肯定有！"他看梁海的表情，不像讽刺，更不像玩笑，那暗淡的眼神立刻闪过一丝光亮。

梁海话锋一转道："不过，你乱打乱撞不行，得听我的！"

寻宝心切的他，就像输红眼的赌徒，一把握住梁海的手道："只要能找到宝贝，你让俺向东俺绝不向西！"

"你说话算数？"梁海盯着他问。

"谁反悔是这个！"他忙不迭地用手比画个王八。

"那好，跟我来！"梁海前脚走，陶金贵紧跟其后。满脑子想着寻宝的他，被领到一养羊户家，正赶上肉联厂来购羊，看着户主大把数钱，梁海把他推到跟前，他看得眼都直了。

梁海趁热打铁，拍着他的肚皮道："要寻宝，得先把这儿填饱，等吃穿不愁，再寻也不迟！"

随即，帮他承包了300亩荒山，协调低息贷款建起小型养殖场，购买10头小猪，5只山羊，100只小鸡，还栽下200棵果树。并签下协议，赚了是他的，赔了，梁海兜底。

陶金贵终于安稳下来，梁海长吁了一口气。

谁料，半月不到，他嫌累，还嫌来钱慢，撂挑子了。

那天半晌，梁海和村主任去镇里开会，顺道过来看看。还没走近养殖场，就听像炸了锅一样。跟前一看，圈里的猪、鸡、羊饿得乱叫唤。俩人从窗孔往里瞧，见他正躺在床上打呼噜。

村主任气得踢开门，一把将他揪起道："说你糊不上墙，梁书记还不信，你就甘愿混下去？等大伙都脱贫奔小康了，你这脸往哪搁？"一顿猛剋，臊得他耳根子都红了。

第二天，陶金贵早起，见门前隐隐约约站着一人。他揉揉眼仔细看，吃惊地问道："梁书记，你这是——？""我来与你做伴！"他这才看清梁海带的铺盖卷。"这咋使得？使不得——"他急得话也说不清楚了。

梁海住下来后，一有空，就帮着干这干那，顺带就把他"监督"了。

被梁海"挟持"后，陶金贵再不敢马虎。那天夜里，暴雨倾盆而下，养殖场被洪水围困。手足无措的他，见梁海手持铁锹冲出去，顿时便胆儿壮了，俩人开沟排水，养殖场安然无恙。

望着浑身沾满泥水的梁海，陶金贵愧疚不已："梁书记，这些年，俺自己都嫌自己混得窝囊，只有你把俺当人看，再干不好，俺是孬种！"

他天不亮就起来打猪草、拌猪食；精心饲养鸡群；下雨天还披着蓑衣放羊；从山下担水浇果树，肩膀磨破也不歇。

到年底，10头猪出栏，加上卖鸡蛋和肉鸡，5万多元入账。他乐得嘴都合不上。

梁海趁机帮他找回妻儿。见了面，老婆揶揄他道："本事恁大，咋不上山寻宝了？"他嘿嘿一笑："梁书记帮俺找到打开'致富门'的金钥匙，这宝就攥在手心里，俺还要大干一场哩！"惹得在场的人都笑了，那笑声响彻山谷，连回音都充满了底气。

赵驴脱单

◎贺敬涛

赵驴又喝酒了，还卖了一箱蜂。

从镇上回到月亮湾村，赵驴一头撞进大白桃家。过去，月亮湾村穷，大白桃家是个牌场。

进屋时，见四个人正有说有笑，赵驴大喊了一嗓子："嗨，加我一个！"

正说笑的大白桃嘴角都翘到了天上："睁大眼睛看看，是打牌吗？咱村早都没人打牌哩！"

的确，四个人正拿着蓝莓资料谈事情。今年，政府采取"公司＋农户"的方式发展蓝莓种植，他们都是蓝莓基地的农户。

赵驴讨了个没趣，晃晃悠悠往家走，一屁股坐在院子石凳上，看着仅剩的3箱蜜蜂呼哧呼哧喘粗气。

一阵摩托车响，月亮湾村第一支部书记王月花风风火火赶来了，咔地停下车，咚咚进院直奔蜂箱："赵驴，那一箱蜂呢？"

"卖了！"

"那是脱贫蜂，是帮你脱贫的，还能帮你娶媳妇……继续卖吧，看你咋脱贫、咋脱单？"

"卖了多少钱？卖哪儿了？"

"500元，卖给对角沟的李二狗了。"赵驴手足无措得像个孩子。

"不管你了！"王书记俊俏的瓜子脸气得白一阵，红一阵。

第二天，日上三竿，赵驴还在睡觉，门咣地被村主任李辉推开了。

"赵驴，还睡啊！王书记被蜂蜇了，住院了！"

原来，从赵驴家出来，王书记直奔对角沟村，自掏腰包把蜂又买了回来。王书记抱着蜂箱放到摩托车后座，驮着往月亮湾村走，山路不平，蜂箱掉到了沟里就散架了，王月花赶忙用夹克衫包住，多亏刚好路过的大块地村主任帮忙，群蜂才没有跑散，可王月花却被蜂蜇了5下，因是过敏体质，呼吸急促，晕倒过去，被紧急送进了医院。

　　从县人民医院看完正打点滴的王书记回到家，赵驴又悔又气，折身进屋，抄起棍子把酒瓶子打得稀烂。

　　赵驴变了。肯吃苦，还爱钻研了，挨个拜访全县的养蜂专业户学习养蜂知识，回来细心观察蜂群的生活习性。

　　没多久，4箱蜂又分出了12箱，王书记又为赵驴贷款购买了4窝崖蜂，因养护精心，不久又增加了蜂群，村子地处深山区，气候适宜，林木茂密，花种类多、花期长，产的蜜多，质量也好。

　　王书记通过互联网卖蜂蜜，又跑县里、市里大超市推销，销路顺畅，赵驴成了养蜂专业户。

　　赵驴是苦命人，七岁丧父，八岁丧母，在村里是吃百家饭穿百家衣长大的，眼看都四十好几了，还单着。

　　"赵驴呢？"王月花在赵驴家院外，正碰着村主任李辉。

　　"人家可是大忙人。他去看崖蜂了。"

　　"走、走，路上说。"王书记拉着李辉往村北青石崖走。

　　"县妇联、县文联、县民政局要联合举办'搭鹊桥、促脱贫'公益相亲活动，为单身男女牵线搭桥，我第一个给咱赵驴报了名！"

　　"嗨，甭操心了！"李辉抱着膀子，咧着嘴笑。

　　"能不操心吗？我一定要帮赵驴寻个媳妇！"

　　"真不用！"李辉笑眯眯地卖起了关子。

　　"咋回事？"王书记瞪起美丽的大眼睛。

　　李辉冲远处努努嘴。

　　远处的青石崖，是赵驴的崖蜂养殖基地。石崖上倒挂着一排崖蜂，蜂儿出出进进，嘤嘤嗡嗡，正酿造如蜜一样的生活。山崖下有两人正在割蜜，一个是赵驴，一个是大块地村的陶金枝。

王书记一拍脑袋："嗨，你看我这脑瓜子！金枝这段时间，可是老来赵驴这'检查'工作呢！"

三个月后，市电视台记者来月亮湾村采访脱贫先进个人赵驴，村里妇女小孩子围过来看热闹。赵驴对着镜头，声音有些哽咽："感谢党，感谢政府，感谢王书记，俺赵驴现在脱贫了！"稍顿了顿，他伸过脑袋低声说，"记者同志，俺不打光棍了！"

"那叫脱单。"金枝在下面大声纠正道。

赵驴闹了个大红脸，正正衣领，对着镜头清了清嗓子大声说：

"对，俺赵驴，脱贫了，还、还脱单了！"

爷娘绣　　◎张　港

许市长新调齐昌市，很明显这里干部涣散，问题不少。许市长就下去调研，他发现一篇题为《要发展，更要蓝天》的报道，作者是环保局赵亮。许市长见到了赵亮，头发斑白的赵亮是个副主任科员，怪的是，他穿着早已绝迹的混纺白衬衣，更怪的是，胸口部位镶着一朵绣工极为粗糙的白莲花，许市长觉得其中必有说道。

老赵说：这是农村老家旧风俗，凡有人当官，不管多大，都要回乡在衣服上绣朵白莲花。这叫"爷娘绣"。

"爷娘绣"啥意思？就是呀，亲爹亲娘，加村里大娘婶子、老少爷们儿一人一针，表示全村对官员的希望，也算是监督吧。

哦——这好哇！这哪是旧习俗？这叫好传统，应该发扬呀！

市长宣布，到赵亮的家乡赵村过党日。二百里风尘，到了齐昌市最远的县最远的村。市长新衣照人亲自驾临小小赵村，村民却一切照常，并无惊慌骚乱，村书记以正常礼节接待。

市长看了村书记面相，道了声"老哥"。村书记说：市长，你属小龙，长我一岁零仨月，我叫你哥才对。

市长大惊：你怎么这样清楚我？村书记道：你是一市之长，一举一动都在俺们眼里。高低大小前后左右，一行人随市长参观。这赵村，碧水绕村，鲜花抱宅，有柳拂街，有燕栖檐，更有诵读入耳、箫管琴声。随同的县长赞叹：竟有如此好风景！

市长问爷娘绣，县长曰：民间工艺，致富好项目，正在抓，一定落到实处。

游村一周，市长脱下外衣，对村书记说：为我绣上爷娘绣。

村书记笑笑摇头：这可使不得。乡约村规，不对外人。咦——刚刚与我论过兄弟，怎么我成了外人？村书记说：这爷娘绣衣，穿上容易，脱下可就难了。这话怎讲？爷娘绣，一针一线带着全村父老乡亲的心，要是贪了腐了，哪怕是一丁点儿，就得当着全村男女老少的面脱下，爹娘解扣，兄嫂拆绣，由儿女焚烧成灰，自己端村外三十里，顺风扬了。千双眼瞪着，千只手指着，得回答千张嘴的质问。那一脱，可比蹲监坐狱难受百倍。

中！我为市长一任，不敢说有大作为，清廉这底线，我敢保！村书记与我兄弟相称，村里人就是我爷奶爹娘、兄弟姐妹！来——绣吧！

村书记展开大手：还有一条，一人一针，要穿着绣，人不离衣。这粗手厚掌，难免针线走偏，扎肉出血，可不好玩。

执政为民，千难万险，一往无前，还怕个扎针冒血！

好！那可就来真了！全体村民聚集小花园广场，白发相挽，儿童肃立，个个表情凝重，唯有蝴蝶翻飞，鸟雀啁啾。村书记站上台子，喊：抬头有天，低头有地。开针喽——笙箫唢呐，板鼓梆笛，音乐奏起。老奶奶戴上老花镜，抚抚市长前襟，第一针下去，唱道：一针一线穿，为官保清廉——大娘接针走线，唱：一针一线添，人心不可偏——婶子唱：一针一线盘，丝细重如山——闺女唱：江水有弯弯，撑船直竿竿——汉子唱：莲花线缠缠，百姓要平安——小伙子唱：针连线也连，抬头有青天——娃娃唱：银针带银线，幸福日子甜——最后是村书记。村书记大手拈针，唱出：一线一回环，千金你莫贪——手一偏，针扎市长肉里。血丝丝浸染，那朵白线莲花，渐渐红了。

从此，上班之时，市长以手扪胸，然后办公。开会之前，市长以手按胸，然后开会。许市长一指自己前胸，不作为者，不敢怠惰，送礼行贿者，收手兴叹。齐昌市风气大变，百姓称赞。

大小领导齐要到那个叫赵村的地方，齐要搞爷娘绣。许市长说：绣，只是个形式，只是一个提醒，不是作秀。更不用学我，要看所作所为。

许市长到赵村调查秸秆还田。

村书记立正躬身，状如犯错误的小学生。

市长：你这是干啥？村书记：许市长，许老哥，向你道歉，向你赔罪。这话可怎讲？许市长呀，其实呀，我说那脱衣时父母解扣，儿女烧灰，全是吓唬你的，是我现编出来的，根本没有那事。我认错，我对不住你。那时呀，俺们对你这市长心里没底呀！

这有啥错！这就对了！让我时时心有畏惧，时时警惕自己。

市长呀！我还是有错。我，我，我故意扎你一针，让你流血，只是想看你眼仁怎么闪动——那时呀，俺们对你心里没底呀！事后呀，我后悔呀。赔罪，赔罪！

你呀，你这一针，扎得最好。白莲花成了红莲花，这才醒目，这才人人看得清楚。全市人看着我的红莲花，看我做事能不能对得起红莲花。我永远不脱爷娘绣的衣裳！

许市长呀，听说什么礼品你也不收？身有爷娘绣，怎可收受？可是，有人托我送你一件礼物，有事求你。啊——你——村书记展开一幅书法：千手绣红莲，百姓望蓝天。敬赠许市长，赵亮草于齐昌。

颜体行书，深沉厚重，大刀奔马的落笔，力未用尽，笔锋已收，似有所藏，心有不甘。

市长叹息：赵亮同志，对不起呀，还没重用就退休了，委屈其德，误了人才。他有啥事？

他呀，还是那蓝天规划的想法，他要落实呀。

卜 白　　◎袁良才

民国时期的上海，凭一张纸名满天下且赚得盆满钵满的，只有《申报》。

《申报》副刊《自由谈》更是牛气冲天，在上面发稿的多是鲁迅、郁达夫、茅盾、叶圣陶等这样的超级大腕，一篇千字文章稿酬能开到二三十块大洋，够一家人好吃好喝一个月的。

文豪扬眉吐气，编辑、记者也神气活现、洋气十足，穿洋装、讲洋话、吃洋餐，洋洋洒洒，倜傥风流。

凡事都有例外。卜白就是例外，不，简直是个另类。

他是《申报》的资深编辑，却土得掉渣，土得冒烟。瘦高个儿，白净无须，常年着一袭青布长衫，足蹬黑色方口布鞋，架着一副琚琅圆形近视眼镜，讲一口江南土语。

在报社，他是专司划版、校对的，有时副刊缺边少角。主笔大人就会笑眯眯地说一声，卜先生，您给补一点白吧。

卜白二话不说，展纸挥毫，须臾立就：或杂谈，或轶闻，或小幽默，或诗画配。虽短小得可怜，却鞭辟入里，妙趣横生，无不是锦绣文章。

据说不少读者就是冲着卜白的补白文章，才订、买《申报》的。其补白文字，政治、经济、文化，天文、地理、历史，无所不包，涉笔成趣。真是通才、捷才、怪才。

别小看补白，实则大有学问，弄不好会闯下大祸。九一八事变，东北沦陷，国人悲愤。某所大学的马校长给《时事新报》发去一首小诗《哀沈阳》："告急军书夜半来，开场弦管又相催。沈阳已陷休回顾，更抱佳人舞几回。"主笔安排作补白之用，不想惹怒少帅，差点派兵砸了报馆。

怪才必有怪癖。卜白不抽烟，不喝酒，不喝咖啡，还说咖啡有一股焦锅巴的煳味儿，别说喝，闻着都别扭。

他嗜茶。西湖龙井，碧螺春，太平猴魁，他宁愿饿肚子也要设法买来饮的，他管喝茶叫饮茶。有好事者悄悄做了统计，卜白每天饮茶能饮掉五瓶热水，简直是牛饮。可见嗜茶之深。但他却很少如厕，你说怪也不怪？

据说卜白是陈寅恪的高足，国学功底不可作等闲观，咋甘当划版、校对、补白的微贱活儿？没人去问，也没人说得清。但卜白似乎全不在意，甚至还有些乐此不疲。

他动笔前总是泡一壶好茶，边饮茶边挥毫，好漂亮的蝇头小楷，茶香袅袅中，妙构告成。依其姓名谐音，人送雅号"补白大王"。他听了，微微一笑，不置可否。

一天，主笔大人悲天悯人地对卜白说，卜先生，您也该给自己的人生补补白啦。卜白会意，三十好几的人，竟酡红了脸，期期艾艾道，不急，不急。事业未就，何以家为？主笔不由分说，扯着卜白的青布长衫袖口说，别把自己生生弄成套中人，以后同仁该改叫你别里科夫先生了。走！我陪您去见一位女士，我太太已候在那里。

卜白见到那位年轻貌美却神情忧伤的女士，得知她男人是谢晋元的部下，在淞沪战役中为国捐躯，撇下孤儿寡母甚是凄凉，卜白竟爽快地应承了这桩婚事，主笔夫妇大感意外，又惊又喜。

那女士道，卜先生，您是童男子，可我已是残花败柳，让您受委屈了。

卜白一句既浪漫又憨直的话让女士为之涕泪交流，我虽一介书生，亦当为抗战力效绵薄。让我为你这个抗日英烈之家补白吧！再说，你的娘家福建安溪有好茶"铁观音"呢！

后来，两口子举案齐眉，一生恩爱，同心将烈士遗孤抚养成人，培育成才。

卜白没啥业余爱好，除了饮茶，就是隔三岔五看看京戏，尤其迷梅兰芳的戏。一来二去，他结识了梅兰芳，成为票友。

一次，梅兰芳在天蟾舞台演《贵妃醉酒》，观者如堵，一票难求。卜白却接到了梅兰芳专门差人送来的戏票。急急地赶到剧场，戏正待开演，梅兰芳的嗓子突然发不出声音了，在后台急得团团转，火烧屁股似的！

卜白闻听，急急如风地挤进后台，对梅兰芳说，救场如救火！你在台前演，我在台边唱，合作一曲双簧。

梅兰芳将信将疑，台下的观众已起哄叫闹起来，梅兰芳只得上将台去。

海岛冰轮初转腾，见玉兔，见玉兔又早东升。那冰轮离海岛，乾坤分外明……剧场顿时响起暴风雨般的掌声。

整场戏下来，梅兰芳的表演与卜白的唱腔念白浑然一体，俱臻妙境，竟无一名观众识破此中玄机。

事后，梅兰芳特意在华懋饭店摆盛筵答谢，卜白又是一句，急人所难，君子不可不为。补白亦大快事也！

说话间，到了1949年初夏。解放军的隆隆炮声响彻大上海城郊。吴淞口外。汤恩伯重兵扼守上海。

《申报》选派战地记者，大笔杆子们虽西装革履，却顿失绅士风度，不是低头狠劲抽烟，就是把咖啡喝得嘴里一半、地上一半。卜白饮了一气铁观音，一抹嘴，石破天惊地说，我去吧！

为使上海城市免遭破坏，解放军方面禁止使用重型武器，攻城一度受阻于苏州河畔，伤亡甚重。

上海市民突然从《申报》上看到一则快讯：国民党淞沪警备司令部副司令刘昌义中将率部投诚，为解放军打开进入上海中心城区的大门。

谁也没想到，这竟是卜白平生最"得意之作"。多年后，卜白在自己的回忆录中写道，我是中共隐蔽战线的一名战士，策反敌人弃暗投明，算是我对军事斗争的一种补白吧！

新中国成立后，卜白担任宣传文化部门的高级领导，直至积劳成疾，英年早逝。

卜白留下遗嘱：丧事一切从简，请把我安葬在普通百姓的墓地之侧，为逝者补白。

他还对悲悲切切的夫人说，记住！再找个好男人，补我的白。

春风度　　◎陶群力

　　老白看病回来了。村里人听说后便去了老白家。

　　"白支书，白支书。"

　　"爷爷跑出去了。"老白的小孙子嘴巴噘起，做了个怪状，"越老越糊涂，死犟。"

　　"你个死娃儿。"有人问，"去了哪个地方？"

　　"吃了饭，说是去村上转转，"老白的婆娘气鼓鼓地说，"劝他，等病好些了再出门不行吗？你们知道他说啥子？人死了再吃饭有用吗？"

　　"莫生气，莫生气。"众人劝道。

　　老白的婆娘说："这老头，好像觉得村里少了他别个吃饭就会喝稀汤，说陪他去，觉得碍事，不让。"有人就打趣："白支书是要去会相好嘛。"

　　说起老白，村里老少都会竖起拇指儿："这人，啧啧啧。"

　　老白这些年是真的操碎了心。因为老白是多年的党员，平时乐善好施，他就被选为支书。村里的人目睹了老白从壮年步入老年，头发白了，背渐渐驼了。

　　去年夏季，蔬菜基地和养猪场扩建，他带领入股的村民们起早贪黑地平整山地，从钢架结构的大棚子的招投标，到项目的施工，他每日忙得团团转，胃痛的老毛病折磨得他更显苍老。为了省钱，他还把远在外地搞土木工程设计的大儿子请回村里，实际察看地形、地貌，设计图纸。

　　"图个啥子？"儿子不解，"你看你现在的样子，好当我公了。"

　　"日你个先人板板。"老白给儿子一脑壳，"你嘟个说话？"

　　村民葛桂生走到老白婆娘跟前，跪下，哭着对老白婆娘说："别责怪你家老白了，他是我的恩人呐。我永远都会念着老白的好。要不是他帮我家摘果子，也不会摔断了腿，"他哭着说，"这个债，我一辈子也还不上。"

有妇女也夸起老白的好来："要是你嫌弃老白，怕老白日后成了瘸子，不想要他了，把他让给我吧。"气氛一下变得轻松愉悦，大伙嘻嘻哈哈乐了。

"老白去了哪里，现在也不见回家？"大伙议论纷纷。

老白是去了他一个堂哥家。老白在医院待的两个多月里，想起自己常常闹胃疼，就做了详细检查，结果发现胃里长了个瘤子，医生讲，根据片子和胃镜看，是间质瘤。老白思忖，自己该退下来了。他几次给在广东的堂哥的儿子文鹏打电话，诚恳地谈了自己的设想，他讲到，以前堂哥想承包村里的一片山林，因为价格压得太低，没答应，弄得两家有了芥蒂。"你是有知识，有理想的年轻人！"老白动之以情，"村民共同富裕，共享美好生活，这才是我们的最大心愿。"他希望文鹏回乡时看看，是否投资办个玩具厂或服装加工企业。他说："文鹏啊，你学的是外贸，又懂电子商务，有销售渠道，如果厂建成了，不知有多少人不用出山里打工？"堂哥的儿子也听闻老白为了村里的娃娃方便上学，个人捐资修建了小学，他被老白感动了，答应回乡考察了再决定。

到了堂哥家。在院子里，堂哥脸色发暗，拉长个脸说："用啥子办法收买我娃的？本事好大？"大概是文鹏把情况与堂哥讲了。"装疯卖巧，"心想，"这人水得很。"不过这样也好，省得再做工作。

"你娃本事大，是干大事的人。"老白笑笑，递过一根烟去。

"当初，你咋没有想到你也会求到我？"堂哥瞪一眼老白，拿腔拿调道，"你龟儿就是个宝气。"

文鹏出来刚好听见，便赔笑道："我老汉鬼扯火，不要见怪。"

文鹏让老白进屋，说，他已同村里外出的几个年轻人商量过了，同意回乡投资创业。"我老汉就是嘴硬，乱开黄腔，"文鹏说，"支书放心，我老汉支持的，他只是摆谱。"

"中午陪我老汉喝二盅，"文鹏朝老白眨眼，"让他再骂你几句。"

"要得。要得。"老白说。

老白说："好多年兄弟间没有一起喝酒了，今天高兴啊。"他想，乡亲们若知道村里要建厂了，该会有多兴奋。他想早点把这好消息用大喇叭告诉村民。

窗外，柳树葱茏，有大风吹过，柳条儿翩翩起舞。他好像看到春风正在山坡上奔跑。

初　心　　◎侯发山

　　为了庆祝建党百年，矿上打算表彰一批优秀党员。最终结果报到我这里时，其中一份名叫华威的员工的材料引起了我极大的兴趣——华威是在大学期间入的党，45岁，有25年的党龄。他毕业后主动要求来到矿区，根据他的文凭和矿上的用人制度，原本该分配到科室，他却坚持下矿井。在井下待了两年时间后，为了让他发挥自己的专业水平，被矿上抽调到生技科，从科员到副科长再到科长。让人钦佩的是，从进生技科那天起，他就坚持每天下井，少则两小时，多则一个班……

　　大家不要误会，我虽是矿长，但有六个分矿，两万多名工人，孤陋寡闻在所难免，老实讲，中层干部我都认不过来。整天开会、考察、接访，根本没有时间到一线去。偶尔到一线去，全副武装的工作服，难以分辨出是张三还是李四。两天后，我约见了华威。他算是中年人了，依然身板挺直，两眼黑亮黑亮，十分有神、纯净，有种让人乐意亲近的亲切感。

　　我翻着华威的材料，一边好奇地问他："华威，听说你当初填报大学志愿时，几个志愿填的都是煤矿，非煤矿不进，这是为什么？"

　　华威赧然一笑，有点不自然地说："我的母亲是煤矿工人，可能我的骨子里有着矿工的血缘吧。"

　　我问："档案上显示你是1976年12月出生的。你是唐山人，地震那天，你母亲在哪里？她当时已经怀孕四五个月了吧。"

　　华威说："母亲后来给我说，她当时就在井下。"

“她躲到井下去了？”我惊诧地问道。

华威摇了摇头。接下来，他给我讲述了地震时的情形。

母亲是煤矿办公室的一个普通工作人员，写文字材料的，应该算是文秘。1976年7月28日，那天她值夜班，吃过晚饭在办公室看了一会儿书便下井了。这个矿从新中国成立初期，就形成了科室人员下井和矿工一起作业的制度。平时，母亲也经常到井下去，值班更是如此。凌晨三点多地震发生时，矿井也随着大地一起震颤，几乎是转眼之间，所有的井口都坍塌了，幸运的是，井下的七八十个矿工除了惊慌，除了落一身煤灰，毫发无损，一点事儿没有。不过，强烈的震感还使矿工们惊慌失措，有的哭起来，有的傻了一般呆坐着，有的嚷嚷着要写遗书。就在这乱成一团糟的时候，我母亲站了出来——她不但是值班人员，还是一名党员！她安抚众人的情绪，维持现场秩序，同时让带班的班长去寻找逃生的通道。幸运的是，他们找到一个直径不到一米、有简易梯子的通风口……在母亲的指挥下，大家有序逃了出来。母亲是最后一个出来的。她爬出来后就晕过去了，等候在井口的其他矿工把她抬到安全地带。

我感慨半天，又问华威：“你的父亲呢？他做什么工作？”

华威叹了口气，说：“我的父亲在那场地震中走了……父亲也是一名矿工，那天他休班，陪母亲值班。母亲下井后，他就留在母亲的办公室。地震那一刻，办公楼给震塌了。”

我下意识地问道：“冒昧地问一句，你母亲后来没有再找一个伴？”

“没有。母亲说，她是一名矿工，危险系数高，不定哪天说走就走了。她不想给其他人再增加负担……”

“你的母亲真伟大！”我由衷地赞道。

华威说：“我小时候，从没感到孤单过，矿上那些叔叔、伯伯，还有阿姨们，他们当中有的是党员干部，有的是一线矿工，经常到我家去，给我送好吃的、好玩的。我上学期间的学费，都是矿上替我交的。”

我忽然间什么都明白了，明白了华威为什么要来煤矿上班，为什么坚持每天下井。

第二天，矿上就下发了一份文件，要求科室人员包括高管每周至少下矿井一次。我签发这份文件的当天，就戴着安全帽、穿上工作服下到了八百米深处。

背锅　　◎苏　龙

"夹金山，夹金山，鸟儿飞不过，人们不能攀，要想飞过夹金山，除非神仙到人间……"

耳畔似远似近飘来藏乡民谣，粗犷悲凉，是年轻藏民向导唱的，歌谣唤醒了炊事员雷荣璞。他身子抖动了一下，人群惊喜地骚动起来："老雷醒了！"

虽正值初夏，山上却是银装素裹。此时的夹金山上白光笼罩着整座大山，那漫山的白令人晕眩。五六个红军战士或站或坐，把雷荣璞团团围在中间，挡住呼呼肆虐的风雪。有人半跪地上，双手拿着什么东西上下左右揉搓雷荣璞后背，他冰冷的身体慢慢暖和起来，微微扭转头，吃力撑开眼睛，随着眼前慢慢清晰，他认出那人来了，干裂的嘴唇动了动："莫……莫万老表。"

被叫莫万的那个人长舒了一口气，咧开嘴巴笑了说："老表哥，你莫说话，攒些气力。"这莫万瘦高个儿，虽征衣破烂，却掩饰不住散发出来的儒雅气息和英勇气质。此时他的手从雷荣璞衣服里抽出来了，一块手指大小的姜片已经揉搓得只剩下干巴巴的姜片丝。莫万把它送进雷荣璞嘴巴，说："嚼它，驱寒。"雷荣璞吃力地咬了咬，一股辛辣而又幽香味直冲喉咙，弥漫齿间，他在莫万和战士们的帮忙下慢慢站了起来。

雷荣璞慢慢嚼着姜片丝，握着莫万的手说："小表弟，谢谢你救了我。"

莫万摆摆手说："不谢不谢，要谢就谢这姜片吧，上山前藏民老乡硬塞我口袋的。"莫万像想起什么说，"对了，老表哥，我听说当年你也用生姜救过战友呢。"

雷荣璞点点头说："是救过广州暴动委员会书记周文雍同志。他在一次战斗中被捕，我们将生姜、辣椒与米饭炒成姜辣饭，安排人送入关他的监狱，周文雍同志吃饭后发起高烧，趁着敌人将周文雍押往市立医院救治的路上，我们实施武装劫持囚车，将他营救出来。"

莫万叹了一口气说："可惜他后来再次被捕，被国民党反动派杀害了。"

两人沉默半晌。

雷荣璞突然惊叫："我的锅呢？"有战士递个黑黝黝的大铁锅过来，他紧紧地抱在怀里。

莫万哭笑不得，说："我的阿哥哟，你差点把命给丢了，还惦记这铁家伙。"

雷荣璞拍拍大铁锅，认真地说："命可丢，这做饭的家伙可不能丢哦，大家伙填肚子全指望它咧。"他腰身一挺，托起大铁锅，想往背后放，同志们争着帮他背，被他婉拒了："别，这锅你们背不了。"在大家的帮助下，大铁锅稳稳当当地绑在了雷荣璞宽厚的背上。

望着雷荣璞沧桑黝黑的国字脸，迎着他疲惫坚毅的眼神，莫万眼睛一热，鼻子一酸，说话有些哽咽："老表哥，背这么沉的锅，真是难为你啦。"雷荣璞爽朗一笑，按按莫万肩膀说："没事，在哪还不是干革命？"他拍拍身后的大铁锅，说，"等革命成功了，我就用这铁家伙给同志们做我们南宁特有的老友粉，知道吗？煮粉时放入酸笋、生姜、小米辣椒、豆豉、酱油，香气浓郁、咸鲜酸辣，啧啧，那真的叫一个香呀，暖心开胃。"战士们听得口水都往外流了，有人说："老雷，可不许骗人哦。"雷荣璞嘿嘿一笑说："我们老家有句老话：牙齿当金使，如果失信的话，我老雷甘愿摘下肩上的人头给你们当凳子坐。"他幽默的话语逗得战士们哈哈笑个不停。

他扯着嘶哑的喉咙说："咱们英勇的红军战士就是要一鼓作气飞过夹金山，我们就是要做创造奇迹的现代'神仙'，同志们有没有信心？""有！"战士们豪情万丈地喊，洪亮的声音响彻雪白世界，撕裂狂风暴雪。

雷荣璞把大铁锅往上托托，大手一挥，说："走！"战士们紧跟其后。其时天刮起了冰雹，敲得大铁锅哐啷响，与呜咽风雪交织，汇成一曲悲壮的交响曲。

上山，下山，艰难跋涉后，中央红军指战员们终于到了达维镇，与红四方面军会合。那是1935年6月12日。

耳濡目染，不少战士都觉得雷荣璞不是一般的人，但是他们又不明白，不一般的这个人怎么就甘心当个成日背个大铁锅的伙夫呢？红军在达维镇休整期间，莫万身边的一个红小鬼帮莫万擦拭手枪时，忍不住问："首长，您说那个雷大哥啥人嘛？"

正在低头打绑腿的莫万脱口而出："他呀，可是个传奇人物呢，他的故事一天一夜也讲不完。"说这话时，莫万抬起头，眼睛放出光，娓娓道来。

"知道吗？他可是咱们红军中唯一同时参加了南昌起义、广州起义、百色起义三大暴动的军事将领呢。

"他还足智多谋呢。早期在南宁闹革命时，桂系军阀多次缉拿他，却都扑了空。一回，他头扎头巾，身穿花褂子，手提菜篮子，装扮成南宁郊区农村妇女模样出门，与闯进来的特务们撞面，特务持枪问他雷荣璞呢，他用手指向里间，特务找不见人才猛地想起擦肩而过的那个女人，后悔得跺脚直骂：'丢那妈嘿，上当了！'

"还有……"

莫万说得眉飞色舞，红小鬼听得大眼睛瞪圆，突然红小鬼冷不防来一句："首长，既然雷大哥这么了不起，那他咋地当起了伙夫呢？"

莫万愣怔，收起脸色，叹气，拍拍红小鬼肩膀说："因为他不得不背锅呢。"看到红小鬼云里雾里地直抓后脑勺，莫万摇头苦笑，心里叹道：小鬼呀，雷大哥身上背着两口大锅呢，除了那口真的大铁锅，还有一口政治上的大黑锅呢。

原来雷荣璞因抵制"左"倾错误被扣上"反对扩红""本位主义"等一顶顶吓人的大帽子，他的多个职务也被拿掉，一再降职，直至降为连队炊事员，背上一口大铁锅，跟随队伍跋山涉水。他还三次被开除党籍、两次险遭处死。

曾有战友老乡告诉莫万：队伍长征路过广西时，有人劝雷荣璞甩掉黑锅，回广西去，说那里的同志是了解你的。他却摇头说拒绝了，说：回广西，他个人身上的黑锅是放下了，但因此受连累的同志就会背上更重的黑锅，问题就更复杂了。

流金岁月，难忘忆秋年。1945年6月2日，中央组织部做出《关于雷经天同志党籍问题的决定》，认为过去开除雷经天党籍是错误的，恢复了他1925年5月的党籍，他多年的冤屈终于得到了昭雪。

是的，雷荣璞就是雷经天，南宁津头村人，曾任中共广西特委书记、右江苏维埃政府主席，后任第三任陕甘宁边区高等法院院长。

莫万何许人也？莫万即莫文骅，南宁江南亭子村人，先后任中央红军干部团的政治部主任、中国人民抗日军政大学政治部主任和八路军留守兵团政治部主任等职务。

时至今日，壮乡广西的人们依然记起雷经天这位"黑锅"压不垮的红军战士。

本　色　　　◎戴玉祥

故事发生在20世纪50年代。

当时，他已是上班有专车接送的那种官了，但他没有坐。他骑自行车上下班。他骑的那辆自行车，据说是打鬼子时，游击队的侦察兵用过的，当然很旧了。这天，他推出自行车，骑上没走多远，内带被扎破了。他只好推着。不远处的大槐树下，有位修车人在那修车。修车人认识他，虽不知他姓甚名谁。见他推车过来，就知道准是车胎破了。修车人用起子撬开外胎，拽出内胎。修车人说："这内胎，真的不能再补了。"修车人劝他换新胎。他不肯。修车人叹声长气，只好给他补。他站在一边。他说："你慢慢补，我给你讲故事。"当然，他没有等修车人同意的意思。他说："红军长征时，有个战士，穿的鞋子，后半截都没有了，还在穿。后来，部队在一个村子歇脚，一位村姑看见了，连夜做了一双，让那战士换上，那战士接过鞋，但没有穿……"这时候，车胎补好了，他也就打住了。

他骑车走了。

几个月后，车胎又破了。他将车推到那棵大槐树下，有些不好意思了。修车人没有再跟他废话，拿起子撬开外胎，将内胎拽出。看着补丁摞补丁的内胎，他还是不肯换新的。修车人知道劝也没用，便开始修补了。他站在一边。"你慢慢补，我给你讲故事。"他说，"那个战士，脚上的鞋都那样了，有新鞋了却又不穿。后来，部队开拔了，进入草地不久，那个战士脚上的半截鞋子也没了，就光着脚板走。草地有种叫歇黑的草，毒性大。那战士踩上了，当即就倒下了……"这时候，内胎补好了，他只好打住了。

他骑车走了。

又几个月后，风从脖子边过时，已有点划皮肤了，那棵大槐树，也只剩下光秃秃的枝干了。修车人可能是怕冷，修车的工具箱还没有打开。他推车走过来，说："这车内胎……"修车人忙接过话说："这内胎真的没法补了，要是不换新胎，到别处补去。"修车人说后，目光就停在他脸上。他不好意思起来。他说："那就换新胎。"他说这话时，像是下了很大的决心。修车人在忙乎时，他又想起那个战士。他说："那个战士倒下后，卫生员跑过去急救，发现战士背的军被里，居然藏着一双新鞋。卫生员不解。后来才知道，送新鞋的那个村姑，原来是那个战士未过门的媳妇。卫生员听说后，眼角便有泪水往外冒。在场的，还有人小声哭起来。"修车人像是被感动了，对他说："老弟，这故事，真的很感人。"说后，修车人看着他骑车离开了。

太冷了，修车人准备收摊。

他又折回来，捡起被修车人丢弃的旧内胎，走了。

他的妻子，就是当年给那个战士做鞋的村姑。

两封急电 　◎白旭初

这是1987年我采访老红军周世朝时，他讲了许多故事中的一个片段。

1948年春，我西北野战军第一、二纵队在彭德怀司令员的指挥下一举拿下凤翔城后，又越过凤翔城与宝鸡市的守敌交上了火。

野战军司令部设在一座小村庄里，刚扎下营，司令部电台第三台就忙得不可开交，电文一窝蜂般地飞来，一下绷紧了大家的神经。电文上说，从西安方面窜来一股敌人，趁我后续部队没有迅速跟上的空隙，再度占据了凤翔城。我军处在腹背受敌的危险境地。

电文送到司令部后，负责电文上传下达的通信参谋迟迟不见返回。

等待中的分分秒秒都无比漫长，新来的小报务员业务能力不差，但见到的阵仗少点，有些着急了，对身旁的周世朝说，主任，还没回音，这咋回事？

报务主任周世朝更是惴惴不安，前胸后背都是敌人可不是小事，但司令部做出新的决策需要时间呀。

平静预示着紧急。

为确保通信万无一失，周世朝对小报务员说，把耳机给我，我接替你的工作。

就在这时，电台通信室的门开了，挤进一个人来。

周世朝一看，立马起身，庄重地行了一个军礼，同时大声道，司令员好！

司令员回礼后，倒背着手，边走边看，神态十分悠闲。他向每个人问好，还看了看收发报机，摸了摸周世朝头上的耳机。

周世朝不禁纳闷，腹背受敌的，司令员没事儿一般，怎的一点不着急？

忽然，司令员看了一下表，把手上的一张纸展开后放到周世朝面前，十分严肃地说，请发电报！

周世朝一看电文，啊，紧急电报！平时拍发电报都是通信参谋与他联系，今天司令员亲自前来，事关重大啊！

收报方距离司令部约两百里地，周世朝立即用紧急代号呼叫，由于远处隆隆炮声的干扰，声音微弱，第一次联络失败了。

请你在10分钟内必须把电文发出去！司令员又简短地说了一句。

第二次周世朝终于叫通了。周世朝业务能力强，每分钟能拍发一百二三十个字，不一会儿就把司令员的电文拍发完了，前后只花了两分多钟。

司令员严肃的脸上顿时露出了笑容，和蔼地说，叫什么名字？

周世朝回答，周世朝。

多大了？

29岁。

哪里人？

湖南大庸县。

司令员听罢，风趣地说，呵，知道知道！是跟着贺龙一起杀出来的"土匪"嘛！

司令员的话引得大家哈哈大笑，司令员也跟着笑起来。这笑声像一阵温暖的春风，驱散了大家心中的愁云。

不久，胜利的消息传来了。在司令员的指挥下，野战军第一、二纵队，经过一天一晚的奋战，终于攻克了宝鸡市，炸毁了敌人一座庞大的军火库，缴获大批军用物资。

夜深了，远处的枪炮声渐渐稀落下来，每个人的脸上都洋溢着胜利后灿烂的笑容。

周世朝正与战友们说笑着，突然间，司令员又跨着大步走进了电台通信室。进门后，司令员却一声不响，不停地踱来踱去，面色严峻。

司令员反常的情绪，把周世朝弄糊涂了，心里嘀咕：咋啦？部队不是刚刚打了大胜仗吗!

周世朝正想着，司令员已走到他面前，看了一下表，声音洪亮急促地说，发特急电报，一定要在五分钟内发出去!

周世朝的心怦怦直跳，马上用特急代号呼叫对方，十分顺利，只用了一分多钟就叫通了。

司令员口授电文，周世朝飞快地按动着电键，电文是：敌人一个师在凤翔截我后路，令第一、二纵队火速返回黄龙山集结……

司令员见电文顺利发出，随即命令周世朝：三分钟后，电台与司令部一起转移。

周世朝问，司令员，我们是要撤退吗?

不，是前进。司令员回答说，有时候撤退就是前进!

说完，司令员疾步跨出了门。

门牙的功勋　◎佟掌柜

项与年忍着疼痛，将血肉迷糊的四颗门牙，小心地用手帕擦拭干净，扯下块衣襟包住。用手指在一棵梧桐树下抠出个小洞，将其埋在下面，盖好土，把那块敲掉门牙的大石压在上面。石块上的血迹还没干，有一滴血恰巧掉下来，沁进土里。

他穿上昨夜从老乡那儿买来的，在树干上磨得破破烂烂的旧布褂和裤子，捧起几把土扬在弄乱的头发上。尘土和嘴唇旁的血渍混合到一块儿，加上高肿的脸，面目凸显狰狞。

一丝不苟地做完这一切，项与年咧着嘴笑了。他靠着梧桐树坐了下来，闭上眼睛养神。

这是1934年10月。半个月前，莫雄深夜来到项与年住处，交给他一份"天字号绝密"情报。

"这是'铁桶合围计划'，国军拟动用150万大军，包围以瑞金为中心的革命根据地，包围半径距瑞金只有150公里。日前已经着手布置，如果这个计划得以施行，我军将真正陷于绝境，"莫雄拧着眉毛低声说道，"这份情报无论如何也要送出去。"

项与年用力点点头："你放心。"

莫雄走后，项与年拿出简陋的发报机，明码密码混用将情报向赣南的党中央发了过去。他怕被敌人破获，没敢太直露内容。

情报发过去五分钟，对方还没有回复。项与年点了根烟，开始设想其他方案。

电台里终于传来嘀嘀嗒嗒的声音，对方回复"无法看懂"。他叹了口气，决定亲自送到中央苏区。

他将绝密文件的主要内容，用密写药水书写到四本学生字典上。第二天天没亮，他穿上长衫，带上黑框的眼镜，扮成教书先生，离开了德安。

失去门牙的痛感让他的回忆时断时续，他抬眼看了看天，蓝蓝的，没有一丝云彩，太阳还没到正南方向。他脱下鞋，再次检查布鞋垫，确定没有一点问题，舒了口气。他要等到正午。那时正是吃午饭的时间，人往往会觉得乏，盘查相对比较松懈。

从德安到瑞金大约有500公里，中间要经过八九个县市，本来他以为扮成教书先生，凭借自己能讲福建话、客家话、广州话、潮州话可以蒙混过关。可还没到南昌，他发现路卡检查越来越严格，凭多年地下工作的直觉，他感到危险。在南昌县地委同志的帮助下，他连夜将字典上的情报转写到薄纱纸上，然后藏进布鞋垫层里。

进南昌的时候，守城门的士兵把他身上带的所有东西都翻了一个个儿，如果不是他听出那个士兵是闽南人，而他又恰巧会闽南语，很可能翻他的鞋垫。

他不敢想被扣押的后果。如果被扣押，一定会死。他怕死，真的很怕。他死了，情报就送不出去了。这是莫雄压上性命带出来的，这情报关乎几万红军的命，他必须尽快把它交给周恩来同志。他怕死，真的很怕。他怎么可能不怕死呢？他还没看到儿子！他捂了捂胸口，一想到儿子，那里就隐隐作痛。

去年年底，莫雄就任赣北第四行政督察专员、保安司令兼德安县县长，特科秘密将他派到德安，协助莫雄工作。那时，他的儿子还有一个月出生。

太阳走到了正南方。仍没有一丝风。

项与年再次看一眼血迹已经干涸的石头，他知道，这四颗门牙没机会再找回来，更没机会重新生长。他站起身，大踏步向兴国县城走去。

离城门哨卡大约五百米，他挥舞着下山时掰断的弯弯曲曲有半人高的枯树枝，疯疯癫癫地向守门的士兵跑去，边跑边张大缺了门牙的嘴，含混不清地乱叫着。

"快滚……快滚……"守门的士兵看跑过来一个满脸血污、蓬头垢面的疯叫花子，一个劲往旁边躲，很怕碰到自己，纷纷端着枪轰他快走。

他跑进城门，还不忘用树枝扬起地上的尘土。他听见后面的叫骂声，心中不禁暗笑。

一周后，当八万红军跳出敌人的包围圈，蒋介石拍桌子骂"娘希匹"的时候，项与年已返回德安。

莫雄看到项与年变形的脸和缺了四颗门牙的口腔，眼泪差点没掉下来。他紧紧握住项与年的手，低声说："项与年同志，你受苦了！"

项与年捂着漏风的嘴，笑道："这四颗门牙，值！"

幸福的笑容　◎闵凡利

　　胡老汉一笑起来，沧桑的脸就像岁月开出的花。

　　胡老汉一大把年纪了，该经历的都经历了，风啦，雨啦，苦啦，忧啦，所有这些都蕴在了这花里。这花就有了内容，就像陈年的老酒，很浑实，很醇厚，很耐咂摸。

　　胡老汉抽了口烟，想想过去，跟在眼前似的。光腚时的乐、入洞房时的羞、添子时的喜、当公爹时的板，一一呈现出来。他就想老辈人常说的话："人是苦虫，到世上就是来受罪的。"这话前几年他琢磨着真对，说到家了。想想自己所经的事，战乱，挨饿，出的苦力、流的黑汗，哪一样不是苦？哪一天自己不是像牛一样在不停地蹬拉？即使那样拼死拼活地干，仍是饱饭吃不上几口，新衣穿不上一件，今年穷，明年还是穷，年年一个样。奶奶的，白过了！从哪年开始呢，想起来了，是1978还是1979啊，反正那年开了三中全会，生产队里把地分了，把什么都分了的那年，家里开始变样了，一年一个样——先把草屋换成了砖瓦屋。搬进新屋的那天，他还清楚地记得，那砖房真宽敞，真明亮。奶奶的，以前村里的地主老汪住的房子也没这房子亮堂。你看这窗子多大，这玻璃多透亮，就跟什么也没装一样，现在的人真能，奶奶的，能死了。胡老汉知道自己一高兴就说"奶奶的"，口头语，说一辈子了。他就觉得自己这样不好，遇到晚辈说"奶奶的"，人家可原谅，不跟他一般见识；可遇到平辈，人家还不烦死！这毛病不好，不文明，得改！胡老汉就暗暗下决心，奶奶的，改。

　　从住上了新房的那天起，胡老汉就觉得自己以前受的那些苦，值！胡老汉想，你看这屋，铁壳似的，住个十辈子八辈子，绝对住不倒，真的。以前他住的土墙的草屋，不是他爷爷交给他父亲、父亲又交给他的吗？住了好几辈子，活了好几代人。这浑青的瓦屋住个百八十年，绝不成问题的。谁知，没几年，瓦屋不跟形势了，村里家家都盖了楼房。奶奶的，楼房是你们住的吗？从前七品以上的官才配住楼。柱子也沉不住气了，有了两个钱，烧得睡不着觉，就把住了没几年的瓦屋拆了。拆得真可惜，胡老汉心疼了好几天。柱子这几年搞养殖，养山羊，一两百只地养，一年落个三五万，像从锅底掏芋头。柱子说盖就盖，从城里请的建筑队，半个多月就起来了。哎，这楼房真他娘的有面子。听柱子说叫将军楼。他娘的只当了几天兵，就住将军楼，烧包死他了！

说起来，这楼比瓦屋好多了，也方便了。不说别的，就说晒粮食，以前把麦用镰割了，再用打麦机打，然后在场里晒。可现在，用收割机把麦收了直接运楼顶上晒，从收到入仓不落地，不沾一点儿土。不像以前，土里拌雨里淋的。而且，现在的麦子粒粒都饱满，个个像子弹，黄澄澄沉甸甸，不像以前的麦子，瘦得像麻雀舌头，打面净出糠。

想想过去，再看现在，日子过得真似神仙，以前做梦也不敢想的，现在都轻巧地办到了。就说看戏吧，过去一年到头只有过年那两天能看上，还得跑上十里八里去镇上戏园子里看。现在好，柱子买了大彩电，安了宽带，上了网，把戏园子、电影院都搬家里来了！想看京剧看京剧，想听梆子听梆子，奶奶的，真过瘾！

这几年更好了，市里经常给我们老百姓送戏下乡，我们市里的柳琴剧团啊，一年来村里演两场。哎呀，这个拉魂腔啊，我越听越爱听，我胡福啊，就好这一口儿！

哎，这叫什么来着？以前说的共产主义社会是"楼上楼下，电灯电话，自来水管大喇叭"。现在，做饭煤也不烧了，更别说柴火了，都沤肥了。现在烧的叫液化气，一小罐能用两三个月，想什么时候用什么时候用。还有洗衣服，再多的衣服放进个"箱子"里，只一会儿就洗完了，你说人咋这么能呢？这么个能法还了得？柱子这小子还不满足，说："咱这算什么，存款还不到七位数呢！还没有小车呢！"这小子有野心呢！

这段时间我就纳闷儿，咱现在是不是到了共产主义社会。村主任说不是，说是小康，说以后的日子比这还好呢！"还好"能怎么个好法？你看现在种地都不交公粮了，我这老头子每个月也有养老补贴了，看病能报"新农合"了，孩子上学国家都实行九年义务教育了，听说马上就要十二年制。就说吃的，顿顿都是白馍馍，有肉有鱼的，那以后，还能怎么个好法？

这时，村里的大喇叭传来了通知："村里老少爷们儿注意了，县里的文化下乡又来了。这次是送戏下乡，来咱们村。这次是来唱大戏的，这次唱的是现代柳琴大戏《八姐传奇》，想听戏的村民快点儿来大队部啊！"

大队部就是村委会院内。胡老汉一听，好，我正馋拉魂腔呢，正想开开电视看戏曲频道呢，没想到来送戏下乡的了。好，去看看！对了，喊着我的老弟兄们，听大戏去！

想到这里，胡老汉拿起桌子上的茶杯，往里面放上柱子给他买的那个都是尖尖的茶叶，冲了一杯热茶，走出了家门。

胡老汉哼着"大街上走来我陈士铎，赶会赶了三天多……"，向村委会走去……

对了，米嫂最爱听拉魂腔了，喊着她一块儿去！

听爷爷讲抗日故事　◎崔　立

　　爷爷的故事，是围绕着战争年代展开的，就这一点来说，我是无比自豪的。也是因为在学校里，我和几个同学产生了争执，他们认识许多当过兵打过仗的人，问，你认识吗？我抹着眼泪回家和爷爷讲。爷爷说，我曾经就是抗日战争保家卫国的一员。

　　我有些诧异，爷爷怎么看也不像是个打过仗的人啊！

　　爷爷说，我给你讲讲我那些牺牲的战友的故事吧。爷爷讲的第一个，是他的一位女战友，面对敌人的严刑逼问却毫不畏惧。杀人不眨眼的刽子手问她，你告诉我你们八路军其他人在哪里？你们有多少人？你们下一步的目标是什么？我们就马上放了你。女战友说，我们八路军的人到处都有，我们有千千万万的战士，我们下一步的目标就是把你们这群侵略者赶出中国的土地……刽子手被激怒了，气急败坏地说，你要想好你今天所说的话，你是真不要命了吗？女战友吐出一口血，说，身为一位共产主义战士，我早已把生死置之度外了，死，怕什么！后来，这位女战友就被敌人给枪杀了。

　　爷爷讲得眼圈都红了，我听着鼻子也酸酸的，眼泪都快要流下来了。

　　爷爷给我讲的第二个故事，是他们参加的一次阻击战，在一处高地上，爷爷所在的团筑起了前三层后三层的工事，这是他们为掩护大部队撤退而建起的火力屏障。果然，在他们筑起不久，还来不及喘口气，敌人的飞机就像恼人的巨大苍蝇在头顶响起，阵地上顿时就像是掀起了巨大的"火浪"。好几个身边的战友在一阵阵连绵不绝的轰炸声中被激荡的气流掀起，倒在血泊中。在飞机的轰炸声过后，大批手持刺刀的日本鬼子又往阵地上冲来，在一声铿锵有力的"打"的声音中，战友们打响了手上的枪，子弹像密密麻麻的雨滴奔袭而上……

那一战，全团坚守了阵地三天两夜，给大部队的撤离争取到了时间。

说到此，爷爷停顿了下来，眼圈也红了，不说下去了。

后来呢？我急急地问。

爷爷叹了口气，站起了身，从屋子里走到了屋子外，外面的阳光很好，照在院子里的土垄间，那里长着碧绿碧绿的菜，一年四季，收获着一茬又一茬的菜。

我说，爷爷，我明白了，那些欺负我的同学，就像你那个时候的日本鬼子，我也要和他们战斗……

我的话没说完，就听到"啪"的一声，脸上瞬时吃了痛，爷爷甩开手，居然打了我。我木讷地摸着被打疼的脸，好几秒才反应过来，呜呜哇哇地哭了起来。

爷爷没再理我，迈开步走出去了，我只看到爷爷的背影，走过了院子，走到了河滩边，又在那里坐了下来。

爷爷打了我。在我碰到父亲时，我迫不及待地告了一状。

父亲问我，怎么了？

我把事情原委告诉了父亲。

好一会，父亲说，你应该和那些与你有争执的同学和好，他们不是你的敌人，不需要和他们战斗，他们也可以成为你的朋友。

我不懂。

我还是听从了父亲的建议，主动向那几个同学道了歉，还说，我的说话方式和口气不好，希望你们能原谅我。他们先是一愣，然后笑呵呵地拍拍我的肩膀，说，我们也有错，我们也有错呢！

我把和好的事和父亲说了。

父亲给我讲了爷爷那个故事的结局。

后来，他们坚守了三天两夜，大部队得以撤离，但爷爷的那个团，几乎就打没了。全团一千多号人，剩下的加上伤员都不到二十个人。爷爷为什么要讲那两个故事呢？那个女战友是主动请缨去执行了任务，不然被捕和牺牲的该是爷爷。还有那些要好的战友们，都一个个地在阵地上牺牲了。对比那些死去的人，活着本身是多么幸运。或者说，爷爷一直也认为，是他们的死换来了他的活……

父亲好一会的沉默。

我也沉默了好久。

有一天，爷爷又要去驻马店。以前我都不懂，爷爷为什么每年的这几天都要去一趟驻马店。现在，我明白了。

我说，爷爷，我陪你一起去。

爷爷没说话。

有声音的字　◎胥得意

　　新兵入伍离开家之前，母亲把一支钢笔送给了他。新兵拿着钢笔琢磨了一会儿，问，拿这个做啥？

　　母亲给新兵整理了一下军容，温和地告诉他，没事时练练字，字如其人，字是人的脸面。

　　新兵突然想起来，在他读小学的时候母亲就说过这句话，而且不知道说过多少遍了。只不过，这些年不怎么写字，听不到母亲重复这句话了。

　　新兵把钢笔收起来，小心翼翼地放到了背包夹层里面，一边放一边想，这一走之后，两年才能回家，一定要在部队变个样子回来给母亲看看。

　　在火车站，新兵一加入那个迷彩的队伍，就只留下一片绿色的背影。母亲和父亲便一下子找不到他了，他们觉得哪个都像是自己的儿子。新兵也是同样的感觉，加入队伍后，一回头，他也找不到自己的父母了，他觉得送行的那些人都像是自己的父母。但是他敢肯定，父母就在人群中张望着他。

　　新兵去的地方离家很是遥远，在一片雪域高原之上。

　　新兵到了部队之后就知道了，他下连后即将去的是边防连队，主要任务是守护国境线。指导员一边放着宣传片，一边和新兵们讲，我们站立的地方就是祖国。

　　这话让新兵听得热血沸腾，从来没有想过祖国和他竟然这样近。一瞬间，他觉得自己的任务神圣起来，腰杆也直了起来。

　　接下来的日子就是在紧张忙碌中度过了，学习、训练，训练、学习。当然，还要时时刻刻和高原缺氧做着斗争。

缺氧实在是一件难受事，只要一迈步，胸口里就像是塞满了棉花，每一次吸的气好像刚到嗓子眼就又呼出去了。头疼得像要炸裂一样。手机也没有信号，休息时，觉得时光过得太慢了。

有一天，新兵想起了母亲送给自己的那支钢笔。他把钢笔找了出来，开始在本子上练字。没想到，一笔一画写字，时间竟然好过多了。

又是一天，指导员对新兵们说，下连后，连队的荣誉墙上要贴上每个人的照片，每个人在旁边都要写上一句话。就写自己最喜欢的，或者最真实的内心。

新兵听到指导员这样讲，一下子想起了母亲曾说过的话：字如其人。新兵练字练得更认真了，他怕自己的字贴到墙上后对不起自己帅气的脸。可是，照片下面要写什么呢？这着实让新兵有些费心思。

新兵下连之后，开始和老兵们一起巡逻了。那条巡逻路实在艰难，与其说是路，倒不如说没有路。因为到国境线上，有一段路就是要经过山崖才可到达。听说，曾经就有马掉下了山崖。山崖下面就是深不见底的深渊，偶尔可以看见雄鹰从缭绕着雾气的深渊下面飞上来。

新兵曾不解地问过指导员，这里没有任何人烟，也不会有人越境，我们为什么总要到这里巡逻呀。新兵问这话时，指导员目光深沉地望向远方，他没有回答新兵，却突然唱起了《边关军魂》。唱着唱着，他停了下来，然后回头望着战友们。新兵从指导员的眼神中，似乎一下子全懂了。

新兵成长得很快，好多老兵都说，照这个样子发展下去，你第二年就够资格入党了。新兵听后心中暗自高兴，他想，哪一天有空了，就用母亲送的那支钢笔写一份入党申请书。

后来的事真是没有料到……

新兵在国境线上巡逻时，突遇险情，为保护战友英勇牺牲。

战友们为新兵整理遗物时，在他的抽屉里发现了一支钢笔，和许多练过字的纸。那厚厚的一沓练字纸上，写的几乎都是"妈妈我想你""我爱你""我好帅气"。看着这些字，战友们在悲痛中又想起了新兵的笑脸，觉得他真像是一个还没长大的孩子。

可是，当战友们经过荣誉墙，停下脚步去看新兵的照片时，发现照片旁边有着一行遒劲有力的钢笔字，写的是：我站立的地方就是国土，妈妈我爱你！

　　战友们忽然觉得这些字动了起来，而且，还有着声音。

小 红　　　◎陈　毓

　　遵义城北有座叫龙山的山，因为纪念长征时牺牲在遵义的红军将士，山上建了座烈士陵园，龙山因此有了另一个名字：红军山。

　　五月的红军山，树木葱茏，松柏的香气随风飘散，叫人既感到宽慰又觉得惆怅。高耸的红军烈士纪念碑在蓝天白云的映衬下格外庄严、格外肃穆，掩映在翠柏之间，那雕刻在汉白玉石碑上的长长的红军阵亡将士名单永久地静默着，却又像是诉说着千言万语，让这些来自四面八方朝圣的脚步每一步都走得凝重，每一颗心都怦然跳响，每一双眼睛都流露掩饰不住的潮湿。

　　在遵义红军烈士纪念碑的正后方，一座红砂石大墓掩映在柏树丛中，这是红三军团参谋长邓平的坟墓。在这座大墓的西边，有一座青石圆坟，坟前立着一块石碑，碑上镌刻着"红军坟"三个朴素大字。

　　一个低头弯腰红军打扮的少年塑像引人驻足凝目。这个少年形象出现在这里，就像一道明丽阳光穿越云层照耀下来一样，让人的心情猛然一震，又一紧。这个少年的塑像当然和身后的墓主人关联。

　　在遵义，这是一个广为流传的故事。

　　墓中长眠的，是一个叫龙思泉的年轻红军。他牺牲的时候大概是十六岁，或者十五岁，总之还是个孩子。

　　这个少数时候背枪，多数时候背药篓子的小卫生员龙思泉，爱笑，腿勤，耳朵灵，哪里用得到他，他差不多立即就出现在那里了。在一群比他大的大哥哥跟前，他不叫龙思泉，叫"小红"。小红就是他。大家几乎不喊他的大名，要找他了，就喊"小红"，小红立即就来到眼前了。尤其当地的老百姓，更是亲亲地喊

267

他小红。这个喊小红，那个喊小红，只要有人喊小红，小红都会愉快地、响亮地应答。

还说小红的故事吧。说1935年的小红。

这一年，他离开家乡广西百色，已经第六个年头了，在百色，他加入了红军部队，然后跟着部队上路。在路上，他从他的郎中父亲那里学来的医术大有用场，他勤奋，刻苦，爱学习，触类旁通，每天都可能面临的新问题使他的医术突飞猛进。

1935年，他随部队来到了遵义，临时驻扎在一个叫桑木桠的村子。他喜欢这个村子，因为他发现村子后面的山简直就是一座药山，他抓紧部队待命休整的时间采集晾晒长征路上需要的草药。那些救命的药草。他同时发现这个村子竟然有那么多的人需要他的医术救助。好的药材，准确的诊治，使他迅速名声响亮，方圆十几里的老百姓都赶过来找他医治。于是在"小红"之外，当地百姓又加送他一个神圣的名字：菩萨。

小红没日没夜地忙，谁看着都心疼，但小红只能那样忙碌，不管白天黑夜，刮风下雨，总是有求必应。

一天傍晚，一个像极了他家乡弟弟的小男孩出现在小红面前，小红一瞬间百感交集，以为弟弟真的来到了眼前，他知道这一刻自己有多想念家里的亲人啊，父母更老了吧，他们都好吗？像眼前男孩的弟弟长高了吧？一定长高了。但是眼前的小男孩跟小红说他的母亲发烧呕吐，奄奄一息，只等小红前去救命。小红立即随这个男孩出门了，赶往十几公里外的另一个山村。一夜未归。

也在这天夜里，小红所在连队突然接到上级命令，即刻转移，连部领导只好留下字条请房东转交卫生员，叫他归来立即追赶队伍。

天亮归来的小红在归途上和反对势力相逢，在高坡上张望小红归来的老乡房东没有等来笑脸迎人的小红，而是一连串刺破人心的枪声……

再后来，遵义桑木桠一面向阳的山坡上，一座圆圆的坟包依着大地醒目突起，年复一年的春天，报春花总是在那座圆圆的坟包上最早报告春天来到的消息。那座坟被当地人称作"红军坟"。

1954年，远近闻名的"红军坟"从桑木桠搬迁到了遵义红军烈士陵园。再后来，一座塑像树立在了红军坟前。塑像塑的是一个年轻的红军卫生员，他低头弯腰，左手搂着一个瘦弱的小男孩，右手拿着一个磨损破旧的水壶给孩子喂药。

行人还留意到，铜质的卫生员的雕像在这个五月的明亮早上挂满了红领巾和象征吉祥的红布带，而他那双穿着布鞋的双脚，已被来往的人的手摸得锃亮。

漫漫长征路上，牺牲的年轻战士何止成百上千，又有几人留下姓名？还是照老百姓最朴素的称呼吧，即便我们知道这座坟墓中长眠的是小红军龙思泉，但我们就照民间的说法，称这座墓为红军坟。这说法，温暖，恰切。

无字画册　　◎韦延才

在整理父亲遗物时，一本小小的"画册"，让我双眸蒙眬。

这本所谓的画册，巴掌大小，由32开的纸张折叠而成。因为翻阅了无数次，画册的纸边已经破损，纸面发黄陈旧，散发着一股淡淡的陈年气味。

画册是用一根小绳子装订起来的，算起来有8页纸，这可能是页码最少的画册了。但除了封面，里面的内容只有5页，而且全是人物头像，每页3个。头像下面没有只言片语的解说。虽然没有文字说明，但爷爷和父亲给我们翻阅画册时，总能说出一大串的故事来。

明明画册里面没有一个文字，为什么爷爷总能滔滔不绝地说上一个下午？"爷爷，画册里面没有文字，你说的这些故事，是从哪里来的呢？"小时候的我忍不住好奇，问爷爷。

爷爷抚摸着我的头，眼睛看着远方，说这些都是真实的人、真实的故事，虽然没有文字记载，但它都记在了爷爷的心里。后来，我的儿子也这样问过我的父亲，父亲也是像我爷爷一样告诉他的孙子。

我表情凝重地打开画册，看着画册里面的一个个人物头像，耳旁又回响起了爷爷那熟悉的声音。那是1935年，红军长征途中，经过一个叫横石岩的地方，遇上了围追堵截的敌人。在横石岩下，红军的一个连队与敌人展开了激烈的战斗。这个连队是负责为大部队殿后的，当时我的爷爷就在这个连队里。战斗打得异常英勇和激烈，打了一个多小时，才把敌人击溃。看着抱头逃窜的敌人，红军也不敢恋战，没有对残敌乘胜追击，因为敌人的援军很快就会赶来。连长迅速下达了停止战斗、继续追赶大部队的命令。在连队追赶队伍前，简单清理了战场，在这场战斗中，红军一共牺牲了二十多名战士，有十几名战士负伤。

连长指挥战士们向着大部队远去的方向继续追赶，当战士们都上路后，连长忽然发现战壕里还有个战士没有走，连长大声叫道："快走，敌人的援军马上就要到了。"可战壕里那个战士像没听到连长的叫喊，蹲在战壕里不肯出来。是不是负重伤了？连长把正准备上路的我爷爷叫住，和他一起去把这个负伤的战士抬出来。

当连长和我爷爷来到战壕前，看到的一幕却让他们惊愕了。那个不听叫喊的战士，原来是一个会画画的文艺青年，他是部队在转移的途中入伍的，叫韦锃。此刻，他正蹲在牺牲的红军战士旁边，为遇难的战友画像。

连长吼道："还画什么，快走，敌人马上就要反扑过来了。"韦锃依然似没听到一样，专心致志地画着。连长连吼了几声，见韦锃没反应，就叫我爷爷下去把韦锃拉上来。

我爷爷跳下战壕，边拉韦锃边说："别画了，快走。"

韦锃像钉在了战壕里一样，自顾自地画着。"再不走，等敌人来了，咱们也和他们一样，都走不了。"我爷爷看了看躺在地上牺牲的勇敢的战友，又用力拉了拉韦锃，焦急地说。

"你们先走，我再画一画，要不时间长了，我就记不住他们了。"韦锃还是定定地蹲在那里，拿着画笔的手，在纸上飞快地画着。爷爷又看了看他的画，那战士的头像轮廓已清晰地画在了纸上，虽然还没有完成，却已把牺牲的战友惟妙惟肖地画了出来。

"不能再画了，快走。"战友们已经走出了一段距离，连长对韦锃，也是对我爷爷命令道。听到连长的命令，爷爷不再犹豫，不容分说，就把韦锃生拉硬扯地从战壕里拉了出来。出了战壕的韦锃，在连长的命令和我爷爷的催促下，仍然一步三回头，依依不舍地看着浓烟滚滚的战壕，说："再给我十几分钟，我就能把他们全画下来。"

"快走，等敌人追上来，我们就麻烦了。"此时的部队已是人困马乏，弹药也不多了，再也经不起大战的折腾，连长说道，"我们现在的首要任务，是要尽快摆脱敌人。"

他们快马加鞭，好一会儿才跟上了远去的队伍。韦铿那幅没画完成的画，就是这本画册第5页的最后一个画像，也是画册中的第15个画像。

我的目光又落在这幅没画完成的画像上，只见这个战士长相棱角分明，浓眉大眼，十七八岁的模样，头像只是几条简单的线条勾勒，头上帽子正中的那个五角星也只画了一半。爷爷在说到这个画像的时候，心中总是充满感慨。

"还有几个牺牲的战士没有画出来，"爷爷说，"他们永远都不可能出现在画册上了，也包括韦铿。"回忆逝去的往事，爷爷的心情无比悲伤。在后来的一次战斗中，韦铿这个年轻的画家，也倒在了敌人的子弹下。

韦铿是牺牲在我爷爷的怀抱里的，他把那本未完成的画作，交给我爷爷。他嘴里动了动，想说什么，但最终没有说出来，就永远地与那片土地长眠在一起了。

如今，我爷爷已经作古，我的父亲也离我们远去了，看着这本伴随着我们几代人成长的画册，我依然会眼含热泪。

我决定把这本画册交给历史博物馆，让更多的人知道这段红色的历史。

"可惜的是，这本画册没有文字说明，不知道这些英雄的名字。"我说道。博物馆馆长用手抚摸着画册封面上的"横石岩战斗烈士"几个字，眼睛湿润地说："太珍贵了，他们与许许多多的先烈一样，英雄就是他们的名字，只要我们不曾忘记，他们便会无悔！"

我点了点头。我也会像我爷爷一样，继续把这画册里的故事，向子孙后代们说下去。

唱支山歌给你听　◎陈　毓

农大毕业考入省直机关工作第五年，尚天华领命去木鱼包村扶贫。

黎明从省城出发，车在木鱼包村委会门前停稳，落日正皴染群山。老村长逮住驻村干部们的手一番猛摇，之后大声招呼结对子的贫困户站过来，和干部们相认。

许艾香是尚天华结对子的第一户。35岁，初中毕业，守寡，儿子10岁。致贫的原因是患硅肺病多年的丈夫久病无治，留下身后债。

许艾香面对尚天华，两手搓个不停，像是正要洗手忽然被喊来一般。尚天华就和她约，第二天一早去家里看。

第二天，尚天华被贴窗的鸡鸣叫醒，起床，走到昨晚所见的那片山，他看清除来时那条通村公路，散落山间的农户只能靠蛛网似的小路连接。

回头猛见许艾香就在身后，见尚天华反应过来，许艾香立即转身带路。

穿过一片槐花林，许艾香在一个屋场停住。土墙瓦屋，门里门外，显然用心打扫过，但许艾香的家暴露眼前，尚天华的心还是疼了一下，家徒四壁，最抢眼的，大概算墙上挂着的半块腊肉。

尚天华此刻必须和许艾香说话，更细地了解她，找寻帮扶路径。直觉告诉他，许艾香不懒。许艾香端来一碗蜂蜜水，说去年春天，院里忽然结了一大窝蜂。许艾香说蜂太挤，得给蜂分家。说起蜜蜂，许艾香一脸生动。

许艾香挽留尚天华吃午饭，说不给上门的客人吃饭是会被人笑话死的。

腊肉卸下来，切一半，再挂回去。从屋后竹林掰来竹笋，做竹笋炒腊肉、苞谷面贴饼。有一碗不知什么做成的食物，乌黑、滑爽、酸辣可口。许艾香说是

273

神仙叶凉粉。新鲜叶子晒干，一年四季都能做。

许艾香说集日她都要挑两大盆凉粉去卖，两块钱一碗，收入就靠卖凉粉。

当天夜里，尚天华给大学教授打电话，得知许艾香所说的神仙叶学名叫二翅六道木。作为食品加工，市场上已研发出保鲜、包装工艺，尚天华很激动，这可是好消息。

尚天华请村长统计木鱼包村能做神仙凉粉的家庭，规划许艾香养蜂、凉粉加工所需资金，帮许艾香落实扶贫贷款。

许艾香在槐花林架起二十个蜂箱，开始正经养蜂。尚天华把从淘宝买来的十箱密封罐交给许艾香，嘱咐许艾香严格按蜂蜜食品的卫生标准装罐打封。下一次，尚天华把凉粉加工和包装的设备运来。"木鱼包"牌商标也注册设计好，先做蜂蜜和凉粉。

"木鱼包"牌神仙叶凉粉、蜂蜜正式出品。尚天华又成产品推销第一人。他带着蜂蜜和袋装凉粉回单位，被同事们抢购，说支持他的扶贫成果。

又建了木鱼包产品交流群，许艾香是群主，尚天华的女同学女同事也在群里，她们喝过"木鱼包"蜂蜜，大呼不一样，朋友圈推广，订单大增，叫尚天华都感叹。神仙凉粉经一番试吃，也订单纷至。许艾香带头建起电商服务站，帮助村里的富硒茶、腊肉、干槐花、土豆片、蕨菜走出去。

许艾香比蜜蜂还勤快。收蜜装瓶，加工装箱，收单发货。再之后呢，许艾香说，数钱。许艾香家的槐花开了四回。"木鱼包"凉粉、蜂蜜，进了城里的扶贫超市，上了城里酒店的餐桌，销售到许艾香做梦都没去过的远方。许艾香也从家庭小作坊，做到有6个男工、18个女工的小企业，"木鱼包"成了木鱼包人的"木鱼包"。

尚天华返城。他走到那辆来时崭新而今已跑了18万公里的车跟前，看见一群女人在候他，车旁堆放腊肉、鸡蛋、干笋、香椿……尚天华笑：你们这是送红军啊！我不是红军，也不能拿群众一针一线。

女人们都笑。许艾香勾着头，像是突然得了灵感，说：我们也没啥贵重东西送干部，你不收，你是党派来的，我们就给你唱支山歌吧。

许艾香扬声起头，歌声悠扬：

兰哟草的花儿哟（哟咿哟号嗨），不呀会的开哟（哟咿哟号嗨），开在那个高山哟陡呀陡石崖（哟号嗨），（哟号哟号）陡呀陡石崖（哟号嗨）

叫了一声妹哟（哟咿哟号嗨），叫了一声郎哟（哟咿哟号嗨），带妹那个一把哟上呀么上高台（哟号嗨），（咿哟号咿哟号哟咿哟号嗨，咿哟号咿哟号哟咿哟号嗨）带妹那个一把哟上呀么上高台（哟号嗨）

女人们给许艾香伴着和声，共同演绎一首歌。

尚天华在木鱼包常听人唱山歌，这一次，他听得最动情。不知不觉中，眼睛潮湿了。

智 斗　◎曾　棠

老园爷咋也想不明白，儿子会和村干部们尿到一个壶里去。这是要败了这个家啊！

老园爷有五十八亩薄地，在武家坡属大户了。这次区里号召"减租减息"，明恩向李区长下了保证：让他爹带头。可没想到，自己这刚一提出来，老爷子就炸了。

老子省吃俭用供你念书，你狗日的就这样对你爹你娘啊？你这是想把这个家给毁了啊？老园爷破口大骂，气得腮帮子直哆嗦。

我这是替你积德呢。都在一个村住着，低头不见抬头见的，你就忍心看着街坊爷们吃不上饭？我的德早就积下了，不用你闲吃萝卜淡操心。种地完粮，这是老祖宗立下的规矩。种我的地，该给我的粮食一粒也不能少。

爹，减租减息是政府号召的。今儿个我把话挑明了，你要是再固执，我就敢发动大家斗争你？你，你，你……老园爷被儿子气得脸色铁青，胡子一奓一奓的。你狗日的教个书还不是你了呢，你敢斗争你爹？你要是当了官，还不得把你爹你娘都剐了啊？

你去问问你们李区长，他敢不敢这样对老子。你给我滚出这个家去。

老园爷是对革命有过贡献的。

那一年，李区长作为——五师先遣队的侦察员，在王奉集上让汉奸给围了。李区长轮起盒子枪，"砰、砰、砰"，迎面撂倒冲在最前头的两个汉奸，冲出包围圈。一伙子汉奸腿子咋咋呼呼地就落在了后面，不时地朝着快要看不见了的李区长打一枪。李区长大汗淋漓地跑到武家坡家西的麦地时，一颗枪子儿正好打在他掖着盒子枪的手上。那天老园爷正好带着几个人割麦子，看到这情况，他一伸脚，把盒子枪驱到麦铺子底下，赶忙把手里的镰刀递给李区长。李区长混进人群里，弯腰割起麦子来。汉奸们围过来，老园爷一看，带队的是三花头，认识。赶忙笑脸相迎。

三兄弟，您受累了！汉奸们都是十里八村的人，都知道武家坡老园爷的为人。便瞅瞅这个，看看那个，最后望向三花头。有一个小个子汉奸忽然指着地上的血，咋呼起来。老园爷见状，赶忙冲三花头一哈腰，说：三兄弟，这几个新找来的小子忒笨了，不割麦子专割手。汉奸们就起哄说，这些人里准有那个八路，要不一个一个地问问。老园爷从腰里摸出两块钱，塞到三花头的怀里，许诺说今儿个赶紧割了麦子，明儿个先送一百斤新麦给炮楼里。三花头这才一挥手，汉奸们走了。

老园爷常说：是是非非我心里清楚得很。

明恩见自己做不通他爹的工作，着急啊。他心里暗暗想：看来，这个老犟劲是认定要拖自己的后腿了。那就走着瞧。

明恩使了一个犟劲，带上媳妇儿子住进了小学校。

孙子小宝儿刚会咿咿呀呀地叫爷爷，每天把老园爷叫得乐呵呵的。一天看不见宝贝孙子，老园爷就浑身痒，怎么着也不是。

两天没听见孙子喊爷爷，老园爷坐不住了。他吩咐老伴：你去学校，把孙子领回家来。

明恩听他娘说完，坚决地说道：儿子是我的，他倚老卖老不支持我的工作，就不让他见。

他娘气得不轻。

村里早就有人看不惯老园爷平时的做派了，是看明恩的面子，才没有吃他的大户。这回见爷儿俩杠上了，就有人觉得可逮着治治这个老家伙的理由了。只千、二毛子几个人就找到了区里，问李区长，是不是开老园的会？

李区长说：老园爷是开明人士，对咱们党的工作还是做过贡献的。你们要相信明恩同志，他一定能说服园儿爷的。

几个人只好悻悻地到村里。

老园爷满院子里来回地踱着步，等孙子。

看见老伴眼圈红红地自己回来了，老园爷心里一顿：这个小狗日的是跟自己来真的了！随即，老园爷开始反思自己：这事难道真是自己错了吗？

夜里躺在炕上，望着窗户外面明晃晃的月亮地，老园爷翻来覆去地合不上眼……眼瞅着下半夜了，刚一眯缝眼，就听见院子里好像是小宝在喊：

爷爷，爷爷，我来了。

老园爷翻身坐起，怔怔地发起愣来。

大清早，老园爷低三下四地推开了小学校的大门……

老园爷的屈服，带动全区十八个村减租减息运动热火朝天开展起来，有力地扭转了鲁西地区的抗战局面。

多年以后，从县教育局长位置上退下来的武明恩，总是一个人跑到家西的古河道里，坐在一堆黄土堆前，扪心自问：当年自己那样对老爷子，到底应该不应该呢？

血染的欠条　◎徐全庆

十年之后，水根依然后悔当初把白马借给那个红军战士。

那时候，水根还在给姜运昌打长工，虽然自家没有地，日子倒还过得去。偶尔，水根也会想，要是自己也有几亩地，不用给别人帮工，那该多好。但水根只是想想。水根是个安于现状的人，就这样过一辈子也挺好。

如果那次红军没有进驻他们村，水根真的可能就这样过一辈子了。可是，红军来了，来得很突然。

是兵村民都怕，大部分人都躲山里去了。水根也想往山里躲，但姜运昌让他留下来看家。家里还有很多东西来不及往山里搬。

水根就忐忑地留在家里。他不怕兵们抢东西，真抢了姜运昌也认，他怕万一伺候不好兵们会挨打挨骂，甚至丢了小命。但红军似乎和以前的兵们不一样，他们都很和善，主家若不同意，他们绝不进屋，就在屋檐下过夜。

水根的屋里住了个年轻的战士，大哥长大哥短地喊水根，水根紧张的心逐渐放松下来。隔壁是马厩，马厩里有一匹白马。年轻战士一看到白马，目光就缠绕在马身上。水根心说坏了。

年轻战士替水根喂马，水根不让，战士却不听他的。喂完，战士还给马梳理毛发，动作很温柔。水根看得出来，年轻战士很喜欢那匹马。水根就在心里盘算，如果那战士提出要白马，他该怎么说。可战士迟迟没说。水根的心就始终悬着。

部队在村里住了三天，突然就撤离了。比来时更突然。年轻战士甚至来不及正式和水根告别，就匆匆背起行装上路了。水根悬着的心终于放下来。

水根走进马厩，抚摸着白马，说，咱俩总算躲过一劫。

话刚说完，年轻战士却回来了。你的白马能借给红军吗？我们首长的马前不久牺牲了。就知道你一直想要这马，又何必拿首长当借口？水根在心里叹一口气，然后默默地点头。水根早盘算好了，给就给吧，若是以前的兵，哪还会和你商量？

年轻战士一脸惊喜，忙说，可我不会写字，我现在去追司务长，让他给你写个欠条。

哄谁呢，水根这样想着，说，算了。

水根后来一直后悔说"算了"。他没想到，别的人家也有借给红军东西的，红军竟都给写了欠条。独独他没有。

白马的事水根就说不清楚了。没人相信他真的借给了红军，姜运昌也不信。别人不信没关系，姜运昌不信，就不再请他帮工，水根的日子就难过起来，常常饥一顿饱一顿的。

我说算了你就真算了，你看不出我是害怕加客气？水根就常常这样骂那战士，直骂到一个八路军军官出现在他面前。

"八路军"把一张欠条递到水根面前。欠条已经被紫褐色的血渍浸透，字迹却依然清晰，"借到姜水根白马一匹……"。

水根仔细看"八路军"，不是当年的红军战士。他呢？水根问。

牺牲了，在回来给你送欠条时遇上了国民党的部队。"八路军"说，欠条上都是他的血。打死他的是一个神枪手，此前已经有七个红军战士牺牲在他枪下。

你们给他报仇了吗？水根问。

不能报。

为什么？

"八路军"说，那个神枪手在他衣袋里发现了这张欠条，他说，这样的军队是不可战胜的，于是当了逃兵，回了家乡。

那不更容易找他报仇了吗？水根问。

"八路军"说，抗战爆发后，他加入了八路军，作战非常勇敢，击毙了不少日本鬼子。前不久他也牺牲了，这张欠条是在他遗书里找到的。他在遗书里说，他不敢把这张欠条拿出来，因为他不愿意让人知道他曾经对红军犯下过那么大的罪，他只有拼命杀鬼子赎罪。

听说，你一直后悔把那匹白马借给了红军？"八路军"问。

是的，我现在更后悔了。水根说。

为什么？

如果不是那样，他就不会牺牲了。水根挺了挺腰，说，我也想像那个神枪手一样赎罪，你们要我吗？

当然。

旗　魂　◎薛培政

"哎，老伙计们呐——走啊，咱们到大槐树下升旗去！"初夏雨霁的早晨，太阳露出了灿烂的笑靥，静谧的大山深处，回荡着一个老者那激动而悠长的声音，既像是邀约同伴，又像是自言自语。

刘家凹村头，伤残老兵长安爷，习惯性地整理过身上的衣服后，便手挂拐杖，挺起胸脯，拖着那条装有假肢的左腿，郑重地扛起那面五星红旗，朝前方那棵国槐树下走去。

阳光透过国槐枝叶的缝隙，在幽深的山坳里洒落下片片金黄。少顷，随着长安爷唱的那夹杂着浓重方言的国歌声响起，只见老人边用右手行着军礼，边用左手拉动着自制滑轮，将国旗徐徐升到了树顶。

望着被风刮得呼啦作响的国旗，长安爷咧开没牙的嘴笑了。刘家凹村上了岁数的人说，几十年了，只要不刮狂风不下雨，老长安的国旗每天都会照常升起，他把那旗看成是他的命哩。

长安爷曾从战场的死人堆里爬出来，是死过好几回的人了，他压根就不信命。然而，老人却常唠叨国旗有灵性，说那上面染着杨连长、老班长、大个李和小东北等无数烈士的鲜血。

"冲啊——冲啊！"虽然大半辈子过去了，长安爷的耳边仍时常响起冲锋的号角，仿佛听到那些长眠的战友还像以往那样，呼唤着他挥舞旗帜冲向敌军阵地。他总觉得眼前有面战旗在挥舞，这旗就像块磁石吸引着他的灵魂向前涌动，只要看到电视里出现升国旗、奏国歌的镜头，他就禁不住热血沸腾，壮怀激烈，眼前就会浮现出那一幕幕惨烈的战斗场面。

七十多年前的抗日烽火，燃红了神州大地的角角落落。只有百十户人家的刘家凹村，一次走出了八名热血青年，奔向根据地当了八路军，其中就有不满十五岁瞒着母亲报名参军的小安子，也就是后来的长安爷。

　　也是在一个夏日雨后的早晨，对鲁西南某城日军占领区发起总攻的战斗就要打响，连长把他带到了团长的跟前。大胡子团长望着身材魁梧的小伙点了点头："嗯，我看这小子是块打旗的料，就是他了！"随后，团长从通信员手中接过战旗交到他手中，命令道："人在旗在，部队冲锋到哪，战旗就要跟到哪，只要尖刀队撕开口子，你就要给我义无反顾地冲到前头去，要把我们的战旗插到城头的最顶端！"

　　"是，保证完成任务！"从那时起，长安爷就成了一个勇猛的旗手。

　　往后的日子里，只要听到冲锋号响起，他就像一头暴怒的雄狮，高举战旗跃出战壕，迎着弹雨冲向敌阵，直到把胜利的旗帜插上攻克的阵地。

　　如同手中那一面面千疮百孔的战旗，作为旗手的长安爷，在血与火的洗礼中，身上落下了累累伤痕，还因触雷失去了左腿。

　　后来，他放弃了进休养所疗养，戴着假肢、拄着拐杖回到了故乡刘家凹。他再也没有走出过大山，带回的那一大包军功章也尘封在了床头柜里，唯一陪伴他的是当初离开部队时，特地申请的那面五星红旗。

　　"把红旗打起来，'人在旗在，旗在阵地在'，信心就在，胜利就在！当年那不可一世的小鬼子都被我们打回老家了，还有什么困难不能克服？"回到家乡担任了村支书的长安爷，又在家乡那座座荒山上摆开战场，带领乡亲们打响了脱贫致富的翻身仗。每一次向荒山进军，长安爷的动员令都会让人血脉贲张。靠着当年那股拼劲，他让全村老少过上了幸福的生活。久了，乡亲们就觉得长安爷与那一面红旗融为一体了。

　　进入耄耋之年的长安爷，再也爬不上村子对面的犄角岭了，但老人的心劲还在，就喜欢与人"摆古"过去与红旗有关的那些事儿。长安爷每次讲故事总少不了要讲"钢八连"。开头便是"那是钢铁的连队、胜利的旗帜……"每当讲到钢八连的口号是"攻必克、守必坚，打到哪里就把胜利的旗帜插到哪里"时，人们就会发现长安爷声如洪钟、语气坚定，处处充满着自豪感……

一代代的刘家凹人，就这样听着长安爷的故事长大了，有的上了大学，有的参了军，有的外出务工，纷纷离开大山，创业去了外地，但长安爷的故事仍时刻滋养他们的心灵，"人在旗在，旗在阵地在"促使他们砥砺意志，战胜困难，一个个成为行业的翘楚，且口口相传、生生不息，最后就成了刘家凹人的精神名片。

看！长安爷又把那面五星红旗升起来了。

双倍党费　　◎欧阳华丽

老莫人如其姓，沉默寡言，只知道埋头做事，被人叫了几十年憨包。

在湘南，憨包就是傻子的同名词。不过，把时间之帘卷回四十年前，老莫二十出头时，可是长身玉立，剑眉朗目，一表人才。按现下的说法，帅哥一个。

后来他在部队开汽车，被石头砸伤腿，因公负伤落下终身残疾。退伍后他说不能给组织添麻烦，主动放弃组织分配的工作，拖着伤残的右腿回到村里当农民。村里人都笑他憨，说石头不是砸伤了他的腿，而是伤了他的脑子。

他的确有些憨劲，夏天一身汗冬天一身霜，当了四十多年面朝黄土背朝天的农民，笔挺的腰佝偻了，脸上有了渔网一样的皱纹。可每个月都有一天，老莫会起个大早，把脸刮得干干净净，再穿上那身洗得发白的旧军装，把风纪扣和胸前的徽章整理得一丝不苟，板板正正。然后早早来到村支部，郑重地把有零有整的74元钱双手交给负责的老会计。

老会计见惯了，笑笑说："老莫，你每月要缴32元党费，又缴双倍？"老莫点点头，老会计收起笑脸，工工整整写上：莫有财，74元。老莫脸上一脸肃穆，然后一笔一画地签上自己的名字。如果村支书在场，一定客客气气地把老莫请到办公室，泡上一杯热茶，一起聊聊天。

村里多半是坑坑洼洼的山路。他的腿不方便，常常走得满头是汗。妻子心疼他，劝道："腿不好，往后你就别亲自去了，让孩子替你缴。"平时沉默寡言的老莫一听，眉毛一下子竖了起来："党费，要亲自缴。如果让别人替缴，那一定是有不得已的原因，我这点困难算什么！"

三年前，老莫患了一场重病，住在县医院。病中，他没能按期缴纳党费。

两个月后，他能下床走几步活动筋骨了，便立即让儿子给他租了个车回村去缴党费。新上任的会计说："您年纪这么大，又不当干部，党费晚缴几天也行。"

老莫听了，有些激动。不善言辞的他，那天字字都能蹦出火星来："缴党费是党员的义务，一个党员怎么可以不尽义务呢？"说着他又补交了一份迟缴党费的情况说明，如数交纳了党费，还是双倍。

新会计不明就里，说："老莫，你缴32元就行了。缴多了，别人不好看。"

老莫不动声色，说："我就缴双倍的党费，交了多少年了，老会计没和你说？"

新会计是个年轻人，想起老莫家里的一台电视机还是20世纪80年代的"古董"，把嘴一撇，说："老会计与我说了你要缴双倍。我就不明白了，你家里那个样子，还缴双倍的钱，好像就你先进似的。"

想不到，平时憋包一样的老莫怒了，他一拍桌子："年轻人，你这么说，我就不高兴了。你知道这里边的事吗？"说着，两眼竟现出了泪花。

新会计被吓住了，急忙拉把椅子，说："老莫叔，莫生气，我真不知道这里边的事。你讲给我听听吧。"

老莫擦擦眼："几十年前，我还在部队当兵开汽车，比你这个小年轻牛多了。那天我跟着班长去执行夜间运输任务，暴雨冲毁了山路。我和班长正在抢修道路，山上一块大石头滚落下来。我低头干活没有发现，一旁的班长冲过来，一把将我推开。那块大石头只是砸伤了我的右腿，却砸中了班长。他临终前说，小莫，记住，为我缴党费。班长受伤太重，话没说完就牺牲了。我是和班长一起入的党，班长是为救我而牺牲的，让我替他缴党费，没说缴到什么时候，我就要一直替他缴下去……"

这时，村支书正巧来到，他拉住老莫的手，说："老莫叔，我刚刚在镇上参加了会议，现在开展党史教育，你这双倍党费的事，要好好宣讲！"

老莫的泪水，终于流了下来："老兵永远心向党。我要好好讲讲咱们老兵的故事！"